庫SF

カエアンの聖衣
〔新訳版〕

バリントン・J・ベイリー
大森　望訳

早川書房

7736

THE GARMENTS OF CAEAN
by
Barrington J. Bayley

Translated by
Nozomi Ohmori
Published 2016 in Japan by
HAYAKAWA PUBLISHING, INC.
This book is published in Japan by
direct arrangement with
BARRINGTON J. BAYLEY'S ESTATE
c/o MICHAEL MOORCOCK.

カエアンの聖衣

〔新訳版〕

1

「どうも気に入らないな」ペデル・フォーバースは不安そうに言った。

「ふん。気に入るかどうかなんて知るもんか」リアルト・マストが答えた。「度胸の問題だ」

マストがゆったりと寝そべるエレガントな長椅子は、金と薄紫の樹脂でつややかにコーティングされ、ふかふかのクッションにはキルトのカバーがかかっている。この星間ヨット、コスタ号の主船室にはアール・ヌーボー調の家具がしつらえてあるが、中でもいちばん趣のあるのがこれだろう。船室のインテリアにはとくに気を遣っている。いついかなるときも贅沢に暮らすというのがリアルト・マストの流儀だった。

マストはひとつため息をつくと、スワン・ネックのデカンタから、もう一杯、自分のグラスに紫色の酒をついだ。「さあ、愚痴はいいかげんにして、少しはやる気を見せてくれ、ペデル。どのみち、もう引き受けたんだから」

「引き受けた！」ペデルは嘆いた。「やめとけばよかった！」

「報酬の額を思い出してほしいね」マストが重々しく酒をすすりながらつぶやいた。「そう愚痴ばっかり言われると気分が悪い」

ペデルは歩きまわるのをやめて、椅子にがっくり沈み込んだ。うちひしがれ、おびえた姿。キャビンにいるあとのふたり、マストの一味であるカストールとグラウンが、嘲るような笑い声を洩らした。

もちろん、ペデルはマストの計略にまんまとはめられたのだ。マストのカリスマ性と熱のこもった弁舌――野心あふれるプロの服飾家《サートリアル》であるペデルにはとうてい無視できないほど魅力的な話――に乗せられてしまった。リスクの大きい、危険な仕事だから、最初はためらったものの、取り分の前払い金として、破産寸前にまで追いつめられていた借金を全額肩代わりすると言われて、懸念が消え失せた。

ところが、いま考えてみると、ペデル・フォーバースの心に疑念が――いや、むしろ確信が――芽生えた。あの借金の取り立ての背後ではマストが糸を引いていたのではないか。ふつうなら、あそこまで厳しくせっつかれることはない。

そしていま、エレガンター服飾店を長期休業し、遠路はるばるこの惑星カイアまでやってきたこのときになって、ペデルは心底おじけづいていた。ひとつには、完璧な計画を練り上げる全能の男というマストのイメージが綻びてきたせいもある。この自称実業家（より正確には密貿易業者）が念入りに装っているのんきそうな態度は、ときおりしでかす失策やしばしば生じがちな不都合を隠すためのカモフラージュだということがだんだんわかってきた。マストがなにか決定的なへまをやって、非合法な船荷を処分している現場を当局に押さえられるとか、もっとひどいことになるんじゃないかとペデルは不安だった。

もっとも、ペデルの腹の底に沈む恐怖の源は、下で待ち受けているものだった。いま考えると、超低周波音《インフラサウンド》の威力をマストがちゃんとわかっているとは思えない。マストは打算的に見えて、じつは危険な大勝負が大好きなタイプで、いつもリスクを低く見積もろうとする。

「くそっ」マストが急に声をあげた。緑の天鵞絨《びろうど》のベストにこぼした酒のしずくを手で払いながら立ち上がり、染み抜きをとりにいった。

グラウンが大きくて不細工な顔を歪めてにやりと笑った。「なあ、マストをあんまりいらつかせるなよ」と、気のいい口調でペデルに話しかけてくる。「空気が悪くなるだろ」

「そうとも、もうすこしマストを信用しろ」カストールがつけ加えた。身長は平均より低く、体は細いが、肩幅は広くて、わずかに猫背気味。かつて目を負傷したことがあり、網膜の機能の一部を光感応コンタクトレンズに置き換えているため、両眼とも妙に金属的な輝きを放っている。全体にだらしない雰囲気で、ペデルがつくってやった新しいスーツも――ペデルは近づきのしるしに、新しいスーツを三人にプレゼントした――くしゃくしゃの着古しに見える。

「おれもこいつも、マストとは長いこといっしょにやってきたが、なんの問題も起きてない」カストールが言葉をつづけた。「仕事にかかる前に段取りを完璧に整えるのがやつの流儀だ。このヤマにはもう五十万も注ぎ込んでる。準備不足のわけがない」

「もっとも、一か八かの大勝負に目のない男だけどな」グラウンのにやにや笑いがさらに大きくなる。

「その目玉もマストが博打ですったんだろ」と反射的に言って、ペデルはすぐさま後悔した。カストールが目を失うことになったのは、どうやらマストのしくじりのせいらしいと理解していた。

マストが戻ってきたが、ベストの染みはまだ半分残ったままで、天鵞絨のやわらかな光沢を損ねている。「いまコックピットを見てきた」と彼は言った。「もう着くぞ。船は軌道に入るところだ。用意はいいか、ペデル？」

「う、うん。まあ、なんとか」胃がきゅっと縮こまり、かすかに体が震える。

「よし」マストはやる気満々の顔で、「じゃあ、ぐずぐずしてないで、とっとと降りて、仕事をかたづけよう」

マストが先頭になり、メインキャビンの真下にある船倉へ向かった。船倉はかなりの大きさだった。船足を上げるためと、品物をできるだけ多く積むために、よけいなものはすべて取り払ってある。荷積み口のそばに小型の着陸艇が一隻。これを使って惑星カイアに降り、また戻ってくる手筈だった。コスタ号自体を危険にさらすつもりなど、マストには毛頭なかった。

着陸艇のそばの目立つ場所に、バッフル・スーツが一着、吊り下がっている。オルガンのパイプみたいないろんなサイズの管で全面がびっしり覆われた、かさばる代物。絞首台に向かう死刑囚のような気分でペデルはそちらに歩み寄った。なんとなく人間のかたちには見えるものの、三層のバッフル管のおかげで、スーツはあまりにも大きくグロテスクで、人体を保護するというより、閉じ込めるために造られた道具のように見える。

カストールがウインチを操作すると、スーツはがくがく揺れながら床に降りてきた。カストールは、スーツ前面のロックをはずし、鉄の処女のようにぱかっと開けてから、小馬鹿にしたような笑みを浮かべ、中に入れとペデルに身ぶりで合図した。

ペデルは息を呑んだ。コスタ号はいま、自動操縦装置に導かれて、マストが手に入れた座標をもとに、カイアの軌道を周回しているはずだ。その座標を入手した経緯は謎だが（マストに言わせると、〝思いがけない幸運〟だったらしい）、おかげで今回の仕事が実現した。いよいよもう逃げられない。ペデルは、なにか邪悪な力、見えざる手によって、自分の意に反して動かされているような気がした。

ペデルは二の足を踏み、それからあとずさった。「ど、どうしてぼくが？　不公平だ。四人もいるのに」

「おいおい」マストのほっそりした端整な顔に、諄々と言って聞かせるような表情が浮かんだ。「あんたは専門家だろ。だからこうしてここにいる。ブツを鑑定するために。下に降りなきゃはじまらない」

「でも、ぼくが最初に降りる理由にはならない」ペデルは反論した。「難破船だってまだ見つかってない。二、三回降下してみないと、見つからないかもしれない。だとしたら、まだ専門知識は必要ない。船を探す仕事なら、きみかグラウンかカストールのほうが適任だろう」

マストがぎゅっと口を結んだ。「ずいぶん悲観的だな……しかしまあ、それも道理だ。ここは公平に、四人でくじ引きといくか」と言って、ポケットから乱数器《ランダマイザー》をとりだし、「さあ、好きな数字を選べ。一から四まで」

「一」ペデルは即座に言った。

カストールとグラウンはこの成り行きにほとんど関心を見せなかった。カストールがどうでもよさそうに「二」とつぶやき、グラウンが「三」とつづけた。

「じゃあ、おれは四だ」マストのほうは気合いじゅうぶんらしく、元気のいい声でそう言うと、ドミノに似た四枚の番号札《チップ》をランダマイザーの中に入れた。チップが筐体《きょうたい》の中で混ぜ合わされ、数秒間カチャカチャ音を立てた。それから、だしぬけに一枚が吐き出された。

ペデルは顔を近づけて番号をたしかめた。

一。

やっぱり、ぼくが行くのか。

「おやおや」マストが声をあげ、仲間をいたわるような目でペデルを見つめた。「これで気が済んだかい、ペデル？」

ペデルはむっつりうなずいた。無抵抗のままスーツに押し込まれ、ロックされた。訓練期間中に何度かこのスーツを着たことがあるため、外部モニターのスイッチを入れて状況を把握すると、妙なことにパニックが消え失せ、目の前のミッションをもっと冷静に考えられるようになった。モーターが起動した。ペデルはゆっくり向きを変えて着陸艇にぎくしゃくと歩み寄り、開いたハッチを不器用にくぐった。

このスーツを着ていると、すわったり横たわったりすることは不可能だ。すばやくクランプが伸びてきて体をコックピットの所定の位置に固定した。スーツの操作手はペデルの手が届く距離の一メートルほど先にあるが、どのみちペデルにはほぼ関係ない。着陸艇はほとんど自動操縦で動く。

スーツのインターカムから、マストの声が聞こえてきた。「ようし、いいぞ。いまさっき、探査センサーが大きな金属物体を見つけた。大当たりかもしれない。場所は着陸艇が知ってる。幸運を祈る」

「了解」ペデルは答えた。そして、恐怖を鎮めようと現状を分析しているとき、ふと思いついた。

「あのくじ引き！」とあえぎ声で言う。「いかさまだな！」

「当然だろ、相棒。投下した資本は守る必要がある。この段階まで来て、あんたに計画をぶち壊されたり、変更されたりするわけにはいかないからな」

「出してくれ！」ペデルはむなしく怒りの声をあげた。「くじ引きのやり直しを要求する！」

しかし、無駄だった。着陸艇はすでに動き出している。エアロックを通過する艇の姿がスクリーンに映る。数秒後、艇は宇宙空間に射出され、カイアの輝く大気圏へ向かって矢のように落下していった。

自動操縦で大気圏に突入すると、外殻をこする空気の音と着陸艇の発する機械音が、数分にわたってペデルの意識をいっぱいにした。はるか上空から見ると、カイアはこれといって特徴のない、快適そうな惑星だった。摩擦熱で着陸艇のまわりの空気が膨脹し、輝いている。地表に近づくにつれて、酸素の含有率が大きくなるからだろう。白い雲は、水蒸気が凝結したもの。植民に適した惑星になるはずだ――もし先住生物の特異な習性がなかったら。

雲層を抜けると、地表の特徴がはっきり見えてきた。山々があり、平野があり、川があり、森がある。なにもかも、ノーマルで無害に見える。この高さからでは、カイアの特性は判別できない。

着陸艇が速度を落とし、平原の上空を旋回しはじめた。地面には溝のようなすじが無数に走り、その多くが樹木に似た植生にふちどられ、覆い隠されている。着陸艇はいま、空中で不安定にホバリングしていた。

マストの声がまた聞こえた。「金属物体が探知された地点はそこの真下だ。なにか見えないか？」

「見えない」とペデルは言った。「でも、こっちの計器にも反応が出ている」

ペデルは樹木に覆われた溝の一本に目を凝らした。あそこかもしれない。

そのとき、平原に動くものが見えた。樹木の下から巨大な動物があらわれ、周囲を見まわし、二キロほど離れた小さな池に向かって悠然と歩いてゆく。ペデルはぞっとした。着陸艇が墜落するか故障するかしようものなら、絶体絶命の窮地に陥ることになる。こんな目につきやすい場所で滞空しているのは、トラブルを呼び寄せているようなものだ。ここから先は二本の足で——もしくは、バッフル・スーツの足にあたる部分で——歩いていくしかない。

ペデルは目標の地溝にできるだけ近い場所に着陸艇を降下させた。「着陸した。これから外に出る」

短くそう告げると、マストの落ち着いた返事がかすかに聞こえた。「了解」

クランプをはずしてから、ペデルはハッチのほうにあとずさった。ハッチがすみやかに開き、ペデルはうしろ向きに大地に降り立った。何歩も行かないうちに着陸艇はもう離陸して、高く高く舞い上がり、コスタ号へと戻っていった。賢明な戦略だが、ひとりぼっちでこの惑星に置いてけぼりにされた気分になる。

かくして、ペデル・フォーバースは、単身、インフラサウンドの惑星に降り立った。

カイアの動植物は、ほぼジュラ紀あたりに相当する進化段階にあるが、彼らはきわめてユニークな攻撃および防御手段を発達させていた。すなわち、インフラサウンド。物理的な力をほとんど使うことなく、対象となる物体の固有振動数に合わせた超低周波音波をぶつけることにより、相手を破砕する。建物だろうが乗りものだろうが機械だろうが、あるいは動物や人間でも、木っ端みじんにできる。

カイアに着陸した遠征調査隊は過去にいくつかあるが、幸運にもバラバラにならずに帰還して現地の状況を報告できたのは一隊だけだった。その調査報告によれば、カイアの動物たちは、たがいにインフラサウンドで攻撃し合う。逆に言えば、いま生き残っているのは、インフラサウンドに対する自衛手段を習得した種だけ。インフラサウンドの利用は、カイアの生物相に複雑怪奇なさまざまな進化をもたらした。植物さえもが、自衛手段と、自前の超低周波発生器官を備えている。

バッフル・スーツは、この危険きわまる環境を生き延びるためにマストが用意した切り札だった。莫大な費用をかけて建造されたこのスーツは、外殻にびっしり並んだ管で低周波を吸収し、着用者の身を守る。さらに、最後の手段として、突破してくる低周波音を相殺もしくは妨害するための音波発生装置を搭載している。

「なにか見つかったか?」マストが熱のこもった口調でたずねた。

スーツの内部、ペデルの目の前にはふたつの画面がある。一方には周囲の全景が映っていた。かすかに青みがかった、明るくすみきった空。岩がちの原野と、その向こうに広がる森。もう一方の画面はオシロスコープだった。輝点がくねくねと模様を描いている。小さなスピーカーからは、妙な音色のきしりが響く。外界のインフラサウンドの周波数を上げて、可聴音として流すモニター・システムだ。

「なにかあるらしい」ペデルは答えた。「きっと動物だな。でも、スーツの中にはなにも入ってこない」

「ほらな」マストが安心させるように言った。

「心配ないと言っただろ」

ペデルは心の中でマストに毒づいた。軌道上で高みの見物をしているかぎり、なんとでも言えるだろうさ。それに、ペデルはまだ、実際にインフラサウンド獣と遭遇したわけではない。

それでも、いくらか自信が湧いてきた。インフラサウンドというのは、たしかにおもしろい。その実体は、たとえば五サイクル毎秒（五ヘルツ）とかの、非常に周波数の低い音波にすぎない。しかし、ある程度以上大きな物体は、それ自身の固有振動数に一致する周波数でインフラサウンドをぶつけられると、もろくも崩壊してしまう。かつて、この原理を使って、都市をまるごと破壊する兵器がつくられたという話を、ペデルはなにかで読んだことがあった。

「地溝みたいな穴のひとつに接近してみる」ペデルは言った。「連絡したらいつでも着陸艇をよこせるようにしといてくれ」

バッフル・スーツはでこぼこの地面をすいすい歩いてゆく。金属製の筐体の中でペデルが足を動かすと、それをそっくりコピーして、管に覆われた足が動く。地溝を隠している森に近づくと、それぞれの樹の幹に等間隔に縦溝が走っているのが見えた。たぶん、振動を吸収するためのものだろう。

森に近づき、まばらな木立のあいだに踏み込むと、オシロスコープに激しく波が走り、スピーカーがせわしなく鳴りはじめた。ペデルは立ち止まり、片方の操作手で樹の幹に触れ—

――その瞬間、しびれるような感覚にびりびりと全身を貫かれて、あわてて手を離した。

はたして惑星カイアに、インフラサウンドの騒音を発していない生物はいるんだろうか。

目の前の大地は、段々になって下っている。傾斜のゆるい場所を見つけて、ペデルはおそるおそる最初の段を降りはじめた。小さな雑木林のすぐ手前まで来たとき、右手のほうではじまったドラマに注意を奪われた。

とてつもなく大きな、よろいに覆われたブロントサウルスのような動物が、大岩の陰からあらわれた。もっとも、雷竜に似ているのはサイズだけで、頭のかたちはまるで違う。ばかでかい頭部のほとんどが、開けっ放しのダストシュートみたいなかたちの巨大な口吻《こうふん》に占められている。インフラサウンドの咆哮を吹き鳴らすトランペットの四角いベル。

追われていると思ってパニックに襲われ、スーツが許すかぎりの速度で前方の雑木林に飛び込んだ。だが次の瞬間、巨獣が自分のことなど目にも留めていないことに気づいた。巨大トカゲが追っているのは、自分よりいくらか小ぶりの生きものだった。いま、その生きものは敵に顔を向けた。

ペデルは、鬱蒼《うっそう》とした森の中から見守りながら、生還した唯一のカイア調査隊があわただしく撮影した映像を思い出した。あの大きな雷竜を、調査隊は〝咆哮獣《シャウター》〟と名づけていた。悠然と敵に近づいていく巨獣の体は、バッフル・スーツと同じ、無数にパイプを並べたような装甲に覆われている。それを見て、ペデルはわれ知らず興味をそそられた。肩のあたりはとくにパイプが密集し、砲身が何列も並んでいるように見える。

しかし、小さいほうの動物は、見た覚えがない。こっちの頭部は、四角い漏斗《ろうと》のかわりに、砲身のような突起が三本生えている。体表の振動防止器官の密度は咆哮獣をもしのぐ。バッフル管、重そうな動く弁状組織《フラップ》、絹糸のように細い毛が密生するぶあつい毛皮。直接攻撃を防ぐための鋭い棘まで生やしている。

二頭の巨獣は、バッフル管を逆立てて防御態勢を整え、にらみ合う。咆哮獣の四角いラッパが大きく膨らむ。

とたんにペデルの体は衝撃波で吹き飛ばされた。

スーツの内部スピーカーから、ひっかくような音が響く。山と谷を持つはっきりした規則的な波形がオシロスコープを流れてゆく。スーツの音響発生システムが作動し、圧縮と膨脹を規則的にくりかえしながら襲ってくる空気の波を打ち消そうとしている。

波の一部がスーツの防御メカニズムを突破してきた。内臓をつかまれて裏返しにされるような感覚に襲われた。だがそれは、かならずしも苦痛ではなく、ペデルは目の前の出来事を冷静に観察することができた。小さいほうの獣は、骨張った長いフラップをひだえりのように首のまわりに伸ばし、危険な音響攻撃を除去もしくは遮断しようとしている。両者とも、ただじっと立って、たがいにインフラサウンドで相手を攻撃しているだけのようだ。オシロスコープの波形と音響翻訳システム（スピーカーはすでに復旧し、遠吠えのような音を規則的に発している）からすると、どちらもたえまなく音の高さ《ピッチ》を変えて、相手を破砕する周波数を探しているらしい。

と、そのとき、三本トランペット獣の体がたわみはじめた。装甲に細かいひび割れが走り、ゼリーのようにぶるぶる震えている。

そしてとつぜん、地面に崩れ落ちた。厚さ三十センチはありそうな表皮がぎざぎざに裂け、血と臓物が溢れ出す。

「そっちはどうなってる？」マストの声がしつこくたずねる。

「静かに！」ペデルは咆哮獣に聞こえやしないかと怯えているような口調で言った。じっさい、恐怖に縮み上がっていた。

あたりをもう一度見まわしてから、咆哮獣は四角いベルを天に向け、大音量のインフラサウンドで勝利の雄叫《おたけ》びをあげた。それから、ここは自分の領土だとでも言うように地面を踏み鳴らしながら、ぐるりと向きを変えた。いまペデルが目撃したのは、どうやら縄張り争いだったらしい。

咆哮獣は、もういちど四方を眺めわたしてから、少し離れたところにある高さ三メートルほどの大岩に鼻面を向けた。太い首の上の四角いラッパが広がる。ペデルのスーツのオシロスコープと内蔵スピーカーが激しく反応した。

その瞬間、大岩が粉みじんに爆発した。力の誇示を終えて、咆哮獣は悠然とねぐらに戻っていった。

ペデルは目撃した事件をできるだけ簡潔に報告し、最後にこうつけ加えた。「あの音響ビームの通り道に立ってたら、ぼくも一巻の終わりだったよ。こんな仕事には向いてない。人選ミスだ、マスト。さっさと着陸艇をよこしてくれ。早くここを離れたい！」

「仕事を済ませないかぎり、着陸艇もない」マストがきっぱりと答えた。「さあ、気持ちを落ち着けろ」

ペデルの五臓六腑を冷たい風が吹き抜けた。低いハム音とクリック音を奏でるスーツの中で、ペデルは汗をかいていた。じっとりした冷や汗。

「でも、咆哮獣に見つかったら？」

「銃があるだろ。やつが大口を開ける前に撃て」

大口径エネルギー・ライフルを操作する握り穴にわれ知らず手が伸びる。ペデルはため息をついた。

かすかな葉ずれの音がして、さっとふりかえると、下生えをかきわけて、兎《うさぎ》サイズの小動物が近づいてきた。興味を引かれて目を凝らすと、ぐっとスケールは小さいものの、その動物もやはりバッフル管とトランペット角を生やしている。周囲のようすをちゃんとチェックしていないことを思い出し、ペデルは片手を伸ばして慎重に茂みを押し分けた。

さらに数匹の小動物が、あわてて隠れ場所から逃げだした。こちらに顔を向けて振動ビームを放つものもいたが、スーツが問題なく防いでくれる。

見上げると、翼のある生きものが枝にとまっていた。うろこ状の羽根が全身をぶあつく覆い、くちばし代わりに円錐形のラッパ。ペデルを見下ろしてから、空中に飛び上がり、無器用に羽ばたいて去っていった。

ペデルの視線が、木の幹に釘づけになった。樹皮の上を動きまわる昆虫たちが見える。拡大率を上げると、数種類いることがわかった。多くは、振動を発射するための器官を頭から生やしている。こうした昆虫たちが戦闘に使う音波は、もちろんインフラサウンドではなく、可聴域にあるだろう。

ペデルは、このバッフル・スーツに試していない機能がいくつもあるのを思い出した。ダイレクト音響リンクを開いて外の音を聞いてみようかと考えたが、すぐに思い直した。風景は平和そのものだが、この森にたえず鳴り響いているインフラサウンドの流れ弾が当たったら、命に関わる。少なくとも内臓に深刻な損傷を負うことになる。

かわりに嗅覚プレートのスイッチを入れた。このプレートは、スーツ外部の探知プレートが吸収したにおいすべてを（毒性は自動的に除去して）複製する。

新鮮な松脂《まつやに》に似たにおいが鼻孔に入ってきた。なんとなく松林にいるような気分になる。もっとも、松林よりさらに刺激が強く、まるでなじみのないにおいが混じっている。いいにおいもあれば、不愉快なにおいもある。不思議な話だ。こんなに危険でエキゾチックな世界が、同時にこれほど自然で懐かしいにおいに満ちているなんて。

ペデルはスイッチを切った。においはどうせすぐに慣れて感じなくなるし、自分にはもっと重要な任務がある。咆哮獣が陣どっている縄張りをいかにして突破するか、その方法を考えはじめた。

あれこれ思案した結果、ベストの方法は、巨獣のねぐらに近づかないようにして森の中を進み、岩陰に隠れている場所を探してその下の段に降りることだと結論した。多少の困難はあったものの、このプランは首尾よく実行できた。途中で出くわした数頭の中型獣がおざなりに低周波を浴びせてきたが、こちらが退却すると追ってくることはなかった。ごくまれに、スーツの防衛能力が限界に近づいている気がしたこともあったが、エネルギー・ライフルを使う局面は一度もなかった。

バッフル・スーツを着用している以上、こっそり移動するのは無理な相談だ。ペデルは茂みを踏みしだき、一度か二度、斜面でバランスを崩して立木に激突した。やがて、蔓草《つるくさ》のような植物が織りなすすだれを押し分けると、地溝のいちばん深いクレバスのふちに立っていた。

そしてそこに、目的のものが横たわっていた。

墜落したカエアンの宇宙船は、地溝の反対側のへりにまずぶつかり、大きくはねかえってから落下して、いまのように、クレバスをほとんどすっぽりふさぐ位置に落ち着いたのだろう。ペデルは、損傷の激しい船体の、見慣れない異星ふうの姿に視線を走らせた。ドーム形をした半透明の誘導部や動力部、ゆるやかなカーブを描く長大な貨物室などが識別できる。船は墜落ギリギリまでコントロールを保っていたと見えて、墜落による被害はさほど大きくない。ほとんどの被害は、カイアの動物相によるものだ。インフラサウンドによって船殻がぱっくり割れ、破砕されたり、ひび割れたりしている。亀裂からのぞく内部構造もぼろぼろだ。もっとも、積み荷は無傷のはずだ。

「見つけた」コスタ号に短く報告した。「やっぱり地溝の中だ。相当ひどく壊れている。これから船内に入る」

「ようし、上出来だ」マストが上機嫌で言った。「ほら、やれると言っただろ」

ペデルは植物の生い茂る斜面を降り、船殻にぱっくり開いた亀裂に体をねじこんだ。あらかじめマストが見せてくれた標準的なカエアン貨物船の船内見取図(これまた、よからぬ手段で秘密裏に入手したものらしい)を頭の中に思い浮かべる。いまいるこの廊下は、船の全長にわたって伸びる、船殻のすぐ内側に位置する通路のひとつだろう。位置的には船首に近い。左手のドアを開けると、そこはメイン航宙ドームだった。クリスタルのキャノピーは、当然ながら粉々に砕けていた。斜めにリクライニングされたパイロット席には、航宙士たちの朽ちかけた遺骸。たぶん、墜落時に意識を失い、目覚める前にインフラサウンドの餌食になったのだろう。

なんともエキゾチックな、粋で洒落た彼らの制服に好奇の視線を投げてから、ペデルは航宙室を離れた。腐敗しかけた人体は、胃袋とあまり相性がよくない。

ぎくしゃくした動きで船尾へと向かいながら、いよいよだ、と心の中でつぶやいた。手の届くところまで来た獲物のことを思うと胸が高鳴る。

最初の貨物室に入った。

小さなものを保管するためのせまい船倉。天井の割れ目から漏れる光に照らされて、棚から放り出された大量の積み荷がそこらじゅうに散乱しているのがぼんやりと見える。ペデルはバッフル・スーツのライトを点灯し、思わず息を呑んだ。

帽子！

色彩が輝く。光を浴びて浮かび上がるエレガントなフォルムがペデルの感覚をとりこにした。あらゆる種類の帽子。ハット、キャップ、ベレーにボンネット。トークに中折れ帽《トリルビー》に山《ティ》高帽《トファー》。シャプロン、チャプレット、コルネットにコイフ。やわらかい帽子にかたい帽子、高い帽子にひくい帽子。羽毛つき、羽根飾りつき、翼つき、ベールつき。二角帽に三角帽。かんかん帽《ボーター》に山高帽《ボーラー》、ホンブルグにターバン。ゴージットにカウルにフード。ヘルメットに鉄兜《てつかぶと》にエーゲ帽。

かぶりものだけでこんなにたくさん！

ペデルは山高帽をひとつ手にとって、目の前にかざしてみた。そのタッチは、ひとめ見ただけでわかった。この生地、このシルエット、創造性に満ちたこのデザインに見られるまぎれもないセンスは、銀河広しといえども、一カ所にしか存在しない。この帽子は、どんな男も引き立たせ、気分も行動も変えてしまう。

「着陸艇をよこしてくれ」ペデルはコスタ号に呼びかけた。「積み込みの準備はできてる」

マストは正しかった。この船には、はかりしれない価値を持つ宝、カエアンの衣類が満載されている。

かつて、彼らは仕立て屋と呼ばれていた。ペデルの父も、仕立て屋だった。

そして、ペデルの母星、ハーロスでは、ザイオード星団の他の多くの惑星と同じく、いまも仕立て屋と呼ばれている。しかしそれは、ザイオードにおいて、服飾が（ペデルの私見では）正当に評価されていないからだ。ペデル自身は、多くの同業者と同じく、自分を服飾家《サートリアル》と呼んでいる。彼にとってそれは、ただの商売ではなく、天職なのである。

ペデルは過去に二度、カエアンの奇妙な衣裳第一主義《クローズ・コンシャス》文明の産物を手にするチャンスに恵まれたことがある。ひとつはダマスク織りの胴着《ジュポン》、もうひとつはシンプルな花柄の首布《クラヴァット》。どちらもささやかな品だったが、それでも心を奪われ、魅惑されて、カエアンをめぐる伝説はすべて真実だったと思い知らされた。

カエアン文明に属する諸惑星は、ツィスト腕の一画を占めている。ツィスト腕は、輪郭のはっきりした銀河渦状腕で、なめらかにカーブしている。炸裂する火花のような姿のザイオード星団は、そのカーブの端と端を結んだ中間あたりに位置する。この二、三世紀、両政体のあいだにはほとんど接触がなく、あったとしても用心深い敵対関係に限られていた。ザイオードはカエアンの文化を理解せず、カエアンのほうはぶざまな衣服をまとう異人たちに対し、超然とした頑《かたく》なな態度を崩さなかった。

カエアンでは、衣裳はたんなる装飾ではなく、ひとつの思想であり、ひとつの生き方——いや、唯一絶対の生き方だった。ペデル・フォーバースでさえ、どんなに努力しても、この深遠な哲学を完全に理解することは不可能だとあきらめていた。一方、ザイオードでは、体を覆うことは公的になんの意味もなく、全裸で人前に出ることも是認されている。しかし、そのザイオードでさえ、いくら公的に否定されようとも、衣裳——人類最古の芸術のひとつ——に対する愛着が廃《すた》れることはなく、カエアンの衣裳はザイオード人からも、まさしく究極の至宝と見なされていた。実際は、カエアン製衣裳の輸入、販売はもちろん単純所持さえも非合法とされているため、幾光年にもおよぶ暗黒の深淵《ガルフ》を渡ってザイオード星団に入ってくるものはごくわずかだったが、その少数には途方もない値がついた。

カエアン宙域の一端から他端へと赴くとき、カエアンの交易船は、渦状に円を描くツッィスト腕の内側にある虚無の深淵を突っ切って、二点を結ぶ直線上を航行することになる。弦にあたるこの直線の中間地点は、ザイオード星団ともほぼ同じ距離にある。この宙域のどこかで、一隻の交易船が事故に見舞われ、最寄りの惑星に不時着を試みた。それが、孤独な主星のまわりをめぐる惑星カイアだった。

このニュースが、マストの耳に入った。

法的には、積み荷はまだ、船の所有者であるカエアンの貿易会社のものだが、マストたち三人もペデルも、その事実はほとんど気にかけていない。ペデルは帽子庫を抜けて、もっと大きな貨物室をいくつも見て歩き、歓喜のあまり失神しそうになった。コート、ズボン、半ズボン、シャツ、靴、そしてペデルの語彙にないその他多くのさまざまな衣類。そのとき、着陸艇を送ったとマストから連絡が入り、ペデルは品物の積み込みにいちばん便利な場所へ艇を導くため、急いで船外に出た。

熱狂のなか、ペデルはマストに対する賛嘆の念をとりもどしつつあった。マストはたしかに万事うまくやってのけた。とりわけ、ペデルを連れてきたのは天才的な判断だった。これだけの宝物をすべて運び出すのはとても不可能。このすばらしい宝の山から最上の逸品だけを選び出すには、このペデル・フォーバース——無名ではあるが、おそらくハーロス最高の服飾家《サートリアル》だとひそかに自負している——のような、知識と経験を兼ね備えた人材が不可欠だ。

着陸艇を適当な場所に下ろしたあと、ペデルは選別作業にとりかかった。ラックから衣類を選んでは、腕に抱えて運び出し、ずんぐりした小型艇のせまい船倉に手ぎわよく積んでゆく。手足だけではなく、頭脳も酷使し、ただすばらしいものは無視して、途方もなくすばらしいものだけを運んだ。ふつうなら随喜の涙を流すはずの衣裳を無造作に脇へ投げ捨てながら、ペデルは神聖なものを汚しているような気分になった。

着陸艇が三往復して宝を運び出したあと、ペデルは新しい貨物室に入り、ちょっと見てから後悔の念にかられた。船荷すべてを調べてから選別作業をはじめるべきだった……。

最初は、自分の鑑定が自分でも信じられなかった。しかし、布地に手を触れると、全身の神経と血流がかつてないほど興奮し、綾織りやダマスク織りなど、どんなすばらしい織物にもないその感触に、他の可能性はありえないと結論した。これこそ、かの伝説の布にちがいない。ザイオードの人間はだれひとりとして、これが実在するという確証を持っていない。噂を耳にしたことのある者でも、その名を知っているとはかぎらない。だがペデルは、それが〝プロッシム〟と呼ばれるのを聞いたことがあった。

もしこれがプロッシムなら——いまやペデルはそう確信していた——この船に積まれてい

るすべてを、最後の端切れ一片にいたるまで運び出さねばならない。たとえ、すでにコスタ号に積み込んだ全衣類を捨てることになったとしても。もっとも、そこまでする必要があるとは思えない。たぶん、この貨物室にあるものでぜんぶだろう。カエアン世界でも、プロッシムは希少にして高価な最高級品であり、王族もしくは秘密に通じた衣裳家だけのものだという。この布はカエアン神秘学のオーラに包まれているが、その理由はペデルにも判然としない。わかっているのは、プロッシム製の衣服なら、つくり手を問わず、他のどんな素材でつくられた衣服より、十倍も高い値で取引されるということだけ。

マストにはなにも告げないまま、ペデルは急いで貨物室のプロッシムを運び出した。ぜんぶ合わせて、着陸艇がちょうど満杯になるくらいの量だった。しかし、最後のひと抱えを運び出す段になって、貨物室の隅にある、なんの表示もない小さなドアに気がついた。小物を収納した戸棚かなにかだろうとドアを開けた瞬間、ペデルはその場に凍りつき、急いでいたにもかかわらず、五分間は身動きができなかった。

ドアの先の空間は、最初、中身に対して広すぎる気がした。部屋といってもいいくらいの広さに、たった一着だけ、スーツがぽつんと吊してある。

それでも、そのスーツを見ているうちに、広すぎるわけじゃないことがわかってきた。人間が快適に過ごすためにある程度の空間を必要とするのと同じように、そのスーツはそれだけの空間を求め、支配している。ペデルは小さくふっと笑い声を洩らした。個人的に価値のある衣裳か、高い地位にある人物の私服か。カエアン人が衣裳の保管にどんな習慣を持っているかは知る由もない。

　どういうわけか、ペデルはスーツを手にとることもなく、ただじっと見つめつづけた。最初は、控え目で上品なスーツに見えた。色あいは地味だし、裁断は鮮やかだが目立つところはない。それでも、見ているうちに、スーツの与える印象がだんだん大きくなってきた。上着とズボンのかすかなフレアは、まさに天才的な曲線を描き、見る目のある人間には、電撃のような、自信たっぷりの躍動《エラン》を感じさせる。色彩も、もはや地味ではなく、めくるめくパターンに光り輝いているように見える。そして、見れば見るほど、ありえない可能性を排除するのがむずかしくなってくる。ペデルはついに、一歩前に踏み出し、うやうやしく操作手を伸ばして、上着の裾を持ち上げた。

　贅沢な裏地は、輪と渦巻きの精緻な模様に織り上げられている。ペデルは息を呑んで腕を引っ込めた。このデザインには見覚えがある。信じがたい可能性が裏づけられた。

　フラショナール・スーツだ！

　ペデルはどんな野放図な夢の中でも、このスーツを所有することはもちろん、自分の目で見られる日が来ると思わなかった。カエアン服飾芸術の帝王と謳《うた》われた天才、フラショナールの作！

　この偉大な芸術家は、噂によると、最近、世を去ったらしい。フラショナールの作品は数が少なく、没後は彼の手になる服すべてに一点ずつ名前と作品番号が与えられ、往年の偉大な絵画と同じように扱われているという。しかし、ペデルの幸運は、さらにとんでもないものだった。プロッシムという奇跡の生地が完成したのはごく近年のこと。カエアンと通信可能な距離にある惑星へ旅してきたという某服飾家に聞いた話では、フラショナールがこの新素材を用いて完成したスーツは、知られているかぎり、わずか五着だという。

「ペデル！」マストの声がいらだたしげに言った。「なにを手間どってる？」

　ペデルは覚悟を決めて、フックからスーツをとった。「いま、今回の分を運び出すところだ」

　ペデルは慎重な足どりでカエアン船を出ると、フラショナール・スーツを着陸艇に積み、船倉のハッチを閉ざした。そして、カエアン船へ戻りかけたとき、バッフル・スーツのスピーカーがガーガーと警告音を発し、音波発生機が不気味に起動した。

　ふりかえると、さっきの咆哮獣が地溝の斜面を悠然と降りてくる。

「待ってくれ」ペデルは言った。「厄介なことになった」

　咆哮獣はもうペデルに気づいたようだ。空中で長い尾を振ってバランスをとり、四角い音響シュートをカエアン船に向けている。ペデルはふと思い当たった。吠え猛るスピーカーの音は、咆哮獣が発するインフラサウンドの音だ。エネルギー・ライフルを操作する握り穴にあわてて手を伸ばした。バッフル・スーツの表面を覆うチューブが次々に割れ落ちてゆく。ゆっくりと回転する碾《ひ》き臼《うす》に内臓がすりつぶされているような感覚。

　エネルギー・ライフルから、かすかに薄青く見える火炎が噴射された。ゆらめくガスの炎のようだが、太いまっすぐなビームとなり、標的めがけてほとばしる。咆哮獣の鼻面のすぐ下に命中した。巨体が傾き、のたうつ。傷は負わせたものの、仕留めるにはほど遠い。斜面をさらにずるずると降りてきて、ペデルと着陸艇に超低周波を浴びせようと、こちらにラッパを向ける。ペデルは、今度はもっとよく狙って、もう一度ライフルを発射した。薄青いエネルギー・ビームが咆哮獣のラッパを破壊し、ぶあつい甲皮を貫いて、どうやら致命傷を与えたらしい。巨獣は横倒しになり、苦しげにもがいている。

ペデルは、着陸艇が離陸不能なほど壊されていないことを祈りながら歩き出したが、体の中のすべてが振動しているような感覚に襲われた。インフラサウンドを限度以上に浴びすぎた影響だ。

しかし、その不快感を無視して、着陸艇のコックピットに乗り込んだ。「回収してくれ」とあえぎ声で言う。「負傷した」

「了解」マストが答え、着陸艇が離陸した。ぎしぎし音をたてながらもなんとか上昇してゆく。船体がばらばらになるほどの深刻なダメージは免れたらしい。

十五分後、ペデルはコスタ号に帰還し、ぼろぼろのバッフル・スーツから外に出た。じっと立っているかぎりだいじょうぶだが、少しでも動くと、とたんに内臓が振動するあの感覚が甦《よみがえ》ってくる。声を出すだけでも同じこと。医学校を落第した経験のあるカストールが、「たいしたことはない。たぶん、軽い内出血だ」と言ってマストのカウチにペデルを横たえ、なにか注射してからマッサージをほどこした。三十分ほどで、いくらか気分がよくなった。

「持ち出した船荷は、全体のどれくらいの量なんだ？」マストがたずねた。

「半分くらいかな」

マストが唇を引き結んだ。「船倉にはまだスペースの余裕が……」

「もう二度と降りる気はないぞ」ペデルは急いで言った。「どのみち、スーツが壊れた。もっとほしけりゃ、自分で行ってくれ」

マストはその話題をひっこめた。四人はそろって船倉へ行って、収穫を検分した。銀河最高級の衣類をためつすがめつして楽しみ、それぞれ自分が着るものを選んだ。グラウンとカストールは、夢中になって、とっかえひっかえ衣裳を試着した。しかしマストは、注意深く検品するだけで、着てみようともせず、最終的に選んだのは、スパイダーシルクのクラヴァットと数枚のハンカチーフ、小さくて洒落た帽子がひとつ、それだけだった。ふだんあんなに身だしなみに気を遣うのを知っているだけに、ペデルは、マストの自制心に驚いた。ペデル自身はと言えば、夢遊病者のように船倉を歩きまわり、次々に衣服を手にとった。袖とえりにぎざぎざの縁取りを施したプロッシム製キルト仕立ての外套《タバード》。スエードに銀の飾りをあしらった薄紫のやわらかいスリッパ。キアロスクーロの技法で織り上げた長靴下。そして、できるだけさりげなく、あのフラショナール・スーツにためらいがちに目を向けた。

「ひとつ、ぼくの取り分にしたいものがあるとしたら、このスーツだな」とペデルは言った。

マストは横目でスーツを見ながら、「カエアンの連中の生き方は相当変わってるそうだな」と、どっちともとれる言い方で言った。「あいつらみたいに、服に人間を支配させるんじゃないぞ」

ペデルは歓喜のあまり、その言葉をろくに聞いていなかった。カエアン製の、本物のフラショナール・スーツの所有者になったのだ。そしてもうすぐ着用者になる。自分にそう約束した。

新しい服を携えて、四人がコックピットに戻ると、マストがハーロスへの帰途につくと宣言した。だが、そのとたん、警報が鳴り出した。コントロール・ボードにかがみこみ、マストはいぶかしげに表示スクリーンのひとつをたしかめた。

「船が一隻、こっちへ向かってくる」ようやくマストが言った。「カエアン船だ」

「偶然かねえ」カストールが発言した。「ここはカエアンの交易ルートに近い」

「違うな。どうも、まっすぐカイアに向かっているらしい」マストが不機嫌に顔をしかめた。

「しかし、腑に落ちないな。カイアがどんな惑星かくらい、連中も把握しているはずだ。あの難破船のクルーが知らなかったとしても。積み荷を回収するためだけに大金をはたいてバッフル・スーツをこしらえるのは割に合わない。すくなくとも、カエアンの市場価格では」

ペデルはプロッシムやフラショナール・スーツのことには一言も触れず、「早く離れよう」と提案した。

「いまハーロスに出発したら、確実に見つかってしまう」マストが考え込んだ。「とはいえ、こんな目につく空間にはいられない。どこかに隠れないとな」

「着陸したらどうだい、ボス」グラウンがぼそりと言った。

「ばか、カイアに降りたりしたら、コスタ号は十分と保《も》たない。それに、たぶん探知される。待てよ……カイアには姉妹惑星があったな。そう、これだ！」

表示スクリーンに、もっと大きな拡大図が映された。第二の惑星の軌道は、主星をめぐるカイアの軌道から、わずか数百万キロ内側にある。マストがキーボードからコマンドを入力し、マイクに音声で指示を追加した。「もし安全なら、あの惑星に着陸しろ。安全でないなら、できるだけ低空の周回軌道に入れ」

コスタ号はカイアの軌道を離脱してオーバードライブに入り、もっと主星に近い姉妹惑星めがけて突進しはじめた。「カエアンの連中は、ここに先客がいるとは思っていないはずだ」マストが言った。「ということは、まだ見つかってない可能性もある。連中がカイアに着陸したあと、あの惑星と主星の陰に隠れてこっそり逃げ出そう」

「どういう惑星なんだい？」ペデルがたずねた。

「直径八千キロ」マストが肩をすくめた。「それしか知らん。生還したカイア調査隊は、〝蠅《はえ》の惑星〟と呼んでいた。理由は知らん」

三十分少々のオーバードライブでコスタ号は五千万キロ進み、〝蠅の惑星〟の大気圏に突入した。地表すれすれの高度まで降りると、命名の由来はおのずと明らかになった。

その惑星には、ある種の蠅が生息していた。たぶん、ほとんど唯一の原住生物だろう。蠅たち自身がつくりあげた環境を生き延びられる生物がほかにそうそういるとは思えない。地表およそ千五百メートルの高さまで、大気には蠅が密集している。たいへんな繁殖力があるらしい。いまや一立方センチメートルあたり約三匹という蠅密度に達し、コスタ号は、汚泥の壁を突き抜けるようにして、ぶんぶんうなる黒い集塊の中を降下していった。

船はほんの短いあいだ、固い地面に着陸していたが、乗組員たちはその間にまわりを見て恐怖にかられ、ただちにオート・パイロットに離陸を命じた。

大気圏上層部まで上昇したとき、カエアン船がカイアの周回軌道に入るのが見えた。コスタ号はこっそりと〝蠅の惑星〟の裏側にまわり、巨万の富が待つ（はずの）ザイオード星団の惑星ハーロスに向かって出発した。

2

アレクセイ・ヴェレドニェフは見慣れた環境をさっと眺め渡した。はるか下方宙域《ダウン・レンジ》に主星の光。視野の届くかぎりあらゆる方向に点描の背景が広がり、手の届かない星たちが輝いているが、彼はそれを無視した。周囲をとりまくあたたかく虚ろな、漆黒の星間宇宙こそ、アレクセイが生きる世界だった。

ふざけて彼から逃げまわっているラナ・アルマソワは、八百キロほど下方宙域にいる。彼女の金属ボディがかすかにレーダーに感知される。もうすぐ捕まえさせてくれる気だなと思って、気分が高揚した。彼らはすでに、ガス巨星の環《ガードル》、岩と氷の塊でできた自分たちの基地《ホームベース》から、ずいぶん遠ざかっていた。これ以上、鬼ごっこをつづけると、邪悪なサイボーグたちの住む不毛の小惑星、ショージの勢力範囲に入ってしまうおそれがある。

ラナは制動をかけはじめている。星明かりにきらめくラナの姿を見つけて、彼は呼びかけた。ラナはゆっくり回転しながら、性的興奮にともなう信号を送信している。彼のほうも、差し迫った欲求を送った。たちまち、せっかちな愛の感情が揺れ動きながら返ってくる。

ふたりの交信は、通常会話の域をとっくに超えて、いまや、純粋な感情をダイレクトに伝えられる唯一の周波帯、UHFで行われていた。豊かな高周波のハーモニーに乗って、言葉ではけっして扱えない繊細な感性が自由にやりとりされた。アレクセイとラナは、たがいに相手の存在に興奮し、距離が近づくにつれてその興奮が深く激しくなっていった。アレクセイのほうは、UHFが運んでくる女性性そのもののインパクトに、気が遠くなりかけた。

次の瞬間、ふたりのボディが音をたててぶつかり、電磁場の融合がさらに興奮を高め、アレクセイのボディから長く細い鋼鉄の突起が滑り出た。アレクセイはラナのボディをつかんで正しい位置に導き、突起を挿入する開口部を探しあてた。瞬間的にエクスタシーがふたりを包み、たがいの体にしがみついているあいだに探針《プローブ》が彼の精液をラナの中に注入した。

穏やかなジェットの噴射音とともに、ふたりは体を離した。どちらも、しばらく無言だった。しかし、ラナがとつぜん警告の叫びを発し、交接後の平安を壊した。影がふたりの体を横切る。彼らと主星のあいだをなにかが通過したのだ。

ふりかえると、巨大な長い物体がこちらに迫ってくるのが見えた。特徴はわからない。太陽を背にした物体を照らすのは星明かりだけで、しかも金属のようには光を反射していないようだ。

「なに、あれ？」ラナが叫んだ。

わからない。サイボーグたちがあんなものを建造したという話は聞いたことがなかった。それどころか、サイボーグはめったに宇宙空間に出てこない。

「逃げろ、ラナ、逃げるんだ！」

しかし、警告するまでもなかった。ラナの推進装置はすでに稼働している。アレクセイ自身も同時にジェットを噴かして、ふたりは上方宙域《アップ・レンジ》に向かって突進した。居住環《ホーム・リング》は遠く、このあたりには身を隠すものが一切ない。アレクセイは進路を変えてラナから離れ、彼女にも自分から離れろと命じた。自分に注意を引きつけ、ラナを逃がそうという目論見だったが、作戦は図に当たった。巨大な物体はアレクセイを追ってきた。向こうのほうがはるかに速い。

巨大物体の尾の先端から、なにかが発射された。回避行動をとったが、逃げられない。平べったい台の上にドームがついた程度のものに見えたが、それはやすやすとアレクセイに追いつき、まもなく手を触れられそうな距離まで近づいた。鞭のようにしなる強靭な繊維がそこから伸びてきて、悪態をつくアレクセイの体を両腕ごとぐるぐる巻きにする。彼は、不気味な黒い巨大物体のほうへと否応なく牽引されていった。

「船内に入れるべきでしょうか?」エストルーがたずねた。「危険かもしれません。ロボット爆弾とか」

髪を紫色に染めた中年女性がテーブルのモニター・スクリーンから顔を上げ、エストルーを見やった。「心配性ね」分別のある抑制された口調でたしなめる。「では、中に入れる前に、エアロックで内部センサーにかけることにしましょう。でも、爆弾には見えない。知りたいのは、この船が通りかかったとき、あれがなにをしていたのかよ」

エストルーは上司の肩越しにスクリーンを覗き込んだ。運ばれてくる物体は、明らかに金属製だった。二本の腕を持ち、興味深い装備がくっついた大きなメインボディには駆動ユニットが組み込まれている。ヘルメット形の頭部から生えているチューブやアンテナはおそらく外部センサーの類《たぐい》だろう。

「じゃあ、なんに見えるんですか、アマラ？」

中年女性は小首を傾げた。「そうね、手の込んだ宇宙服《スペース・スーツ》の一種に見える」

「あんなでかい宇宙服が必要な人間がいますかね。巨人ならともかく。それに、だとしたら船はどこに？　数キロ圏内には、なんにもありませんよ」

アマラが肩をすくめ、「まあ、すぐにわかるわ」と言ってインターカムのスイッチを入れた。「アスパル、わたしたちが捕捉したとき、両者はたがいに交信していたのね？」

スピーカーから男の声が答えた。「はい。非常に情報量豊かに変調された特殊なUHF波ですね。意味はさっぱり。たぶん、マシン・トークの一種でしょう。それが途切れたあと、音声による会話の断片がひとしきり」

「何語だった？　カエアン語？」

「カエアン語ではありません。聞いたことのない言語でした」

「聞かせて」

アマラはボタンを押し、スピーカー越しに再生された短いやりとりを録音した。「ありがとう、アスパル」と言って、インターカムを切り、眉根にしわを寄せて、その短い会話を何度か再生した。はじめに女の声、それから男の声。

「聞き覚えのない言語ですね」エストルーが言った。「何語ですか？」

アマラの顔に、驚きの表情が広がった。「もしかしたら、これは――ええ、たぶんまちがいない――古代ロシア語が変化したものね」

「ロシア語？」エストルーがまさかという顔で笑い、それから真顔に戻って、「でも、カエアン語の祖語はロシア語じゃないですよね」

「ええ、ロシア語がもとになってるわけじゃないわ。多少の痕跡は残っているけれど、それはほとんどすべての地球語について言えること。ロシア語それ自体は、もう何世紀も、生きた言語としては話されていない」

「でも、彼らはそれをしゃべっている。なんと言っているんです？」

「たいしたことは言ってない。話題はわたしたちのことみたい」アマラは、性急に交わされたその会話をもういちど再生した。「女がまず、〝あれはなにか？〟とたずねる。彼女はとても驚いている。すると男のほうが、〝逃げろ、逃げろ〟と言う。女に名前で呼びかけているようね。ラナ、と」

「ふむ。ラナですか」エストルーが考え込むように言った。「じゃあ、やっぱり宇宙服ですかね。遠隔制御されたマシンだという気がしますけど。いずれにしても、この星系もしくは、すくなくともその近傍に、なんらかの文明が存在するという推定が成り立つ」

「〝推定〟というのは便利な言葉ね。これまで、文明の存在を示すしるしはほとんどまったく見つかっていない。もしあれば、わたしたちが気づいたはずよ」

エストルーはうなずいた。例によって、アマラの指摘は正確だった。彼女の判断はおおむねいつも正しい。

しかしもちろん、アマラには膨大な知識のバックボーンがある。わずか三つか四つの単語を聞いただけで、はるか昔に消滅した言語だとためらいなく特定した事実からもそれがうかがえる。事実、彼女はザイオード星団でトップクラスに入る文化人類学の権威であり、だからこそここにいる。

カエアンと戦争になる可能性に鑑みて、ザイオード総裁政府は、まだほとんど理解の進んでいないこの文明の現状、目標および起源について、くわしく研究するよう命じた。カラン号はその研究計画の一環だった。

調査は慎重に進める必要があった。カラン号は、言葉本来の意味で、不法侵入者だったからである。彼らはカエアン文明圏の外側から調査に着手した。ツツィスト腕のこのあたりは、かつて人類が移住したと推定されている。彼らは、初期の入植地や忘れられた前哨基地を見つけ出し、特異なカエアン文化がいかにして発展してきたかについての手がかりを得たいと考えていた。

そのとき、船長の声がふたりの議論に割って入った。「さて、アマラ、針路はこのままでいいかね?」

エストルーとアマラは、右側のスクリーンに映る船長のほうを向いた。「さしつかえなければ、船長、しばらく航宙を中断して、調査したいことがあるの」とアマラは言った。「この件は重要かもしれない」

船長がうなずいた。「きみがボスだからな」と皮肉っぽい口調で言う。「だが、なにかあれば、すぐに連絡してほしい。この船に危険がおよぶ可能性について判断するのは船長の仕事だからね」

「もちろんです、船長」スクリーンから髭面が消えた。

アマラのテーブルから、べつの声が話しかけてきた。「彼をラボに収容しました、アマラ」

「彼？　あの中には男性がいたの？」

「はい」

「すぐ行くわ」アマラはエストルーに笑みを向けて立ち上がった。「次はわたしの勘を信じてもらえそうね」

エストルーはため息をつき、アマラのあとについてラボへ降りた。

宇宙服の男は、無重力の真空室に収容されていた。エストルーは依然として、こんな宇宙服の必然性が納得できなかった。脚部がないのに、全長は三メートル半に達する。駆動ユニットも不釣り合いに大きい。明らかに深宇宙《ディープ・スペース》用で、長距離の航行を可能にすることが目的だろう。

脚だけでなく、フェイス・プレートもない。外観は金属製の機械そのものだ。

「なんのためにこんな部屋に入れたの？」アマラは不機嫌な口調でたずねた。「どうやってスーツを脱がせるつもり？」

ちょっとばつの悪い表情を浮かべて、技術者たちが指示にしたがった。空気がしゅーっと音をたてて真空室を満たす。重力が強まるにつれ、スーツがゆっくりと降りてきて、やがて床の上に横倒しになった。巨大なスーツは両腕を床について起き上がろうとしたが、浜辺に打ちあげられた鯨のようにまたぐったり倒れた。

「わかった、重力は切って」アマラがいらだたしげに言って、手を振った。「ともかく、彼がスーツから出てきて、話ができるようにして」

重力がなくなると、アマラはハッチを開けさせてから、中に声をかけた。

宇宙服は返事をしなかった。

「たぶん、聞こえてないんですよ」エストルーが言った。「あの中は、きっと宇宙船の中と同じ状態だ。通信装置を使わないと」

「そうね」アマラはトランシーバーを持ってこさせると、アスパルが会話を傍受した周波数を使って、聞こえることを願いつつ、覚束《おぼつか》ないロシア語で話しかけた。

ややあって、よく響く強い声がトランシーバーから流れ出した。アマラは眉を上げた。

「彼はなんと？」エストルーがたずねた。

「おまえたちは罪の報いを受けるだろう。なにも言う気はないから、さっさと殺せ、と。メロドラマじみた気分で、勇敢なところを見せようとしているみたい。たしか、それがロシア人の特徴だったと思った」

アマラはまた口を開き、捕虜に身の安全を保証し、スーツから出てくるように懇願した。返事は悪態の羅列だった。アマラはエストルーをふりかえり、「ばかげてる。これじゃ、とても話なんかできない」

「スーツの中にいたいと言うのなら……」エストルーは肩をすくめた。「そうさせておくほうがいいかも」

「だめよ、それじゃ！」アマラは頭に来ていた。「だって……それじゃ不便すぎる！　それに、急に暴れ出したりとかするかもしれないし」

最後のひとことが、いちばん説得力があったかもしれない。アマラの指示どおり、捕虜はふたたび拘束され、気密室内でがっちり固定した状態で、技術者が宇宙服を開く作業を開始した。

「妙ですね、アマラ。可動プレートも継ぎ目もない。この宇宙服は完全に密封されてますよ」と技術者。

「開ける方法はぜったいある」エストルーが反論した。「まだ見つからないだけだ」

アマラがトランシーバーを投げ出した。この数分、宇宙服を脱ぐ件で捕虜の説得をこころみていたが、相手にはまるきり通じない。わたしのロシア語が思っている以上に下手だったのかと、アマラは責任を感じた。それとも、相手の方言がもとのロシア語から離れすぎているのかもしれない。

「もううんざり」アマラは言い放った。「そのスーツを開けなさい。開く方法が見つからないなら、切開して」

アマラは足音も荒くラボを出ると、書斎へ向かった。


その巨大な宇宙洞穴に引き込まれたときから、アレクセイ・ヴェレドニェフは憎むべきサイボーグの手に落ちたのだと確信していた。捕虜にしたサイボーグの姿を前にいちど見たことがあるから、あのやわらかくて気色悪いちっぽけな連中は見分けがついた。たしかにここのサイボーグたちは、基地《ホームベース》で見た連中とあんまり似ていない。頭部の砲塔や胸部に埋め込まれた金属箱など、いくつかの器官が欠落しているようだ。

しかも、それらの器官はサイボーグの体の中でいちばん人間らしく見える部分だったから、彼を捕えた連中は、相対的にいっそう不気味だった。サイボーグも、さまざまな環境にある程度まで適応する能力があり、器官の交換や改良も可能なのだろう。宇宙洞穴で航行中だという事情が、彼らの姿の変化と関係しているのかもしれない。

彼らはアレクセイの母語が訛《なま》ったような言葉で話しかけてきたが、ほとんど意味がわからなかった。彼は、あっさり殺してくれることを漠然と願っていた。サイボーグの残酷さは悪名高い。そしていま、アレクセイはその残酷さをまざまざと見せつけられることになった。ふたたび拘束されて宇宙洞穴のべつの場所へ連行され、鋼鉄の板の上に横たえられた。数人のサイボーグがまわりを囲み、大きな鏡に自分の姿が映っているのが見えた。サイボーグたちはそれぞれ器具を手にしている。

そして、おれの体を切開している！　アレクセイはもがき、悲鳴をあげたが、彼らは冷酷無比だった。たちまち外皮が切り裂かれ、内臓が露出するのが見えた。意識が遠くなる。もっとも奥にある臓器まで暴かれ、気を失う最後の瞬間、鏡に映っていたのは、生まれたばかりのように無防備な、初めて目にする、青白い幼虫のようなものだった。

3

カエアンでもっとも社会的地位の高い職業は、言うまでもなく服飾家《サートリアル》である。この職業は、精神科医、聖職者、思想家が果たす役割をそっくり代行するため、前記の三つの仕事は、独立した職業としてはカエアンに存在しない。なにか問題が起きた場合、かかりつけの服飾家に相談すると、問題解決の道を見つける助けとなる衣服をつくってくれる。

とはいえ、カエアンの仕立て屋はかならずしも誂《あつら》え品だけを扱うわけではない。万能型の天才服飾家と特別な関係にあるという幸運なケースを別にすると、カエアン人はふつう、あるひとりの服飾家の作品だけを着ようとは思わない。むしろ、服飾芸術のあらゆる分野から貪欲に着るものを選びたがる。そのため、ツィスト腕の諸惑星のあいだでは、膨大な量の既製品が取引されている。

しかし、誂え品かどうかに関係なく、カエアンのすべての衣服は手縫いである。機械または工場による衣服の大量生産は、カエアンにおいては空想の対象にさえならない。大量生産という概念そのものがおぞましい蛮行と見なされ、そうした製品を進んで身につけるザイオード人は、カエアン人から哀れみと侮蔑の目で見られている。カエアン人にとって、衣服とは宇宙とのインターフェイスであり、みずからの存在を評価し秘めた能力を発揮する唯一の手段なのである。そのため、衣服は、デザイナーと製作者を兼ねるひとりの芸術家の手になるものであることが絶対的に求められる。カエアンの服飾家は、手と頭のすばらしい結合を示している。電動器具を使い、しばしば霊感に導かれることで、彼らは、驚くべき技術と独創性を見せる三つ揃いのスーツをものの数分でつくる能力を持つ。

カエアン人は、彼らの衣裳中毒を薬物中毒と重ねるような見方を強く否定している。衣裳芸術は人生を充実させるための実際的かつ外向的な方法であり、内面的な気分の変化に依存するのとはまったく違うと彼らは言う。しかしながら、アース・マット＝ヘルヴァーの推測では（『ツッィスト腕旅行記』参照）、創造性豊かなカエアンの服飾家は、潜在意識の力に導かれている。服飾家の手は潜在意識下にある人種的な元型に反応して裁縫し、できあがった衣服を通じてその元型が着用者に憑依し、姿をあらわすのである。

――リスト『文化概説』

タクシーはハーロスの首都グリディラの市街を走っていた。色ガラス窓の向こうを飛び去る摩天楼群のぼんやりした姿は、交互に訪れる光と影のなか、角張った亡霊の群れのように見えた。

リアルト・マストは上機嫌だった。「われわれの事業は、最高に満足すべき結果を得たわけだ。なあ、ペデル」グラスを上げて共犯者に軽く会釈してから、すべての公営タクシーに常備された緑の酒をあおる。

ペデルも自分のグラスに口をつけた。「ここまでは、順調だね」とだけ答える。

たしかに、表面的にはすべて順調に進んでいる。コスタ号は、出航したのと同じ地方宙港――零細企業の貨物便がもっぱら利用している小さな宙港――に帰りつき、対蹠《たいせき》宙域における鉱脈探査という無害な航宙記録とともに、船主に返却された。積み荷をグリディラまで輸送する方法については注意深く用意周到に計画を練ってあり、この作業はカストールとグラウンが担当して、カエアン製の衣類はいま、前もってこのために借りてある郊外の家に運ばれつつある。残るは戦利品を売りさばくことだけ。これは時間のかかる仕事で、ペデルの采配のもと、何年もかけて進めることになる。

したがって、満足感に浸る理由はじゅうぶんある。ペデルも、自分に対するマストの仕打ちを許していいような気にさえなっていた。タクシーは、ショッキング・ピンクとエレクトリック・ブルーのライトリボンに飾られた軒の低い店の前に停車した。ペデルは不安な目で窓の外を見つめた。高くそびえるビルにはさまれた薄暗くせまい路地で、街灯や冴えないネオンサインがちかちかしている。看板には〈かまきり亭《マンティス・ダイナー》〉とあった。首都グリディラの法権力がほとんどおよばない地域にある根城で、ペデルも前に一度、マストに連れられて来たことがある。

「さあ、着いたぞ！」マストが陽気に言った。「祝杯と夕食をおごらせてくれ」

ペデルは抱えている旅行鞄を所在なげにいじりながら、「ぼくはこのタクシーで帰るよ」とためらいがちに言った。

マストが快活にペデルの肩をたたき、「ばか言うな！　そうやって遠慮ばかりしてるから、ぱっとしない人生だったんだ。今度みたいな大成功のあとは派手な打ち上げがつきものだろ。それに――」と、なにかほのめかすように小首をかしげ、眉を吊り上げた。「ちょっとした商売をして、ブツの一部をさばけるかもしれん」

ペデルはそれを聞いて警戒心を強めた。調子に乗って無分別な真似をして、慎重に立てた計画を危険にさらすというのは、いかにもマストのやりそうなことだ。今度はマストを野放しにするのが心配になり、ペデルは急いでタクシーを降り、いっしょに色彩豊かな長方形の入口をくぐって、煙草の煙が立ちこめる安っぽい終夜営業の店に足を踏み入れた。

マンティス・ダイナーには、街路に面しただれでも入れるレストラン以外に会員制のクラブがあり、その入会規則は恣意的かつ複雑怪奇だが、要するにオーナーに信用されることが条件だった。マストは信用されていたので、会員になっていた。彼は先に立ってレストランの奥に向かい、安ピカものを吊り下げたすだれをくぐると、そこにいた見張りにうなずきかけてから、虹色のプラスチックでできた高さ百八十センチの円筒形カプセルに入った。

カプセルは地下へ向かって十五メートル降下し、それからおよそ四百メートル水平に移動した。目的地は、公然の秘密とも言うべき暗黒街《アンダーワールド》のひとつ、自衛のために、文字どおり地下に潜ることを選んだ街だった。

ふたりが乗り込んだエレベーターは、招待されない客は利用できない。グリディラの合法的な飲食店に混じって、マンティス・ダイナーのような秘密の隠れ家が何軒あるのかはわからないが、もし警察がガサ入れしようとしたら、自分たちでトンネルを掘るしかないだろう。円筒形カプセルはゆっくりと停止した。おだやかな音楽に導かれ、ふたりは地下クラブに入った。そこは、さっき通り抜けた終夜営業レストランの、油脂や安ワインのにおいがたちこめる店内とはまるで違っていた。豪華なインテリア、やわらかな間接照明、上等の絨毯《じゅうたん》、レリーフの壁画。最高級の食事が若い美女によって給仕され、地上と違って空気には悪臭もよどみもない。ここは、グリディラの裏社会のメンバーのうち、懐《ふところ》が豊かで、なおかつオーナーの眼鏡にかなう者たち――金持ちの故買屋、名うての密貿易業者、プロの詐欺師、うさんくさい自称実業家（マストはここに分類される）およびその関係者、技術的なサービスの提供者など――がゆったりくつろげる、彼らだけの特殊な環境だった。

ペデルとマストは小さなテーブルに腰を落ち着けると、夕食のメニューにプロトヴィア産イナゴ脚の香辛料炒めを選んだ。料理は、ペデルがまたこんど注文してみようと思ったほど美味だった。数人の客がマストに会釈したり、テーブルに近づいてきて彼と言葉を交わしたりした。ペデルは、なぜマストが自分をここに連れてきたのか、よくわからずにいた――カストールとグラウンはこんな特権を与えられたことが一度もないのに。それだけ大きな取引が予定されているということか。マストがカイア遠征を思いつき、計画を練ったのは、この場所だったという。コスタ号の船主もここの常連だ。マストは難破したカエアン船の噂をこの店で聞き込み、インフラサウンド惑星の座標ともども、その情報を買ったのだ。

マストがある特殊な技術的サービスを調達したのもこの店だった。しわくちゃな顔に、小柄で痩せた体つきの素っ裸の男がテーブルにやってきて、空いている椅子に無造作に腰を下ろした。

「やあ、リアルト。スーツはちゃんと動いたかい？」

カエアン製の帽子をかぶった悪魔的にハンサムなマストが、鼻の頭を指ではじき、冷たい笑みを浮かべた。「じゅうぶん役に立ったよ、モイル。このペデルに訊いてみろ。彼こそ、われらが勇敢なる〝超低周波飛行士《インフラノート》〟なんだから」と言ってくすっと笑う。

この小柄な老人があのバッフル・スーツをつくったのなら、ペデルの命は、ある意味、彼の掌中にあったことになる。技術者にじろりと見つめられて、ペデルは落ち着かない気分になった。プロジェクトの目的について、マストがどこまでモイルに打ち明けているのか知る由もない。

「危ないところだったけど、なんとか生き延びましたよ」とペデルは答えた。

「スーツの中まで入ってきたかい？」モイルがたずねた。「レコーダー・ボックスは持ってきたか？　調べてみたいんだが」

「いえ、残念ながら」とペデル。レコーダーが搭載されていたとは、いまのいままで知らなかった。

「スーツは捨ててきたんだよ、モイル」マストが詫びるように言った。「なにも回収できなかった。すまん」

モイルはぼんやりうなずき、「なに、またなにか用があったら声をかけてくれ」と言って立ち上がった。「いつでも喜んで取引させてもらうよ」

「こっちもさ」モイルが去ってから、マストはペデルのグラスに酒を注いだ。「ギャンブルでもどうだい、ペデル。カードか、シャッフルでも？　ほら、せっかくついてるんだから」

「いや」ペデルは答えた。マストのことはもうわかっている。あつかましい、熟練した常習的イカサマ師だ。

レストランの隅に大きなテーブルがひとつあり、布の衝立《ついたて》で目隠しされていた。マストはときおりそちらに視線を投げては思案するような表情を浮かべていたが、やがてペデルに顔を近づけ、低い声でささやいた。「あそこに衝立で仕切ったテーブルがあるだろ、ペデル。あれは、ハーロスでいちばん有力な故買屋の指定席なんだ。もちろん、今夜来ているかどうかは衝立の向こうを見るまでわからない」

「それがどうした？」ペデルはやけ気味にそう言って、ワインをあおった。しかし、マストはもう立ち上がって、ペデルの不安そうな表情など一顧だにせず、フロアを横切って、布で仕切られたテーブルに歩いていった。突然、衝立の陰から死人のような長身の男があらわれ、活発な身ぶりをまじえてマストと短い会話を交わした。

マストは興奮した表情でもどってきた。「ペデル、ジャドパーが来てる。まだ面談の約束はとれてないが、今夜のうちにはきっとなんとかなる……そのときは、いっしょに来てくれ。

商品価値がわかってるんだから、交渉もできるだろう」

　ペデルの緊張に気づくふうもなく、マストはぐびりとワインを飲んだ。「どういう意味かわかるか？　ジャドパーは、けちな取引には興味をもたない。積み荷ぜんぶ、まとめて買ってくれる！　あしたの今頃は、あんたは大金持だ！」

「だめだ、とんでもない」ペデルは苦悩の声で抗議した。「そんなやりかたはありえない。この業界の信用のおける相手を通じて、一点一点、何年もかけて、ゆっくり売却する。そうすれば、値段も高くなる。そう決めたじゃないか、リアルト」

　マストは眉を上げた。「投下資本を回収するのにいつまで待てって？　そんなのは素人のやりかただ。ほかに手があるなら、そんなやりかたはしない。なるべく早く利潤をあげて、新規事業に投資するのが肝要だ」マストは声をひそめて、「いままで黙っていたが、タンドーラの樹液油林で、主根からオイルをこっそり抜きとる方法がある。かなりの先行投資が必要だが、気づかれる前に相当量のオイルを抜けるし、うるさいことは言わずに買ってくれる相手はいくらでもいるから、たちまちぼろ儲けだ」ペデルの膝をたたき、「衣裳を売った分け前を投資しないか？　二、三カ月で十倍になる。どうだい？」

「ごめんこうむる。畑違いだよ。ぼくは服飾家《サートリアル》だ。ほかの仕事に手を出す気はない。合意した取り決めは守ってくれ」ペデルはきっぱりそう言うと、てこでも動かないかまえで頑固に腕を組んだ。

「カエアンの衣裳を手もとに置くのがどんなに危険かわかってるのか？」マストが真剣な表

情で指摘した。「蛇《じゃ》の道は蛇《へび》というじゃないか。ブツの処分は故買屋にまかせろ。向こうはその道のプロだ。リスクは承知のうえだし、二年や三年、商品を寝かせても気にしない」

「ぼくだって気にしないよ」ペデルはむっつりと言った。実際、怒りの一部は、ザイオード星団の全域から群がってくるとびきりの上客たちに一点ずつ楽しみながら売却するという夢が潰えかけているのが原因だった。目の肥えた名うての洒落者《エレガンター》たちは、カエアン縫製の半ズボンやプロッシムのベストにいくらでも金を出すだろうに。

マストは、持ち前の自信過剰から、またしても危険な勝負に打って出ようとしている。マンティスに来たのがまちがいだった、とペデルは思った。ぼくがいなければ、いくらマストでもどうしようもなかったのに。マストはペデルの専門知識を必要としている。

初対面のとき、ペデルは海賊の頭目じみたマストのオーラに魅惑され、ぼくらは魂の兄弟なんだとさえ——誤って——想像した。マストが小粋な身なりを心がけているのを見て、服飾芸術に本気で興味を持っていると思い込んだ。だが、それはまちがいだったし、ペデルの神経では、マストの強迫観念じみた楽観主義にはとてもじゃないがつきあいきれない。

ペデル・フォーバースはパニックを起こしかけて、ぱっと立ち上がった。「帰るよ」と短く言う。「ぼくも同じだけの賭け金を積んでるんだ。拒否権を行使する」

「同じなもんか！」マストは叫び、椅子の背に体をあずけてペデルを見上げた。「座標を買い、コスタ号を借り、バッフル・スーツをつくらせる——その金はだれが払った？　あんたの出費はゼロ——総収益に対する取り分だって、それ相応じゃないか。忘れたのか？」

「ぼくは命を賭けた」ペデルは冷たく言った。「きみは賭けなかった——賭けようともしなかった」

　ペデルは旅行鞄を抱きしめ、よろよろと虹色のプラスチック製エレベーターに向かった。しかし、カプセルが一階に着いてドアが開き、マンティス・ダイナーの脂っぽい空気に触れたときにはもう、あんなことを言うんじゃなかったと後悔していた。

　ターン街に帰りついたのは真夜中だった。ザイオード星団の星々が頭上にきらめき、その夜空をバックに街の夜景が輝いている。ペデルは小さな自分の店、エレガンター服飾店の鍵を開けて、静かに中に入った。

　店内にこもる服地のにおいに迎えられた。ラックにぎっしり吊された衣裳たちが、軍隊の行進のように列をつくって歓迎してくれているような気がした。無数の衣服をかすめながら闇の中を進み、低いステップを降りて小さな工房に入ると、灯りをつけた。

　せまい空間には、商売道具がきちんと並んでいた。アイロン台、マネキン、細いひも通し針《ボドキン》、数百パターンの縫い方ができる電動針、縫い目なしに布同士を継ぎ合わせる携帯型の細繊維織機。もう一台のマシンは、つむぎ糸の玉からはじめて、一着のスーツをまるごと、下から上へと織り上げることができる。服飾家が制御ボードの前にすわって機械に指示を与えるので、一応はハンドメイドのオーダー服に分類されるが、ペデルはめったにこの機械を使わなかった——作業が自分の手の動きとほとんど関係なく進行するので、工場の製造ラインを監督しているような気分になるからだ。

壁に何着もかけてある、つくりかけの服にふと目がとまった。持ち帰ってきた旅行鞄の中身と自作を比較して、ほろ苦い笑みが浮かぶ。自分の負けをさとった者、どんなにがんばっても超えられない創造性の壁を前にした芸術家の笑み。

それでも、持てるかぎりの才能を注ぎ込むしかない。最初に大急ぎで調べたとき、フラショナール・スーツは、ペデルが着るにはちょっとだけサイズが大きかったから、仕立て直しが必要だ。フラショナールの作品に自分が手を加えると思うだけで背すじが寒くなるが、スーツを自分で着るつもりなら、そうするしかない。

テーブルに旅行鞄を置き、蓋を開けた。

まず、紫色のスエードのスリッパをとりだす。

それから、フラショナール・スーツを出した。

そっとハンガーにかけ、うしろに下がってじっと見つめた。

カエアン難破船で初めて目にしたときと同じように、スーツは部屋全体を支配していた。フラショナールのプロッシム製スーツ！　ほんとうはこれほど貴重なものだと知ったら、マストがどんなに怒ることか！

この一着の価値は、おそらく残りすべてを合わせたものに匹敵するだろう。ペデルは全身全霊をスーツに集中させた。そのシンプルな優美さに頭がくらくらする。彼のあらゆる経験、あらゆる想像も凌駕する優美さ。袖口の生地を親指と人さし指でつまんでこすってみる。その感触は筆舌につくしがたく、はてしなく魅惑的だった。つるつるでもざらざらでもなく、完璧なたおやかさと完璧なたくましさを兼ね備えている。

カエアンには、天然と合成を合わせて数千種類の繊維があるが、ペデルにとっても、プロッシムの原材料はまったく謎だった。天然繊維なのか合成繊維なのかさえわからない。わかっているのは、希少で、高価で、最高級ということだけ。

ペデルはふと眉間にしわを寄せた。はじめて見たときの判断はまちがいだったのだろうか。目の前のスーツが、いまは自分にぴったりのサイズに見える。上着の前をめくって裏地を覗いてみたが、もちろんサイズ表示などあるはずもない。

惑星カイアでは、冒険の興奮のために、きっと判断が狂ったのだろう。

疲れている。きょうは長い一日だった。スーツの試着はあしたにしよう。

ペデルは二階の住居へとつづく階段を上がった。服を脱ぎ、手編みレースの丈の長いナイトガウンを羽織ると、簡素なベッドに横たわって、たちまち眠りについた。

ドア・ベルの鳴る音で目が覚めた。ふらふらとベッドから起き出して、張り出し窓から外を覗く。夜明け前の微光を背景に、一キロほど向こうにある摩天楼群のシルエットが黒々と浮かび上がっている。下の通りに目を落とすと、店の入口に人影がふたつ立っていた。暗すぎて、顔まではわからない。

幅のせまい階段を降り、店舗の玄関を見ると、半透明のドアに、街灯がふたつの影を落としていた。一方は痩せて長身、もう一方はずんぐり体型。やれやれと心の中でぼやきながら、ペデルは洋服の列のあいだを抜け、急ぎ足で玄関に行って鍵を開けた。「おいおい、ペデル、明かりもつけない気か？」マストとグラウンが店に入ってきた。「真っ暗だぞ」マストが不機嫌に言った。

それを無視してペデルは暗い店の中を歩き、ふたりを先導して二階に上がった。居間と寝室を兼ねた主室に入り、ふたりの客に相対する。寝巻き姿のままなので、ちょっとばつが悪い。マストがいちばんすわり心地のいい椅子を見つけて、無造作に腰を落ち着けた。グラウンは口を半開きにしたまま、莫迦《ばか》みたいにつっ立っている。

「なんの用だい？」ペデルがたずねた。「こんなに早く再会するとは思わなかった」

「いい知らせだ、ペデル」マストが平然と切り出した。「マンティスでねばった甲斐があったよ。まさか、じかに会えるとは思ってなかったが、ジャドパーの山荘に呼ばれて、来週、面談することになった。たぶんそこで取引が決まる。しかし、交渉の前にブツの評価額を知っておく必要がある。だから、きょうからすぐ鑑定にかかって、そうだな、週末までに数字を出してほしい。たいへんな仕事なのはわかるが、重要な……」

ペデルは災厄を予感して、心の中でうめき声をあげた。マストがなにもかも台なしにしようとしている——まちがいない。

「ゆうべ言ったじゃないか——決めたとおりにしてくれ」ペデルは怒りを込めて、頑固に言った。「衣裳の売却はぼくが担当する——それがこの計画の契約条項だ」

マストはいきなり高圧的になり、「自分の立場がわかってないようだな、ペデル。最初から、雇われてるだけなんだよ。これはおれの事業で、あんたに命令されるいわれはない」と言ってから、ぱっと立ち上がった。無骨なのにしなやかで、冷笑的。

「さあ、いつまでも駄々をこねるなよ、ペデル。最高にうまくいってるんだから！　莫迦みたいにぷんぷんしてないで機嫌を直せ。おれも二、三時間、寝ることにする。午後になったら迎えにくるから、いっしょに倉庫まで行くんだ」

フラストレーションを抱えたまま、ペデルは去っていくふたりを最悪の気分で見送った。

上機嫌で鼻唄を歌うマストを後部座席に乗せて、カストールの運転する大型コーレドン車は縁石を離れ、低いエンジン音を響かせて、ほとんど交通量のない道路を走り出した。

マストのとなりにすわっているグラウンがむっつりと言った。「どうしてあんな軟弱野郎にかまうんだい、リアルト？　さっさと放り出したほうがいいよ。あれははずれくじだ」

「かもしれんな」マストが辛抱強く答えた。「しかし、やつがいないと値踏みができない。値段がわからずに売るわけにはいかない」

「だから？　この街に仕立て屋があいつひとりってわけじゃないだろ。ほかを雇えばいい」

「となると、秘密保持の問題が……しかし、たしかにそうだな、グラウン。品物をフォーバースの手が届かない場所に移したほうがよさそうだ。あいつの協力を確実にするためにも」

マストは運転席とのあいだを仕切るガラスをたたいた。「予定変更だ、カストール！　倉庫へ行ってくれ！」

カストールが操縦レバーを引いた。車は角を曲がって、南へ走り出した。

マストは満足げにクッションにもたれ、自信たっぷりに言った。「やつもうすぐ、逆らう相手をまちがえてたことに気がつくだろうよ」


寝直すこともできず、ペデルは逡巡に苦しみながら部屋を歩きまわった。どうしたらいいかわからない！

とうとう、絶望に頭を抱えて椅子にすわりこんだ。最終的には、マストの言うとおりにするしかないだろう。しかし、その先にはいったいどんな運命が待っているのか？

たぶん、監獄惑星リドライド行きだ。

三十分ほどそうしてすわっていたが、やがてフラショナール・スーツのことが頭に浮かんだ。窓の外は明るくなりはじめている。こうなったらもう、早くきょうの仕事をはじめたほうがよさそうだ。

そしてきょうは、もちろん、フラショナール作のプロッシム製スーツの日だ。

あのスーツを試着するという千載一遇のチャンスに対しては、最大限の慎重さと敬意を払う必要がある。ペデルはていねいに体を洗って、化粧を施し、ゆったりと朝食をとり、それから身につけるものを注意深く選んだ。フロントにラッフルをあしらい袖口に縁取りをほどこしたレモン色のシャツ、金糸で花柄を刺繡した絹の下着、本物のラムウールを使った手編みの靴下、金のバックルがついたやわらかい黒革の靴。

期待に胸を高鳴らせて工房に下りると、選んだものを身につけた。しばし、手が震えた。それからハンガーに手を伸ばし、フラショナール作のスーツに袖を通した。そのとたん、たちまち電撃的な効果を感じた。

すばらしい、最高だ！

スーツは、まるでフラショナールその人が手ずからペデルを採寸して誂えたようにぴったりだった。ベストは人格の卓越した支えとなり、まっすぐで強くて機敏になった気がした。超音速ロケットの流線型カバー《フェアリング》のようにほんのわずか裾が広がった細身のズボンは、まるで足が長くなり体に活力がみなぎるような、驚くべき気分にしてくれた。その気持ちに背中を押されて、工房の端から端まで大股に歩いてみた。ジャケットの繊細なラインが体のコントロールを助け、ふだんのペデルの足どりにつきまとうぎこちなさを解消してくれた。

姿見に映る自分の前に佇《たたず》んだペデルは、スーツが彼の人格を占有してゆくのを感じた。人格を乗っ取って欠点を直し、外界との新しいインターフェイスをつくりあげる。ここにいるのは、新しいペデル・フォーバースだ。背すじをまっすぐ伸ばして立つ彼は、理性的でそつがない、つねづね夢想していたような理想の自分、潜在能力のすべてを開花させたペデルだった。顔つきさえも、たくみに改良されている。あけっぴろげで愛想のいい表情はそのままだが、瞳には新たな剛直さがある。従順さや優柔不断の色は消え失せ、まぎれもない有能さの印象がそれにとってかわっている。以前には気弱な感じに見えた肉づきのいいあごのラインさえ、いまは世渡りに長《た》けた人物の貫禄を醸し出している。

フラショナール・スーツを身にまとう者ならだれでも、カエアン哲学の教義を否定すべくもない。自然のままに進化してきた人類の姿かたちは、偶発的で不格好で不完全で、内なる創造性に見合わない。眠れる内なる力を外在化するには、現実との適切なインターフェイスを獲得する必要がある。そのときはじめて、人間は真の装いで宇宙と対峙し、まともな思考力と行動力を備えた、本来そうあるべき生きものとなって、存在のあらゆる領域を開拓できる。

しかし、人間の体が毛のない猿を超えてさらに進化するには、盲目的な自然の力だけでは足りない。意識的な芸術の力、すなわち、衣裳芸術によってのみ、人類の肉体的進化は実現する。

自分の姿を見つめるペデルの脳裏で、かつて一度もまじめに受けとったことのないこうした考えが、外部の破壊分子さながらに入り込み、激しく爆発した。視線を動かすたびに、めくるめく新たな効果が生じた。ペデルは、鏡の奥に、未来の神人の予兆を見ているような気がした。勇猛果敢な衣服に身を包み、銀河から銀河へと飛び、燦然《さんぜん》たるその衣裳のおかげで向かうところ敵なし。この栄華にくらべれば、衣服をまとわぬ人間など、湿った土塊《つちくれ》でしかない。

うっとりするような思いが頭に浮かんだ。いまやぼくは、ザイオード星団のベスト・ドレッサーだ。ザイオードとカエアンを合わせても、おそらく五本の指に入るだろう。フラショナールはたった五着しかプロッシム製スーツをつくらなかったのだから。

だからぼくは、全宇宙のベスト・ドレッサー五人のうちのひとりだ。

眩暈《めまい》に襲われて、部屋がくるくる回転し、調和のとれたスーツの色彩が、一瞬、万華鏡のように見えた。

鏡から顔をそむけると、眩暈は去った。ペデルは、さっきまで悩んでいたことが些末な問題にすぎないとだしぬけに気づいた。マストの不正なやりくちにあれこれ言う必要はない。自分の分け前を現物でもらって、ふさわしいやりかたで売却し、連中と関係を断ってしまえばいいだけのこと。あとはマストが好きにすればいい。

ペデルは二階へ戻り、電話で自動タクシー《オートキャブ》を呼んだあと、物置から大きなスーツケースを三つ出してきて、車を待った。

万事うまくいく。ペデルは店の玄関に立って、ガラス窓ごしに空を見上げた。太陽はもう昇っているが、ハーロスでは夜明けの数時間後まで星が見える。紫がかった緑色の空の半分近くがザイオード星団に覆われていた。星々が密集する中心部は、蛍光色の綿毛に包まれた巨大なタンポポに見え、密度の低い星域はかすみのようにたなびいている。ザイオードという国家は、このタンポポの綿毛をかたちづくる無数の恒星系のうち、百にも満たない居住惑星からできていた。タンポポの向こうに、虹の切れ端のようなツィスト腕が見分けられた。さらにその背後には、銀河の他の部分がさらに暗く広がっている。

ペデルは未来の人類に思いを馳せた。服飾芸術によって姿を変え、いつかこの銀河の支配者となる。変身した人類の進化には長い時間が——もしかしたら何千年も——かかるだろう。しかし、ひとつ確かなことがある。新人類は、ザイオードではなく、カエアンから発祥する。

オートキャブが店の前に着いた。数分後、ペデルは、まだ静かなグリディラの市街を南に向かっていた。

流線型の商業ビル群が背後に飛び去ってゆく。やがて車は都心を環状にとりまく高層居住地区に入った。頭上を交差する居住施設群に、ときおり空が遮られる。三十分後、ペデルは、柳の木とブーケツリーが立ち並ぶカードラ郊外住宅地区《ガーデン・サバーブ》にいた。

車の窓を開け、かぐわしい樹々の香りに満ちた朝の新鮮な空気を吸い込んだ。しかし、マストが借りているテラスハウスの前にオートキャブがとまると、ペデルは顔をしかめた。手動操縦の大型コーレドン車——マストの車だ——が縁石に駐車してある。横手のガレージのシャッターが上がっていて、中にとめてあるバンに何者かが荷物を運び込んでいるのが見えた。

ペデルはオートキャブを降り、足音を忍ばせてガレージに近づいた。「これはこれは！」と朗々たる声で叫ぶ。「なんとも信頼に足る共犯者だな！」

マストは動じるそぶりも見せず、ゆっくりとした慎重な動作で、腕に抱えた衣類をバンの後部に入れた。「おれもどうやらパートナー選びを失敗したようだ」と悲しげに言う。「いったいなんの用だ、ペデル？」

「きみの企みを見抜いて、止めにきたんだよ！」

「たいした洞察力だな」とマストが評した。「そっちこそ、キャブの屋根にいくつもスーツケースを載せてるじゃないか。あれはなんのためだ?」

カストールとグラウンが衣類を腕に抱えて、横手のドアからあらわれた。

「その衣裳をすぐに家の中に戻せ!」ペデルが怒鳴りつけた。ふたりは表情を動かさず、ペデルを無視して、抱えた衣類をバンの中にどさっと投げ入れた。

ペデルは三人のあとを追って家の中に入った。カエアンの衣類は、物置の壁ぎわに整然と積み上げられ、あるいはペデルが用意したラックから吊り下がっている。カストールとグラウンがなおも忙しく運び出し作業をつづけるあいだ、マストは冷静な目でペデルを上から下まで眺めまわした。

「新しいスーツだな、ペデル。それで生まれ変わったわけか。そっくり新しく」マストは考え込むような表情になった。

ペデルのほうも、マストが着ているザイオード製スーツを眺めて、心の中で評価した。以前はマストのファッション・センスに感心したこともあるが、いまや彼が身につけているすべてが——もちろん、カエアン製の帽子はべつにして——信じられないほど下品に見える。ただの安っぽい自己宣伝。カエアン文化における真の服飾芸術とはなんの共通点もない。

慎重に練り上げた計画を思いつきで変更したがるのは、マストの性格の根本的な欠陥だ。ペデルは、カエアンの服飾家になったつもりで、マストのこの欠点を直す方法を考えはじめた。マストが豊富に持っている指導力と進取の気性とのバランスをとるように、配慮と用心を強化する衣裳を処方しよう。

ひとつ、アイデアが浮かんだ。戦利品の中から適当なものをみつくろってやったら？……しかし、それは無理だ。マストが協力するわけがない。それにペデル自身も、カエアンの服飾家ならぬ身では、そのために必要な洞察力がない。

ペデルはようやくまた口を開き、「どういうことなのか説明してもらおうか」とマストに迫った。「ぼくの分までそっくりぜんぶ盗み出そうとしていることに、いったいどんな言いわけがあるのか、ぜひとも聞かせていただきたいね」

「ただの予防措置だよ、ペデル」マストが平然と答えた。「盗難の危険を避けるために、商品を安全な場所へ移そうとしているだけだ。どうやら、先見の明があったらしいな」

「違う——ぼくは盗みにきたわけじゃない」ペデルは訴えた。「よし、ほんとうのことを言おう。きみの仕事のやりかたにはもうついていけない。ぼくの取り分は、現物でもらって、自分で売りさばく。残りはきみたちのものだ」ちょっと間を置いて、「そうだな……十万ユニット分。それで手を打とう。すべて考え合わせると、じつに慎ましい要求額だ」

「いいだろう、ペデル」マストがゆっくり答えた。「それで決まりだ。ただし、ひとつ条件がある。残りぜんぶの評価額を教えてくれ、だいたいのところでいい。ジャドパーにいくらふっかけるか、一応の目安がほしいからな」

ペデルは口ごもり、あごを撫でながら周囲を見まわして、「いくらふっかけても、高すぎることはないよ」と、あいまいに言った。「だから、一点一点、時間をかけて処分したかったんだ。いくらジャドパーでも、長い目で見れば、ぼくが売りさばいた場合の総収益には……」

マストがぱちんと指を鳴らして、いま戻ってきたグラウンに呼びかけた。「グラウン、外のオートキャブからペデルのスーツケースをとってきてくれ、たのむ」

ペデルは在庫に視線を走らせ、衣類を選びはじめた。

「信用してるぞ」マストがつぶやくように言った。「持っていく品物の値打ちは、あんたにしかわからんのだから」

「ぼくは正直な人間だ」ペデルは請け合った。「約束は守る」

大きなスーツケースを三つ抱えて、グラウンがよたよたしながら部屋に戻ってきた。ペデルは選んだ品を慎重にスーツケースに詰め、ひとつ一杯になるごとに蓋を閉めてロックした。すべてのスーツケースが満杯になると、満足して立ち上がり、「五百万以下ではぜったいにうんと言うな」と、マストに向かって静かに言った。「できれば六百万」

「わかった」マストが右手をさしだした。「では、おれたちの関係も、これでおしまいというわけだな」

ペデルはその手をとって握手した。「それがおたがいの利益になることを祈ってるよ」

「ああ、もちろんだ」

しかし、ペデルは去りがたい気分だった。「ひとつ相談なんだが」と遠慮がちに切り出す。「ここの衣裳には、人間にめざましい影響を与えるものがある。もしぼくに見立てさせてくれるんなら……つまり、きみもまんざらメザックってわけでもないんだから」メザックとは、カエアン語で、〝ヒヒのような服を着る者〟を意味している。

マストはにやっと笑って首を振った。「正直言うと、衣裳の処分を急いだ理由がもうひとつある。長く手もとにおいておくのが不安になってきたんだよ。警察がどうこうって意味じゃなく」

「わからないな」

「カエアン人が世間でなんと呼ばれてるかは知ってるだろう――衣裳ロボットだ。こういう服を見てると妙な気分になってくる。どこか非ザイオード的なところがある」

「偏見だよ。ザイオード人に典型的な異文化恐怖症《ゼノフォビア》だ」

マストは肩をすくめた。「なんとでも言え。おれはただ、なにが健全かについて固定観念を持っているだけさ。人間はちゃんと二本の足で立ち、松葉杖の助けなしに歩くべきだと思う」

ペデルは心の中でため息をついた。哀れなマスト。安っぽいボロ着をまとい、それなりの洒落者だと勘違いしている。もっとも、マストの指摘は、たしかに、ザイオードとカエアンの文化的な相違をずばりと言い当てている。個人主義と独立心を重んじるのがザイオード人気質。カエアンの服飾芸術のように、人間の性質や能力を人工的に強化するやりかたは、この気質の対極にある。

しかし、こういう考え方そのものが深刻な誤解の産物だということが、いまのペデルにはわかっていた。カエアン服飾芸術のみならず、人間の心理学的性質さえも、正しく理解されていない。

ペデルは、にやにやしながらこっちを見ているカストールとグラウンのほうを向いて言った。「じゃあな。これでお別れだ」

「ああ、元気でな」人工の瞳をきらめかせてカストールが応じた。

部屋を出ていくペデルの背後で、彼らの押し殺した忍び笑いが響いた。

「ペデルも、いざってときはまともになるみたいだな」服飾家が去ったあと、カストールが冷笑するように言った。

「おまえも気がついたか、やつの変化に」とマストは応じた。「態度というか、佇まいが変わった。あのカエアン製スーツの効果だ」

マストは思いにふけった。彼が衣服について考えを改めるきっかけになったのは、コスタ号で帰ってくる途中で起きた出来事だった。新しい服を着込んだカストールとグラウンが、突如、没個性的な立ち居振る舞いを見せるようになったのである。最初のうちはそう目立つ変化でもなかったが、それでも、巷間《こうかん》言われているとおり、カエアン製の衣服が精神の健康に影響を及ぼす危険があると信じるにはじゅうぶんだった。以来、マストはふたりに対して、ザイオード製の服しか着るなと命じていた。

マストは顔を上げた。「さあ、残りもみんなバンに積みこんでくれ。どっちみち、ここは引きはらう、万一の場合に備えて」

例の故買屋が一切合切まとめて買ってくれて、このがらくたの山を早く厄介払いできるといいんだが、とマストは思った。

夜はもうすっかり明けて、朝の光がいっぱいに射している。ペデルはゆったりと座席にくつろぎ、オートキャブの窓越しに、外を飛び過ぎてゆくカードラの風景を眺めていた。

こんなに簡単に問題が解決するとは！

しかし、フラショナール・スーツがなかったら、とてもこうはいかなかった——マストがうんと言わなかったにちがいない。そしてぼくは、縮み上がって、マストの言いなりになっていただろう。

ところが、面と向かってマストと話している最中にも、ペデルの眼前には新しい地平が開けていた。さまざまなビジネスの可能性。かつてのペデルなら、臆病すぎて気づきもしなかった可能性が、いまではまわりじゅうに広がっている。近いうちにターン街の店は引き払おう。ペデルにとって、ザイオードは子供の遊び場だ。

それも当然。なにしろ、ペデル・フォーバースは、銀河のエリート階級の一員、全宇宙有数のベスト・ドレッサーなのだから。

4

「わかるわけないでしょう！」アマラ・コールが腹立ちまぎれに怒鳴った。「こんなこと予想できる人間がいるもんですか」眉間にしわを寄せ、指先でいらだたしげにデスクを叩く。

「どうしたらいいかしら。なにかいい考えはない、エストルー？」

「医者は呼んだんですか？」エストルーはたずねた。

「もちろん」アマラが切り口上で言う。エストルーの見るところ、アマラは思いがけない成り行きにすっかり動揺しているらしい。自分自身の判断が招いた結果だという事情が大きい。

スーツの切開作業はもっと慎重に進めるべきだったというのがエストルーの考えだった。未知の領域では、性急な行動は怪我のもとですよ、アマラ――と心の中でつぶやいたが、もちろん口には出さなかった。そんなことをしたら、チームリーダーたる文化人類学者は激怒するだろう。

彼らは工作室に隣接するオフィスにいた。工作室の作業台にはあの巨大な宇宙服が切開されて横たわっている。連絡を受けてやってきたアマラは、中をひとめ見るなり、不愉快なショックを受けた顔で足早に退出したのだった。

「彼、死んでたわよね」アマラが言った。「ひょっとしたら、自殺したのかもしれない」

エストルーは、オフィスのモニター画面に目をやった。工作室のカメラが巨大スーツの姿を映している。アマラは画面から注意深く目をそらしていた。

「気を失っているだけだと思いますよ」とエストルーは言った。

「不気味な姿ね。それは認めざるを得ない」アマラが嫌悪感もあらわにそう言うと、ようやくスクリーンにちらっと目をやった。「見なさいよ。全身、ケーブルとチューブとカテーテルだらけ。筋肉もあんなに萎縮して。きっと、あのスーツに入ってから何年も経つのよ！だれがそんなおそろしいことを？」

「いや、それどころじゃないと思いますね」エストルーはおだやかに言った。「たぶん、一度もあれから出たことがないんじゃないかな。萎縮してるのは筋肉だけじゃない。手足だってまともに発育してませんよ」

「生まれたときからずっとあの中にいると？」

エストルーがうなずいた。アマラと違って、彼はしばらく工作室にとどまり、技術者たちがスーツの仕組みを調べるのを見学した。ちょっと見ただけでも、生物のあらゆる必要を満たす永久的な生命維持システムがスーツに組み込まれているのは見当がついた。スーツの中の男は、まったく新しい種類の生きものに変身していた。すなわち、宇宙空間で生きられる人間。

だしぬけに、アマラが嫌悪感を克服して、科学者たる自分をとりもどしたらしく、一心になにか考えている顔つきになった。

医療班のスタッフがふたり、オフィスに入ってきた。ふたりの文化人類学者、アマラとエストルーは、彼らをともなってふたたび工作室に入った。四人は作業台に横たわるスーツとその中身を無言で見つめた。

医師の片方が非難がましい視線でまわりを見渡し、「こんな工作室じゃなくて、設備の整った手術室でやるべきでしたね」と言った。エストルーは肩をすくめた。

技術者は、スーツの外殻ばかりか、内部の装置類も切断していた。それが着用者の健康に重大な影響をおよぼすのではないか。そう心配しながら、エストルーは医師の診察を見守った。検査機器のモニターに出る数字や図形はちんぷんかんぷんで、医師たちも職業的な無表情を保っている。

やがて診察が終わると、医師ふたりは声が届かない片隅に行ってひたいを集め、うなずき合いながらしばらく小声で言葉を交わした。

「ショックで、一種の緊張病を起こしていますね」年長のほうの医師が、こちらに戻ってきて説明した。「それ以外は健康です。この異常な身体状況をべつにすれば」

エストルーは、スーツの骨組みにくるまれた、しわだらけで青白い、幼虫のような人間を見下ろした。「ショックの原因は？」

「予想外の、受忍しがたいトラウマ。心が直面できない出来事」

「じゃあ、たんに医学的な問題なのね？」アマラが期待を込めた口調で言った。「だったら、あなたたちで彼の意識をとりもどせるでしょ。彼と話がしたいのよ」

　医師は口ごもった。「それは、トラウマの原因がとりのぞかれたかどうかによりけりですね。まだ残っているなら、無理やり意識を回復させるのは逆効果です。その場合は、トラウマの原因から患者を遠ざけ、なじみのある環境で向精神薬を投与するのが安全です」

「つまり」エストルーが口をはさんだ。「患者をもう一度スーツに戻せと？」

「ええ」

「要するに、スーツを切開したのはまちがいだったと言いたいのね」アマラが重苦しい口調で言った。

「それについては論評する立場にありませんので」

　エストルーは眉間にしわを寄せて考え込んだ。「はっきりさせたいんですが、医学的判断としては、中の男にとってスーツは自然環境であり、それを切開したことでショック状態に陥ったと？　この男がいつからスーツの中にいたかわかりますか？　生まれたときから？」

　医師たちは顔を見合わせ、それから作業台に横たわるものを見つめた。「だと思いますね」それまで黙っていたほうの医師が言った。「もちろん、このスーツではなく、似たような容器の中だったでしょうが。それがどういう意味かは、当然おわかりでしょう」

「ええ」アマラがきっぱりと言った。「彼の身体イメージには、わたしたちが人間と認識するものがなにも含まれていない。彼がひとりの人間として自分のことを考えるとき、心に浮かぶ姿は、あのスーツの外見。生物学的な肉体のことは、意識さえしていないかもしれない。

内臓のひとつとか、コアとして認識しているとしても」

「つまり、むきだしの自分と無理やり対面させられたわけか」エストルーはつぶやいた。

「やれやれ」

「心理学的にはたいへん魅力的な状況ね」アマラが言った。「千載一遇のチャンスだとも言える。実験できたらおもしろいんだけど——でも、それはわたしたちの仕事じゃない」その考えを捨てるように手を振り、急にきびしい表情になると、「任務を果たしましょう。与えられた使命に忠実に。これが文化規範だとすると、ずいぶん風変わりな文化を相手にしていることになるわね」

用心深い安堵の表情が、年長の医師の顔に浮かんだ。「スーツからとりだすというプランは捨てたんですね？」

「分けるだけでも大仕事でしょ、どこまでがスーツで、どこからが人間なのか」アマラは、切開された巨大な円筒とその不気味な内容物をはじめてまっすぐ見つめた。じっさい、身動きしない肉体は、蜘蛛の巣にかかった虫のようにケーブルやカテーテルの網にからめとられている。

「いったいどんな人生かしら」アマラは考え込むように言った。「生まれ持った手足にはなんの使い途もない。使うのはスーツの装置や器具だけ。あのスーツには運動感覚が備わっているのかしら。たぶんそうね。だとしたら、わたしたちが体の動きを感じるように、スーツの動きを感じとれる。彼にとっては、あのスーツこそが体なのよ」

「あれほど精巧にできたものをスーツと呼ぶのはどうですかね」エストルーが言った。「それ自体で完結した統合システムですよ。宇宙空間での生活に適応した義体」

「向こうにしてみれば、あなたがたは彼にひどい傷を負わせたことになりますね」年長の医師が指摘した。

アマラが技術者たちをふりかえった。「どうなの？　損傷を修復できる？」

技術主任が落ち着かなげに身じろぎした。「修復の必要が生じるとあらかじめ聞いていたら、もっと慎重にやったんですが。作業の過程でかなりの数のサブシステムを傷つけてますね」

「あのスーツの技術的な評価は？」エストルーがたずねた。

技術主任はぎゅっと口もとを引きしめた。「みごとなもんですよ、じつに頑丈で。しかし、これまでに見たかぎり、手に負えないほど進歩した技術は使われていない。それどころか、かなり古風な部分もある。お望みなら、継ぎ接《は》ぎ修理は可能ですよ」

「よかった。じゃあ、作業にかかって」アマラが言った。

「じつのところ、これはエンジニアより医者の仕事ですよ」医師が心配そうに口をはさんだ。

「むしろ、手術室に移したいところですが」

「いいわ。両方で協力して作業を進めて。スーツをまた密封する直前に、必要だと思う向精神薬をなんでも投与して」アマラはついてこいとエストルーに目で合図して、ドアに向かって歩き出した。

自分たちの区画に戻ると、彼女はエストルーの腕を軽くたたいた。「彼らはふたりいたのよ、覚えてる？　彼は相手をラナと呼んでいた——古代ロシア語では、女性の名前よ」おもしろがるように表情を崩し、「ふたりはいったいなにをしていたのかしら」

恒星間航行も可能なその最大速度からすれば、探査船カラン号は、ふたつの深宇宙服《ディープ・スペース・スーツ》を発見したとき、ほとんど静止状態にあった。というのも、ある平凡な黄色矮星《わいせい》の惑星系を探査するため、速度を落としていたのである。彼らがランダムに調べてきた平凡な恒星は、これが四十三個めだった。アマラ・コールの仮説では、この方法によって、いずれカエアン文明発祥の痕跡が見つかるはずだった。だから、センサーが宇宙服を探知していなければ、彼らの滞在はほんのつかのまだっただろう。この星系には、人類の居住可能な惑星がひとつもなかった。そこは、星々の世界の荒涼たる片隅——数百万数千万のそうした片隅のひとつ——だった。アマラの第一助手のエストルーは、古代文明の探索などあきらめて、カエアン宙域にもっと接近することを提案しようと考えていた。

ところがいま、アマラは興奮の極みにあった。技術班がスーツをもとどおり密閉するのに、たぶん二時間ほどかかるだろう。そのあいだに考えるべき問題は、あれがどこから来たのかということ。

近くにあるふたつの惑星が候補だった。第一の惑星は、土星の環のようなリングを持つ、ただし衛星はひとつもないガス巨星で、可能性はまずない。第二は、ちっぽけな不毛の惑星で、やはり人間の生存にはまるで適さない。こちらは、現在、ガス巨星から主星方向に二千四百万キロほどの位置にある。カラン号はこのふたつの惑星の中間あたりで、あのスーツを捕獲したのだった。

「小さいほうじゃないかしら。どう思う、エストルー？」

「おそらくは。しかし、惑星とも呼べないくらいですよ。直径は三千キロ程度だし、二酸化炭素の大気は薄く、ひどく寒い。まあ、密閉された前哨基地かなにかだったらあるかもしれませんが」エストルーは思案をめぐらした。「あのサンプルと話をするまで、行動は待ったほうがいいんじゃないですか。けっきょく、そのほうが時間の節約になるかも」

アマラは鼻を鳴らした。「前回の話し合いはろくなことにならなかった。荒れるばかりで」

「向こうの観点からすれば、こっちの話し合いの努力が足りなかったのでは？　こっちが彼を誤解していたように、彼もこっちの性質を誤解していたような気がしますね」

「そうね」アマラは再生スイッチを入れ、眉根にしわを寄せて、よく響く録音音声に耳を傾けた。「〝おまえたちは、すべての蛮行の代償を支払うだろう〟」ゆっくりと、苦労しながら翻訳する。「〝われわれは、過去も未来も、けっしておまえたちに屈服しない。おまえたちになにも話す気はない……〟見知らぬ他人じゃなくて、よく知っている敵に話してるみたいね」アマラはスイッチを切った。

「強硬手段に出る前に、彼の背景をもっと知りたいですね」

「慎重すぎるにもほどがある」アマラが非難した。「もしあのときスーツを開けてなかったら？　彼の正体はいまだにわかってないわよ。でも、まあいいか。二、三時間、ライブラリーで調べてみても、べつだん害はないでしょう」

アマラは椅子の向きを変えて、メモ・キーを押し、五十人からなるチームの全員に音声で指示を伝えはじめた。

数分後、アマラは状況説明を終えて、チームに最優先の課題を与えた。すなわち、近年のロシア史をチェックして、ツツィスト腕侵入に関する言及をすべて洗い出すこと。そして、自分はどっかりと腰を据えて、ロシア語の復習にかかった。

二時間ほど過ぎたころ、ヴィドスクリーンのチャイムが鳴り、ウィルス船長の髭面が画面にあらわれた。

「伝えておいたほうがいいと思うが、アマラ、こちらに向かってくる新たな物体を探知した。どうやら主星側にある小さな惑星から来たものらしい。なにか指示か方針でも？」

「ええ！　コンタクトして！」アマラは即答した。「なんなの、また深宇宙服？」

「いや、今度はもっと大きい」長距離センサーのとらえたぼやけた映像をウィルスが中継してきた。その映像から細部を見分けるのは困難だった。問題の物体は、菱形か、もしくは平べったい長方形。もっと小さいものが平面の上にくっついているが、スキャナーの解像度では判別できない。

「長さは約三十メートル」船長が説明した。「静音航行すべきだったかもしれない。向こうはもうまちがいなくこちらの存在に気づいている」

「彼らが敵対的だと考える理由はないわ」アマラが接近中の宇宙機を見ながらつぶやいた。「それにずっと静音状態でいるわけにもいかない。中間地点で合流するというのはどう、船長？」

「それほど急いでいるのなら」

「ええ、それはもう」アマラが熱をこめて言った。「できるだけ早く状況をはっきりさせないと」

「わかった。しっかり目を開けててくれ――二、三分で到着する」

船長が接続を切った。アマラはエストルーをふりかえり、ヴィドボードをたたきながら、「わたしたちはもうすぐ、人類学の歴史に新しい一章をつけ加えるのよ」

調査チームの責任者、キャリファーの顔がスクリーンにあらわれた。

「なにかこの宙域のことがわかった？」とアマラがたずねた。

「はい。ロシア人たちはかつてこの宙域で活動していました。しかし、詳細については不明です。あの時代の記録は断片的にしか残ってないので」

「そんなことはわかってる」アマラがじれったげに言った。「とにかく、なるべく早く要約を提出しなさい。調査をつづけて」

回線を切ると、アマラはカラン号の探知セクションにつないで、ブリッジへ送られているのと同じ映像を手に入れた。

カラン号は数百万キロの真空を悠々と突っ切り、未確認物体とのランデブーに向かっている。目標から数百メートルまで来て、ブリッジ・クルーは船の相対速度をゼロにした。目標物体はいまや長方形の筏《いかだ》のようなその姿をはっきりとあらわした。静電インペラーのような二本のノズルからまばゆい青の光を放ち、主星からまっすぐ遠ざかってゆく。

筏にはおよそ五十名の乗客がしがみついていた。倍率を上げて、アマラは息を呑んだ。予想していたのは、捕虜にしたサンプルと似たようなタイプ、生身の体を巨大スーツに埋め込んで、宇宙空間での生活に適応した人々だった。ところが、筏の乗客は宇宙服など着ていなかった。それどころか、体を保護するものも、装飾するものも、いっさいの衣服を身につけていない。

彼らは真空に裸体をさらしていた。

それればかりではない。宇宙旅行者たちの姿があまりに異様だったので、彼らがたしかに人類だと納得するにはしばらく時間がかかった。アマラは中のひとりに焦点を合わせ、画面上で仔細に観察した。同胞と同じく、その個体は、大胆な外科手術によって根本的に身体を改造され、人工臓器を埋め込まれている。頭蓋骨には砲塔のような装置が搭載され、どうやら脳と直結されているらしい。両眼を覆う黒いゴーグルも、眼窩《がんか》に固定されている。鼻は除去されていた。

胴体部分を拡大すると、胸部は箱形の金属構造に置き換えられているのがわかった。それと同様、腹壁は柔軟そうな波形シールドになり、カブトムシの幼虫の腹部みたいに見える。

人間が惑星間環境に適応するさいに生じる圧力と温度の問題を解決するための方策だろう。しかし、さらに下方に目を向けると、この生きものが人類であり、かつ男性であることを示す、不釣り合いなものがぶら下がっていた。生殖器官は改造されたようすもなく、ぐにゃりと弛緩した状態で宙に浮いている。

人間と機械の融合はそれだけではない。手足、背中、両脇からさまざまな装置や砲塔が生えている。アマラは画面を動かして、筏のほかの部分に目を向けた。改造人間たちは、ひとりとして同じ姿をしていない。それぞれ違う機能を分担するかのように、ひとりひとり体に組み込まれた器官メカが異なっている。シャフトが水平に貫通した胴体もあり、磔刑《たっけい》のグロテスクなパロディのように見える。精巧な装甲と金属パイプ群のおかげで、いっそう人間離れした個体もいる。加速によって生じる弱い重力に振り落とされまいとして、彼らは宇宙空間を疾駆する筏の手がかりにしがみついている。

みんな裸体だった――例外はひとりだけ。そのたくましい個体は、ゆったりした茶色の修道服もしくはガウンをまとい、頭部をすっぽりと頭巾で隠して、筏の中央に立っている。まわりの個体はその個体からうやうやしく距離を置いていた。

筏には、原始的なミサイル発射機やレーダーとおぼしき古風な設備も付属している。

エストルーが長々と嘆息した。「うわあ。こりゃまた、なんですかね」

「見てのとおりよ」アマラは興奮した声で答えた。「言葉の正しい意味での宇宙文化。わたしたちが空気という媒体の中で暮らしているように、彼らは宇宙空間での生活に適応した。

あの巨大宇宙服《スーツ》がひとつの答え。この筏がもうひとつ。こっちはタイプ2《ツー》と呼ぶことにしましょう」アマラは音声記録のために付言した。「かたい鞘《さや》に保護されているほうじゃなくて、身体を改造されたタイプのほう」

「明らかに、呼吸の問題は解決されてますね」エストルーが皮肉っぽく言い、改造人間たちにもういちど焦点を合わせた。「呼吸しなくて済むように体を改造してしまった」

「生物が宇宙空間で生きるには、体内の全システムを再構成する必要がある」アマラがつけ加えた。「体内の血液は、ほぼまちがいなく、ゼロ気圧下でも気泡ができない液体に交換されているはず。体組織が酸素をどこからとりいれているかは、いまは考えつかないわね。見てのとおり、すべての個体が肺を切除されている。たぶん、あの胸の箱に酸素を貯蔵しているのね。固体もしくは化合物に閉じ込めるかたちで保存された酸素が一定のペースで血流——もしくは擬似血流——に放出されている。この件は、あとで医療班に報告書を出させる。もちろん、わたしたちの目から見ると異様なやりかただけれど、技術的に困難なところはなにもない。問題があるとすれば——そう、だれが自分にこんなことをしたがるかね」彼女は肩をすくめた。

「まったくですよ」エストルーが語気強く同意した。「どっちのほうがひどいですかね、あのスーツの男と、この連中と」

アマラはさっきから、ある単語を思い出そうとしていた。いまようやく、それが浮かんだ。

「サイボーグ」とアマラは言った。

「はあ?」

「サイボーグ。この連中はそれよ。昔、どこかで聞いたことがある。この単語は、もう廃れてしまったいくつかの言語で使われていた言葉。〝サイバネティック・オーガニズム〟の略なんだけど、でも、事実というより一種の伝説ね。実在すると知ったのはいまがはじめて」

アマラのヴィドボードから、探知セクションにいるアスパルの声がした。「送信されている会話を傍受しています。聞きますか、アマラ?」

アマラはにっこりした。「ええ。彼らがどんなことをしゃべるのか興味がある」

しかし、つづいて数人が同時にしゃべる声が聞こえてくると、笑顔が渋面に変わり、一秒ごとに表情が険しくなっていった。声はかん高く、奇妙な、聞き慣れないアクセントがある。その言語は、アマラにわかるかぎり、ロシア語とも、彼女が知るどんな言語とも、まるで似ていない。

エストルーが興味津々の顔でこちらを見て、「で? なんて言ってるんです?」

アマラは首を振った。「ロシア語じゃないの。何語なのかもわからない」

とつぜん、筏の上の動きがあわただしくなった。数体のサイボーグが、筏のこちら側のへりに据えられた大型装置に飛びついた。彼らの手でその装置がぐるりと回転し、まばゆい閃光を発射した。

アマラのテーブルから低いブザー音が響き、カラン号が攻撃を受けていることを告げた。

画面からでは、筏の装置がどういう兵器なのか見分けられないが、さらに三度、つづけざまに閃光が放たれた。

ウィルス船長の声がした。「アマラ、決断してもらう必要がある」ときっぱり言う。「彼らは本船に向かって、ロケット・ミサイルを発射している。現在までのところ、静電デフレクターで被弾を防いでいるが、確実とは言えない。反撃か撤退か、どちらかを選択してほしい」

アマラは唇を噛んだ。この任務に就くにあたり、ウィルス船長が、いささか不当な指示を与えられたと思っていることはアマラも承知していた。カエアン宙域への立ち入りが不法侵入となることを勘案して、カラン号には軽武装しか許されなかった。それを埋め合わせるための改装も、純粋に防衛的で非攻撃的な静電誘導デフレクターのみだった。これは、ミサイルおよび集中型エネルギー・ビームのすべてにロックオンし、攻撃をそらす能力があるとされているが、船長はその効果に信頼を置かず、船の安全性に関しては当初から懸念を表明していた。

「標本を一体、生きたまま捕獲して」アマラはだしぬけに言った。「必要なことはなんでもやってください、船長」

「いいでしょう」

サイボーグたちは、いくら攻撃してもカラン号がまったく無傷なので、かんかんになっているように見えた。次々に筏を離れ、全体の約半数が怒りの群れとなって突撃してくる。まばゆく輝く小さなノズルがついた円筒にまたがり、手にはさまざまな武器を持っている。光線銃、無反動ライフル、とげが生えた大きなハンマー。背中に発射筒を搭載した一体のサイボーグが迫撃砲を撃ってきた。静電デフレクターが自動的にそれを捕らえ、虚空へと向きをそらした。

同時に、カラン号は宇宙筏へと迫っていた。敵の撃ってくる細いエネルギー・ビームが船殻にぶつかって損傷を与えられないまま光を放ち、静電デフレクターが反応しないほど小さな銃弾が無数にはねかえる。

カラン号の巨体がサイボーグたちを籾殻《もみがら》のように吹き散らした。彼らの叫ぶ不協和音が大きくなり、アマラとエストルーの耳を聾《ろう》した。かん高い、憎しみに満ちた怒号。カラン号から伸びた細長い触手が改造人間の一体にからみつき、船内へ引きずりこんだ。

アマラは満足の声を洩らした。「おみごとね、船長。もう撤退していいわ」

「了解」

ヴィドプレート上の光景が小さくなる。筏は、果てしない真空に姿を消した。

アマラはただちに画面をエアロックに切り換えた。捕獲担当のクルーたちは、サイボーグ相手にかなり手こずっている。鋼鉄の触手で体を拘束されたままなのに、光線銃で捕獲者に反撃を試みたらしく、熔けた金属がエアロックの壁を流れ落ちていた。クルーが武装解除しようとするあいだも、荒々しく、悪魔のように暴れている。

「ふうん。おもしろい」アマラはつぶやいた。「このサイボーグも宇宙服の男も、反応は野蛮人レベル。どちらも、よそ者に対して、恐怖と敵意しか示さない。全面的にテクノロジーに依存して生きている人間にはそぐわない態度だと思わない？」

「テクノロジー好きの野蛮人は、彼らが史上初というわけじゃないでしょう」エストルーがおだやかに言った。

「ええ、もちろん。でも、あの敵意は、もしかしたら彼らの……特異な状況のせいかもしれない。もともとは人間だったという集合記憶を持っていて、その中にトラウマや罪悪感や身体改造の過去を抑圧しているとか。外界からやってきた宇宙船の姿に、その集合記憶が――もちろん無意識のうちに――刺激された結果、不合理な敵意となってあらわれた」

「かもしれませんね。推測に推測を重ねてますけど」

サイボーグはついに取り押さえられ、武装解除のうえ、手足を拘束した状態でボードに縛りつけられた。ようやく事態を収拾した捕獲クルーは、あらためて獲物をまじまじと眺め、唖然とした顔になっている。

アマラが医療セクションに呼びかけた。「ロシア人の具合は？」

「手術は終わりました」年配の医師が答えた。「お急ぎのようなので、患者には、緊張病の原因となった最近の記憶を消去する特別処方の薬を投与しました。言わば、緊張病を記憶喪失に置き換えたわけです。精神疾患の治療としてはかならずしも正しいとは言えないが……」医師は言葉を濁した。「ともあれ、すでに覚醒作用のある薬剤を与えたので、脳波の表示から見ても、患者はまもなく目覚めるでしょう。意識は正常に戻っているはずです」

「確認しておきたいんだけど。わたしたちが彼の体にしたことは覚えてないのね？」

「完全に記憶が抹消されたわけじゃないが、ちゃんと想起することもない。ぼんやり思い出すかもしれないが、まあ、夢の記憶みたいなもので、現実の出来事かどうかもわからないはずですよ。意味が剝奪されている。そのほうが都合がいいだろうと思ったので」医師はそっけなくつけ足した。「そうしておけば、今度はじっくり経過を観察しながら、もう一度、同じ処置を行うこともできますよ」

「上出来よ！　これで彼とビジネスの話し合いができる」アマラはくすっと笑って、「おめでとう、ドクター。まだるっこしい質問は大きらいなの！」

指先でテーブルをたたきながら、しばし考えにふけった。「患者を真空室へもどしてもらえる？」

「もう移してある。記憶の連続性を保つために。あの部屋に運ばれたところまではははっきり思い出せるはずです」

「よかった。ありがとう」彼女は低い声でゆっくりと言った。「またあとで連絡する」

画面から医師が消えるのと入れ替わりに、サイボーグの捕獲を担当したクルーがやってきた。「あれをどうします？」不快感を隠そうともせず、チームリーダーがたずねた。

「最初に捕獲した標本といっしょに真空室に入れて、ようすを見る。拘束は解いて。自由に動けるようにしてやって」

「大丈夫ですか？」エストルーが声を潜めて心配そうにたずねた。「性急すぎやしませんか、アマラ。患者は意識をとりもどしたばかりなのに！　もっと時間を置くべきでしょう」

「〝患者〟という言葉はまちがいね」アマラが冷たく言った。「どうしたの、エストルー？　あのロシア人は完全に健康な状態で目を覚ます。医療班がそう言ってたじゃないの。あのサイボーグといっしょなら、ロシア人もきっと安心するわ」

「スーツ人とサイボーグがどういう関係なのか、まだなにもわかってませんよ」エストルーが用心深く指摘した。

「でも、同じ文化に属しているじゃないの！」

エストルーは礼儀正しく咳ばらいした。「言わせていただければ、それは根拠のない仮説だと思いますね。話している言葉も違う。それに、あのロシア人の罵倒は、彼に敵がいる証拠かもしれないと、自分で言ってたじゃないですか」

アマラはアシスタントの懸念にむっとして、尊大な態度で手を振った。「その可能性はちゃんと考慮に入れてある。これは科学実験なのよ。タイプ1とタイプ2がおたがいになんと言うかが知りたいの」

数分後、捕虜のサイボーグが真空室に連れてこられた。捕獲クルーは捕虜の拘束を解き、手足を振りまわして暴れる相手から身を守りつつエアロックに押し込んだ。

サイボーグは自由落下状態で漂いながら、金庫室のような密閉空間に入っていった。部屋の奥には、熔接した跡がかすかに残る巨大宇宙服《スペース・スーツ》。それまでぴくりともしなかったが、サイボーグの侵入と同時に、巨大な両腕がかすかに動きはじめた。

宇宙空間に適応した両者が対面した。

スーツが前進した。

サイボーグの視線が出口を探すように素早く左右を見まわした。壁に向かって漂うと、いったん体をまるめてから、勢いよく壁を蹴って部屋の反対側に飛び、迫ってくるスーツから逃れた。

サイボーグと違って、スーツには独自の推進装置が組み込まれている。推進ユニットは、加速に時間をかければ、時速数十万キロで宇宙空間を航行できるほどの性能があり、このちっぽけな密室の中では、最小限の出力で自在に飛びまわれる。サイボーグを追って、スーツは矢のように飛び、楽々とした動きで相手の回避行動をさえぎった。

どちらの種属(そう呼ぶのが適切だとエストルーは思った)も、コミュニケーション手段は無線だが、いずれにしても両者はひとことも言葉を交わさなかった。なのに、両者が相手に対して持っている暴力と憎しみの態度は、見まちがいようもなかった。

「止めたほうがいい」エストルーが緊張した声で言った。

「サイボーグを外へ出しなさい」アマラが命令した。

だが、このときには、スーツとサイボーグはすでに組み合っていた。スーツのほうが圧倒的に力が強い。巨大な金属の腕を振って、サイボーグのちっぽけな生身の体を粉砕する。サイボーグの頭部砲塔が壊れ、根本から外れてしまったようだ。色の薄い血液が揺れ動く細い流れとなって噴出し、たちまち飛沫の霧に変わった。

窓から観察していたクルーは、重力をオンにして事態を収拾しようと試みた。スーツが重い振動とともに床に落下し、サイボーグのぐったりした体がそれにつづく。

クルーは室内に飛び込み、襲ってくるスーツの腕を突き棒や鎖で防ぎながら、ぐちゃぐちゃの残骸を引き離した。金属とプラスチックと肉とピンク色の血液が渾然一体となっている。

「死んでますよ、アマラ」クルーが言った。

「まあ、データはとれましたね」エストルーがうんざりした口調で応じた。

アマラも、皮肉っぽい言葉を吐いた助手にちらりと軽蔑の視線を投げてから、この知らせを平然と受けとめた。「医療班を呼んで、解剖させなさい」と、悪びれるふうもなく指示する。「サイボーグ化のプロセスは、きっと面白い研究対象になるわ」

アマラはエストルーのほうを向いて、「戻って、もう一体つかまえたほうがいいかしら」

「他人の生命を好き勝手にしすぎですよ。自由については言うまでもなく」とエストルーが反対した。

「他人？　人間なんかじゃないでしょ。まあ、せいぜいよく言って野蛮人ね。人間と見なすとすればの話だけど」

「カエアン宙域に入ったあと、われわれがこんなふうに行動しないことを祈りますよ」

アマラは鼻を鳴らした。「ばかなこと言わないで」

「ともかく、当分、これ以上のコンタクトは控えるべきだと思いますね」エストルーがつづけた。「もう一度、あのスーツ人と話をしてみるべきです。彼がどうしてあれほどわれわれに敵意を見せたのかも、これで明らかになったわけですし」

「そうなの？」

「考えてみてください。彼は、すくなくとも二種類の種属を知っているわけです。ひとつは彼自身の種——外見から言えば、マシン属、もしくは宇宙ロボット属——もうひとつはサイサイボーグ属。彼は、サイボーグを見つけしだい、殺そうとする。彼の立場に立って、まわりを見てください。われわれはどっちに似てますか？」

5

オルヴェオロ・ジャドパーの住む豪壮な大邸宅は、広大な敷地の一画に、小さな森に半分隠れるようにして建っていた。リアルト・マストは、悪い予感と諦念を胸に、屋敷に向かって歩いていた。ジャドパーと取引をしたことがある人間は、ほぼ例外なく、似たような感情を抱くことになる。ジャドパーが、ハーロスでもっとも裕福な、成功した故買屋だからというだけではない。同時に彼は、不幸にもザイオードの一部宙域で流行している、たいへん厄介な趣味の持ち主だった。すなわち、大のいたずら好き。しかも、取引相手を格好の獲物と見なすことで悪名高い人物だったのである。

マストはつねづね、悪ふざけ屋《ジェイパー》に拍手を送るようないまの風潮を苦々しく思っていた。こう見えてもマストは体面を重んじる性質《たち》で、それを傷つけるような行為には我慢がならない。とりわけ最悪なのが、〝ジャドパー・ザ・ジェイパー〟の異名をとるオルヴェオロが愛してやまない、不作法かつ下品ないたずらだった。とはいえ、商売は商売だ。

ジャドパー邸にたどりつくと、銀めっきの門がしずしずと開いた。その向こうは、柳の並木にはさまれた幅のせまい石畳の歩道が、花咲く灌木の茂みの奥へとくねくねつづいている。

彼方に目を向けると、白樺林の緑の上から、黄色い石灰華《トラバーチン》でできた塔が高くそそり立っているのが見えた。

マストは乗馬ズボン《ジョッパーズ》にラウンジ・ジャケットという服装だった。色あいは地味だが、ライムグリーンのチョッキと合わせると、ぐっと引き立つ。そして、カストールとグラウンに対してはきびしく禁じたにもかかわらず、マスト自身はいまもまだ、カエアン製の山高帽をかぶっている。片手に持った小さな箱を空中で振って、疑わしい電波が飛んでいないかたしかめてから、ついに意を決して門をくぐり、石畳を歩き出した。

小道はたちまちミニチュアのジャングルに入り込んで、でたらめに曲がりくねり、陽光をさえぎる緑の下、自分がどちらに向かって歩いているのかわからなくなった。数分後、ようやく森を出たとき、屋敷がうしろにあるのを見て驚いたが、それでもマストは、意味もなくループしたりカーブしたりする歩道を歩きつづけた。そして三十分後、ジャドパー邸のまわりをぐるっと一周して、ふたたびメイン・ゲートに到着した。

怒りを押し殺してその目くらましルートをあきらめ、マストは灌木の茂みに隠された砂礫《されき》層をまっすぐ屋敷めざして歩き出した。この作戦は図に当たり、屋敷の正面玄関に通じる正しい小道が見つかった。しかし、その道を半分ほど行ったところで、とつぜん石畳の下から大きな箱もしくは台のようなものが飛び出してきて、完全に行く手をふさいだ。

あっけにとられていると、がさがさ音がして、箱の蓋がぱーんと開いた。色とりどりの紙テープといっしょに飛び出してきたのは、でっぷり太ったオルヴェオロ・ジャドパーその人だった。にやにやしながらキーキーがなるジャドパーの足もとから、一羽の大きな緑色の鳥が飛び立ち、大きく翼をはばたかせて空へと舞い上がった。「やあ！」ジャドパーが叫んだ。「ようこそ！」

頭に載せた白いとんがり帽子は、風船のようにふくらんだ白いガウンに散る赤い水玉模様とおそろいの紫の水玉がついている。顔はピエロのメイク。莫迦みたいなにやにや笑いを浮かべたまま、その体がバネでもついているみたいにぴょこぴょこ上下する。箱のへりから出ているのは上半身だけ。

マストはそのときやっと、目の前の人物が生命のない人形だと気がついた。ジャドパーでもなんでもない、ただのビックリ箱だ。うんざりした気分で、箱と灌木の茂みのあいだをすり抜けようとしたが、そのとたん、人形がくるっと向きを変え、たくましいゴムの腕でマストの体を抱きすくめると、唇にぶちゅっとキスしてきた。マストは必死にあらがい、やわらかく温かい偽物の体とつぶらな瞳から逃れようとした。ビックリ箱ジャドパーはくすくす笑い、親しげに体を撫でまわしてから、やっと放してくれた。

心の中でジャドパーをさんざんに罵倒しながら、マストはようやく屋敷の玄関にたどりついた。観音開きの扉の左右には、さっき見た黄色いトラバーチンの塔の縮小版が立っている。この建築材料は、深い温泉の底から切り出された堆積石灰石で、建物のいたるところに使われていた。マストが近づくと、扉がひとりでに左右に開き、その向こうに、感じのいい洒落た円形の玄関ホールがあらわれた。細い円柱に支えられた緑の丸天井から、穏やかな光が入ってくる。床はパステル色のタイルでモザイク画が描かれていた。

マストはその前で立ち止まり、ためらいがちに中を覗いた。

「オルヴェオロ・ジャドパーさん？」

返事はなかった。マストは、オーク材の鏡板に施された喜劇的なレリーフを眺めながら、二、三歩おそるおそる前に進み、無人の玄関ホールに入った。

と、そのとたん、まわりじゅうの床がぱかっと開いたような気がした。大混乱。体をつかまれ、放り上げられ、小突かれた。目まぐるしい動きと色彩で頭がぼうっとする。やっと落ち着いたとき、マストは高さが腰まである円筒の容器に、足から突っ込まれていた。巨大なバネで床から持ち上げられ、ぴょこぴょこ上下に揺れている。頭にはピエロの帽子。顔には赤くてまるい鼻がついているようだ。服装も、当然、ひだえりつきの派手なピエロ服。円筒容器はけばけばしい色で雑に塗られた大きな箱の中にセットされ、箱の蓋が開くたびに円筒がバネで飛び出して上下に揺れる仕組み。目の前には、同じ状態にあるオルヴェオロ・ジャドパーが、さっき出くわしたビックリ箱の人形そっくりにぴょこぴょこ上下していた。マストが上がると、ジャドパーが下がり、マストが下がるとジャドパーが上がる。自分ではどうすることもできないこの莫迦げた動きに、マストは激怒した。こんな状況で多少なりとも体面を保つことなどできるはずもない。

ジャドパーが大きく目を見開き、芝居がかった声で親しげに話しかけてきた。「おお、わが客人のご到着か！　ようこそ！　どうかおくつろぎを！」

「頼む、ジャドパー！」マストが上下に弾みながら苦しい声で叫んだ。「ここから出してくれ！」

「こんなに早く商談を打ちきると？」

「冗談はよせ！」

「先に取引のほうをかたづけよう」

「こんな状態で？」

「もちろん。ひゅーっ！　上がって下がって！　上がって下がって！」

マストは怒りにかられて必死にもがき、足を突っ込んでいる円筒容器の素材がボール紙程度にもろいことを発見した。容器を破り、箱のへりをまたいで外に出た。ジャドパーもくすくす笑いながら出てきて、ピエロの帽子と服と鼻を投げ捨てた。

ジャドパーのピエロの服の下は、絹のひもを腰にまわして留めたペニス・サック一丁の素っ裸だった。とんでもない肥満体で、まんまるの顔にきらきらした小さな目。気さくな笑みを浮かべてこちらに歩み寄ると、握手の手をさしだした。

「どうか、ささやかな悪ふざけを許してやってくれ。いやもう、不届き千万な行為だがね」

マストはジャドパーと握手した。放した手はネバネバまみれになっていた。マストはその手をピエロ服で拭ってから、けばけばしい衣裳を乱暴に破り捨てた。

「いたずら屋としては失格だよ、ジャドパー」マストが不機嫌に言った。「相手をびっくりさせてこそのいたずらなのに、あんたの場合は、みんな、なにか莫迦な目に遭わされると覚悟しているんだから」

この指摘は正鵠《せいこく》を射ていたらしく、ジャドパーがちょっと真顔になった。「たしかにそうだな。子供っぽい性格で申し訳ない。では、悪ふざけは忘れて、商売の話にしよう。すわってくれ」

マストはジャドパーに促された椅子を疑いの目で見つめ、相手が向かい側にすわるのを待ってから、椅子がつぶれることを予期しつつ、おそるおそる腰を下ろしたが、椅子はひどく無作法におならの音を響かせただけだった。ジャドパーは必死に笑いを噛み殺している。

「売りたい衣類があるとか」ジャドパーが切り出した。

「そのとおり。カエアン製の衣裳だ」

「こういうやつか？」ジャドパーはどこからともなくあらわれたマストのカエアン製山高帽をおざなりに検分してから、こちらに投げてよこした。マストはピエロの帽子を脱いでそれをかぶった。

「なかなかの上物だ」とジャドパーはお世辞を言った。「しかしもちろん、いまはカエアンものの売買には時期が悪い。政府がやけにぴりぴりしているのは聞いてるだろう？　だからこそ、なるべく早く手放したいというわけだ」

「いや、そんな噂は聞いてないな」マストは事実を答えた。「それに、どうせ違いはない。政府はいつもなにかしらぴりぴりしてるじゃないか」

「どうかねえ……先だって、内部情報を手に入れた。カエアンから、正式の抗議があったそうだ。難破した交易船から、積み荷の衣服が盗まれたとか。偶然の一致かね？」ジャドパーがグロテスクなウィンクをした。「なにしろ、カエアン人は、服にかけてはパラノイアだからな！　警察が行方を追いはじめるかもしれん。となると、いろいろ厄介だ」

「なあ」マストが言った。「興味があるのかないのか、どっちなんだ？　こっちはべつに買い手を見つけなきゃ困るわけじゃない。手もとにある商品の価格は約二千万と聞いてるが、早く話をまとめられるなら、それなりの値引きには応じる用意がある」

「ふむ、だれかに調べさせる必要があるが、たとえいまの評価額が正しいとしても、リスクその他を勘案すると、百万も出せるかどうか」ジャドパーは疑り深げな、いかにも気むずかしい表情だったが、マストはほっとした。とうとう、故買屋が価格交渉のテーブルについたのだ。

「品物を見るのはいつにする？」彼はたずねた。「現物をチェックすれば、いくらあんたでも、千二百万は払うはずだ」そのとき、自分がすわっている椅子のようすがおかしいことに気づき、あわてて立とうとしたが、立てなかった。どういうわけか、体が椅子に固定されている。

椅子がうしろに傾き、床から持ち上がり、下向きに半回転して、ひっくり返ったジャドパーの顔が正面に来た。マストの尻と背中は糊づけされたようにしっかり椅子に貼りついている。おそらく、慣性場の力だろう。

「明後日でどうかな」ジャドパーは、異変に気づくふうもなく、真面目な口調で言った。

「商品はどこに？」

「下ろせ!!」マストは頭に来て叫んだ。「もう我慢できん！」

だしぬけに椅子から解放され、マストはタイルの床に頭をぶつけて床に這いつくばった。

ジャドパーがくすくす笑った。

マストはよろよろと立ち上がると、帽子を拾い、痛む頭にかぶり直した。服の埃を払って、むっつりした顔でジャドパーのほうを向く。

「もうこんな目に遭うのはたくさんだ。こうしじゅう邪魔をされていては、ものも考えられない」

「どうしたものかなあ」ジャドパーは困った顔で肩をすくめた。「自分でもどうしようもないんだよ」

マストは無言で、しばらく考えこんだ。「この家はネズミ捕りみたいに仕掛けだらけだ。商談をつづけるなら、外でやろう」

「散歩に行きたいと？　よし、行こう行こう！」ジャドパーがぱっと立ち上がった。「天気もいいしな！　さあ、芝生へ出よう」

マストはぴりぴりしながらジャドパーのあとについて歩き、玄関ホールの奥のドアを抜けて、屋敷の裏手に出た。よく手入れされたハーロス苔――絹のようになめらかなラベンダー色の植生で、地球産の芝以上に好まれている――のカーペットが広がっている。家の外に出ると、マストの警戒心はかなりやわらいだ。

そのとき、なんの前ぶれもなく、かぶっていた帽子から緑のインクが流れ落ちた。怒りの叫びをあげ、マストは頭から帽子をむしりとって引き裂き、そこにジャドパーが巧妙に仕掛けたインク容器を発見すると、それをつかんで遠くへ放りなげた。そして、あわててハンカチをとりだし、顔の染料をふきとった。

苔のカーペットを歩きながら、ジャドパーはふりかえって、マストに笑いかけた。「上物の服の山か？」故買屋が左手を複雑に動かすと、とつぜん、ぽっちゃりしたその体が、きらびやかなお洒落服に飾られた。きらきら光る金色の半ズボン、銀と緑のストライプのパフスリーブつきチュニック、マルチカラーの豪華な飾帯《サッシュ》。もっとも、品質はとうていカエアン製品におよばず――派手なだけの低級品だ――しかも、ジャドパーが歩くあいだにも、その服は次々に剝がれ落ち、分解し、散乱し、ぼろぼろの端切れが残るだけになった。

この手品はいったいどういう仕掛けなんだろう。いくら薄っぺらな服とはいえ、彼の裸体にそれを隠せるような場所はどこにもなかった。

ジャドパーのテンションが落ち着いて、またまじめな故買屋の顔に戻った。「この芝生は、四阿《あずまや》があると、さらによくなるんじゃないかと思ってるんだがね。たとえば、こんな」

ジャドパーがまた手を奇妙なやりかたで動かし、空中に魔法をかけるしぐさをした。なにが起きているのか、ちゃんと見てとるのはむずかしい。空気がゆらめき、陽光を浴びた水しぶきのように無数の小さな虹ができた。ものの数秒で、無を材料にしたかのように、ひとつの四阿が忽然《こつぜん》と姿をあらわした。正面は彫刻と彩色を施した木材で飾られ、アーチ形の窓や小さなベランダもついている。

「どうぞ中へ」ジャドパーが招いた。

「いったいどうやった？」正面の段を上がって、四阿の屋根の下に入りながら、マストはたずねたが、返事はなかった。四阿には家具がなく、急ごしらえで、まだ内装が終わっていないようだが、造りはしっかりしている。足音がうつろに響く。マストはこぶしで壁をたたいてみた。つや消しのプラスチックかファイバーウッド製のようだ。

「友人たちと一杯やるにはいい場所だな」ジャドパーが言った。「どうかね？　庭園の見晴らしをもっとよくしてみるか」奥の壁を向いて指を動かし、大きな窓を切りとるような身振りをした。すると窓があらわれ、その向こうに広々とした芝生や草花や森が見えた。

ジャドパーはおだやかな顔でマストを見やり、「さてと。あさってでどうかね？　品物はどこに？」

「街の真ん中で落ち合うと、鑑定人に伝えてくれ」マストは頑固に言った。「そのあと、倉庫まで案内する」

「なるほど！　用心、用心！」ジャドパーが小鼻を指でたたいた。「よし、わかった。そのあと、またここに来てくれたら、金の話をしよう」

「屋敷の外にしてほしいね。できれば公共の場所で」

「おいおい、ずいぶんな言い方だな。せっかくの好意に侮辱で返すとは！」

ふたりはぶらぶら庭を歩いて屋敷に戻った。故買屋のしおらしい態度から、もういたずらはあきらめたのかと思うところだ。マストは、服や建物を無からとりだした手品のタネをもう一度ジャドパーにたずねた。

「じつにシンプルだよ」ジャドパーが言った。「見せてやろう」

屋敷の玄関ホールに入るとき、ちらりとうしろをふりかえると、四阿はすでにばらばらに崩れはじめ、壁板は燃え上がる紙のようにまるくめくれていた。ジャドパーは横手のドアから出ていき、二、三分後、握りといくつかのノズルが付いた円筒の缶を持って戻ってきた。

「ここをよく見ろ」並んだノズルを指さし、握りを押した。ゆらめく家具一式が玄関ホール全体に広がった。ダイニング・テーブルと椅子、サイドボード。

「最近はなんでも噴霧剤《エアソール》でつくれる」ジャドパーがくすくす笑いながら缶の側面を開けて、装置の仕組みをマストに説明した。種類の違うテンプレートを差し込むことでコントロールできる、あらかじめプログラムされた噴霧プロセスだった。噴霧された液体プラスチックが空気に触れて硬化し、テンプレートが指示するとおりの立体物をつくりあげる。

缶には驚くほど少量の液体しか入っていない。「空気と混じり合って、どんな大きさのものでもつくれる」ジャドパーが言った。「しっかり堅いが、九九・九パーセントは空気だよ」

「だから耐久性がないのか」

「いやいや、好きなだけ長保ちさせられる。しかし、そうなるとえらく邪魔だからな。生成されたものが瞬時に分解する成分を含んだ化合物を使っている」

「冴えてるな」マストは認めた。「しかし、庭でエアゾールを使ったようには見えなかったが」

返事のかわりにジャドパーは缶を補助テーブルに置くと、左手を手首のところでとりはずした。「何年か前に本物の手を失くしてな。やむをえずこうしたわけだが、じつに便利《ハンディ》だよ、アマチュア奇術師にとっては」

「アマチュア奇術師か」マストはそっけなく言った。「そりゃおもしろい」ダイニング・テーブルと椅子とサイドボードがふいに張りを失ってたわみ、しだいにぼろぼろに崩れて、砂に変じた。アマチュア奇術師。ジャドパーみたいな男の墓碑銘にぴったりの言葉だ、とマストは思った。

「エングラフト通りの角に、モナという食堂がある」マストは言った。「あさっての午後三時にそこで鑑定人と落ち合う。それでいいか？」

ジャドパーが左手をかちりと手首にはめこんだ。「行けなくなった場合は連絡する」

「その手の中には、ほかにいくつ道具が入ってる？」マストはどうでもいい好奇心でたずねた。「いや――見せてくれなくていい。忘れてくれ。商売の話は済んだから、もう退散する」

ためらいがちに戸口へと歩く。ジャドパーが別れのあいさつに義手を上げ、「幸運を祈る！」と言ってにっこりした。

マストが戸口を抜けようとした瞬間、袋いっぱいの小麦粉が頭上から降ってきた。色とりどりの液体が四方八方からマストめがけて噴射され、ジャドパーの押し殺した笑い声が背後で響いた。

足もとの玄関ステップがとつぜん沈み込んだかと思うと、マストはスライダーを滑落し、真っ暗闇のなか、わけもわからず金属の指につかまれ、ひきずられてゆく。数秒後、マストは屋敷から数メートル離れた小道にぽんと飛び出した。紫の水玉模様のばかでかいピンクのパンタロンに、特大のよだれかけ姿で。

マストは莫迦げた衣裳を破り捨て、顔からどろどろの小麦粉を拭いとり、怒りに満ちた最後の一瞥《いちべつ》を屋敷にくれると、ビックリ箱の人形が振りまわす腕から身をかわし、ゲートへ向かって走り出した。

ペデルは、三百階建てラヴィエ・ビルのスリムな私用エレベーターに乗り、最上階に向かってぐんぐん加速するあいだ、両足を踏ん張って重力に耐えていた。この摩天楼の屋上ペントハウスを借りているので、いまやこのエレベーターはペデルのものだった。このビルには個人用のエレベーターが五、六基あり、それぞれプライベート・フロアに通じている。ペデルは広々としたペントハウスのリビングルームに足を踏み入れた。
エレベーターが減速し、一瞬の無重力感とともに、なめらかに停止した。ペデルは広々とした
曲面ガラスの巨大な窓からの眺望はいまだに新鮮で、つい足をとめて見入ってしまう。眼下に広がる首都グリディラは、陽光に輝いている。彼方には、市街地の南側を迂回するよう

に湾曲して流れるレイカー川のきらめきが、ビル群のあいだにところどころ見える。

ターン街の店舗兼住居から、たいした出世じゃないか！

ペデルはリビングを横切ってデスクに歩み寄った。留守中、ヴィドフォンに伝言がたくさん入っていた。ほとんどは新事業に関するもので、ペデルはそのうち二、三件におりかえし連絡したあと、ブローカーと、グリディラ一のショッピング街にまもなく開店する自分の店の支配人と、会社の経理担当役員に指示を与えた。

それが終わると、よく冷えたマンゴー・リキュールをグラスに注ぎ、豪華なカーペットの深い毛足を足に感じながら、展望窓の前をぶらぶら歩いた。この窓から飛び出して、首都の上空を飛翔することもできそうな気がした。かぎりなく自由で、どこまでも広い。いままで知らなかったこの感覚は、そのぐらい完璧だった。
二、三カ月前には、まさかこんなに早く階段を昇れるなんて、とても信じられなかっただろう。それでも、事実は事実。なにをやっても図に当たり、夢が次々に現実になった。銀行は争って融資を申し出た。高級社交クラブも門戸を開いてくれた。
姿見の前で足を止め、自分を見つめた。「ためらうな」と、個人的な信条を唱える。「自分を疑うな。おそれるな」かつて、実用心理学の入門書で見つけた言葉だった。世界に対してポジティブでいれば、世界は恵みを与えてくれる。

ヴィドのチャイムが鳴った。紅い唇にすみれ色の瞳をした顔が画面から微笑みかけている。

「もしもし」

黒の巻き髪、首すじのなめらかなカーブ。香水のにおいが画面越しに漂ってきそうだ。

「やあ」

「ゆうべ、あなたが帰ったあと、すっかりツキが落ちちゃったの」女が唇をとがらせた。

「ツキをぜんぶ持ってったでしょ」

「あれはぼくのツキだったんだよ」ゆうべ、グリディラで最高ランクに位置するギャンブル・クラブのコートンで遊んだとき、この女に連絡先を教えたのを思い出した。

ペデルは最近、ギャンブルの腕をめきめき上げていた。短期間のうちにいろんなことが変わったと、あらためて思う。こんなゴージャスな女を手に入れるのを楽しみにしつつ、それをあたりまえだと思うなんて。ほんの数週間前のペデルなら、とても手の届かない高嶺の花だとあきらめていただろう。

三十分後、女がペントハウスにやってきた。ペデルはマンゴー・リキュールのグラスをさしだし、如才ないやりとりを楽しんだ。ほどなく、彼女のすばらしい首すじに鼻先を埋め、くらくらする香りの源を探っていた。

ベッドルームに入り、いざ服を脱ぐ段になってためらいが生じた。いつもこの瞬間に不安が襲う。いちばん自信が必要な場面だというのに、スーツを脱ぐと、未熟で不器用なむかしの自分が戻ってくる。

だが、ペデルは服をむしりとると、大きなベッドに飛び込んだ。「ためらうな、自分を疑うな、おそれるな」口の中で呪文のようにそう唱えると、女の体に手足をからめた。

後刻、空が暮れはじめたころ、ものうい眠りから目を覚ますと、女がペデルの体をいじりはじめた。肉体は反応したものの、このときにはもう、仔猫のようにじゃれつく女につきあう気分ではなくなっていた。

オットマンの上に放り出したフラショナール・スーツが、薄闇のなか、まるでペデルを呼ぶように、静かに輝いている。

6

アレクセイ・ヴェレドニェフは、事態の成り行きに困惑していた。とりわけ、自分がまだ生きていることに。おぞましい残虐な方法でサイボーグに切り刻まれて、当然、とっくに死んでいるはずだったのに。

眠ってしまったらしく、混乱した恐ろしい夢をいくつも見た。それから、牢獄にサイボーグが入ってきたとき、一体でも多くを道づれにしてやる決意でその怪物を攻撃し破壊した。しかし、そのあとが、予想と違っていた。臓器が欠落したニュータイプのサイボーグたちが言うには、彼らには害意がないらしい。少なくとも、声はそう言った。女の声で、妙な発音と妙な単語だらけではあるが、アレクセイの言葉をしゃべった。彼女の主張では、彼ら新種のサイボーグはショージから来たのではない。アレクセイが殺したサイボーグは彼らの捕虜で、反応を見るために同じ房に入れたのだと言う。宇宙洞穴のサイボーグは、そもそもまったくサイボーグではなく、どちらかと言えばアレクセイの種属に近くて、はるか彼方の星々からやってきたのだと説明した。

「おまえたちはサイボーグだ」アレクセイはそう反論した。「おれの目はごまかせない。おまえたちは、ちょっと姿を変えただけだ。サイボーグは自由に体を変えられるからな。そしてソヴィヤ語を覚えて、おれをだまして基地《ホームベース》の情報を引き出す魂胆だろう」考えれば考えるほど、明白な結論に思えてきた。いまのように、ショージとソヴィヤが合《ごう》にある時期は、サイボーグが上方宙域《アップ・レンジ》をうろつくことが多い。もっと用心すべきだった。

それに、よく知られているとおり、サイボーグには感情がない。声の女も、他のタイプのサイボーグと同じく、情緒周波帯では聞くことも伝えることもできない。アレクセイの電波《レイディオ》・感覚《センス》は女からまったくなにも受信していない。つまり、ソヴィヤ人のコミュニケーション方法に対する彼女の理解には重大な不備がある。女は、アレクセイの放射する反感や嫌悪や不信などの悪感情に対しても、なんの反応も示さなかった。

そのことを抜きにしても、宇宙洞穴の住民たちは、ショージから這い出てくるおなじみの害獣とくらべてさえ、さらに胸が悪くなるような外見だった。体はぐにゃぐにゃで、大きな動きまわる胎児か、体内の最奥にあるコア臓器を思わせる。見ていると吐き気がしてくる。

女はアレクセイに新生児の写真を見せて、「これ、あなたの目にも赤ん坊に見えるわね」と確認した。

アレクセイは写真から目をそむけた。こういうものには敏感な性質《たち》だった。医者と看護師以外は見てはいけないものだ。

「わたしの種属も、生まれてくるときはこういう姿をしているの」女の声が言った。「サイボーグもきっと同じ」

「それはちがう。サイボーグの子供は大人とそっくりだ。サイボーグは、女の体を切開して、胎児を手術する」

「ほんとに？　すごく興味をひかれる話ね。でも、だったらそれが証拠よ。さっきから説明しているとおり、あなたたちも、わたしたちも、サイボーグも、生物学上はすべて同一の種に属している」

「いや。そんなことはありえない」

女はアレクセイの強情さにいらいらしているようだ。「あなたにとって、わたしたちは命の恩人なのよ」と嚙みつくように言う。「もしあのときわたしたちに拾われていなかったら、サイボーグに捕まっていたはず──戦士たちを乗せた筏がそちらに向かっていたから。それに、生物学的に必要なものはすべて与えている。酸素も流動食も。サイボーグがわざわざこんな手間をかけたことがある？」

「どんなことにも初めてはある」

しかし、最終的に、アレクセイは女を信じはじめた。女の忍耐力がアレクセイの強がりと憎まれ口を上回り、気がつくといつのまにか彼女の主張を受け入れていた。

女は軍事情報を引き出そうとするそぶりはまったく見せなかったが、最後になって、基地の生活について話してほしいと言ってきた。そこでアレクセイは故郷のこと──ガス巨星ソヴィヤを帯状にとりまく岩塊の島々から成る幸福なエデンのことを語りはじめた。

アマラ・コールには、長年抱いている学術的な野心があった。すなわち、自分が専門とする社会学を、化学や物理学と同じような厳密な学問領域につくりかえ、個人に対する社会的な力の作用を、重力や核エネルギーを測定するのと同様の正確さで計算できるようにすること。社会的な力の働きの背後にある原理を見つけ出すことさえできればそれが可能になる、というのがアマラの信念だった。しかし、これまでのところ、原理の探究は見るべき成果をあげていない。ザイオード文明はあまりに気まぐれで、個々の特徴を思うようにきれいにグラフ化することができない。そこでアマラは方向転換し、カエアン文明をはじめ、標準から逸脱した文化を研究することにした。もっとも、カエアン文明でさえ、アマラの目標をかなえるには、まだ逸脱が足りない。社会意識の道しるべは、逸脱の極限をつきつめた奇矯さにあらわれるというのが彼女の持論だった。

一時は、それにふさわしい文明を人工的につくりあげるというアイデアを検討し、そのために孤児院を買収することも考えたが、あいにく政府はそうした計画には協力できないという決定をくだした。社会学は公的には実学と見なされておらず、総裁政府は資金供与するプロジェクトに対し、つねに見返りを求めたからである。

それでも、この積極果敢なアプローチが功を奏して、アマラは不屈の闘士という評判を得ることになり、それがカエアンの脅威を調査するという研究計画となって花開いた。そして、カラン号の探査プロジェクトが浮上したとき、アマラはそのチャンスをしっかりつかみとったのである。

「いつかカエアンと戦争になることは避けられない」アレクセイ・ヴェレドニェフとの数回の面談を経て、アマラは即席の説明会を開くと、集まった将校や社会科学者たちの前でそう切り出した。「これが第一の事実。第一線の心理学者たちの一致した見方だけれど、カエアン人には、自分たちの生活様式こそ人類にとって唯一絶対のものだという、擬似宗教的な信念があります。この信念にもとづいて隣人たちを改宗させたいという欲望が抑えられなくなったとき――われわれの考えでは、いままさにそれが起きているわけだけど――彼らはかならずや十字軍を派遣しようとする。

だからこそ、わたしたちはこうして旅立ち、カエアン文明の異常性の中に、こちらにとって有利になる弱点を探している。そしてみなさん、われわれはついにカエアン文明の究極の謎を解明しました。衣裳崇拝の歴史的起源を発見したのよ！」

アマラは勝利に目を輝かせてこのニュースを発表した。情報局のスタッフの大半はすでに知っていたものの、多くのクルーにとっては青天の霹靂だった。全員が理解するまでしばらく間を置いてから、アマラはふたたび口を開いた。

「ご承知のとおり、三週間前、われわれが捕獲した金属物体には、かなり退化した状態の人類が入っていた。彼が収容されていた金属の〝スーツ〟は、一種の居住環境でした。それどころか、彼はこの居住設備を自分の〝体〟だと考えている」アマラは再生装置を操作し、この〝スーツ人〟（エストルーのつけた呼び名によればメタロイド）の映像を大型スクリーンに流した。宇宙空間を疾駆する姿、捕獲されエアロックに引きずりこまれる場面。工作室でスーツが切開され、内部の有機体があらわになる場面も一瞬映った。

「被験体の名は、アレクセイ・ヴェレドニェフ。すでに消滅したと考えられていた古代地球語のひとつ、ロシア語から派生した言葉を話します。これまでに長時間にわたって話をした結果、彼の生活および生まれ育った社会について多くを学びました。彼らは宇宙空間だけで生活し、それ以外の生活など想像もしていない。しかも、生まれてこのかた、スーツを出て過ごした記憶もない。彼らの赤ん坊は、生まれるとすぐ保育器に入れられ、最初のスペース・スーツを着用できるようになる生後三ヵ月まで、そこで過ごす。子供の成長につれて、一定期間ごとにスーツが交換され、成長が止まった時点で最後のスーツが与えられる。スーツ交換に際してはつねに麻酔がかけられるため、彼は自分の生身の体を一度も見たことがない。スーツは、あらゆる必要を満たす精巧なマシンです。男や女の肉体は、スーツの中に消えてしまう。生身の体を持っているという意識も記憶もない。スーツが体なのよ。生まれながらに持つ生物学的な身体組織と同じく、ひとつのシステムなのです。このシステムを動かすデータ処理ユニットは、神経系の働きを補助する、脳の付属物と見なせる。

この自己認識が完全なので、脳はスペース・スーツの外観を、エロチックな刺激と受けとめる。この映像をどうぞ」

皮肉な笑みを浮かべて、アマラは、アレクセイとラナを発見したときの映像を再生した。

二体のスーツがたがいにつかみ合い、上になり下になりして押し合っている。

「男性スーツと女性スーツの交合」

説明会の参加者は、短い映像を食い入るように見つめた。ウィルスの部下のひとりが吐息をつき、「あんなものに閉じ込められたままの一生なんて、きっと最低だな」

「そう思うのは見方がまちがっているからよ。彼らは、スーツの中の人間ではありません。新種の生きものよ。有機体のコアを持つ、金属でできた宇宙生物。実際、彼らスーツ人は、もはや惑星の地表には降りられない。まさに宇宙生活者。彼らのホームは、彼らがソヴィヤと呼ぶガス巨星をとりまく惑星環《リング・システム》です。リングをつくる岩塊群は、必要な物資の供給源として使われるだけでなく、内部をくり抜いて、防護された育児施設に改造したりしている。

ソヴィヤのスーツ人には、敵対する勢力があります。こちらをどうぞ」

アマラはサイボーグの映像を再生した。最初は、解剖を待つ標本さながら台に拘束された捕虜。ついで、宇宙筏に乗るサイボーグたち。頭巾をかぶった中央の人物が大映しになる。ついで、巨大スーツが捕われのサイボーグをずたずたに引き裂く場面が映し出された。

「これについては、またあとで触れます」

アマラは唇を舐めた。「かくも異常な状況がなぜ生まれたのか、興味を引かれるところね。その点について、アレクセイ・ヴェレドニェフはなにも語れない。彼の知るかぎり、世界は最初からずっとこうだったのだから。そこで、歴史的な経緯をたどるべく、わたしは本船のライブラリーを調べました。では、いまからちょっと、歴史の授業をしましょう。

およそ千年前、地球がまだ人類全体の政治的中心だった時代。人類の活動は銀河系全域に広がり、国家間の激しい競争がありましたが、それらはすべて地球上の国家だった。いまのわたしたちから見ると奇妙な状況ね。わたしたちにとって、国家と言えば数百にもおよぶ惑星から成るものだし、ひとつの惑星上に独立した文明がいくつも共存するなどありえないことに思える。しかし、当時の地球では、宇宙に広がりはじめる以前はもちろん、それ以後の数十年間も、こうした状態がつづいていた。宇宙の広さにくらべればごく小さな基盤しか持たないのに、地球にルーツを持つ国々は、銀河系開発時代にも国力を維持したばかりか、さらに勢力を強めた。

そうした国家のひとつがUSSR——またの名をロシア——であり、もうひとつが日本です。この二国には長い反目の歴史があり、この時点ですでに、百年近くの長きにわたり、あちこちの宙域で——ごく短期間ながら、ツィスト腕でも——戦争をつづけていた。戦線を拡大しすぎたと思ったのか、その後は両国とも撤退に移った。しかしその過程で、両陣営とも、人員と装備をあちこちに放置していたようです。彼らは孤立無援のまま、帰る手段もなく、この宇宙空間に置き去りにされた。どうしてそんなことが起きたのかは知る由もない。撤退のドラマと混乱のなかで、このちっぽけな星系はあっさり忘れられたのかもしれない。あるいは、ここで戦っていた部隊は全滅したと思われたのか。

そんな絶望的な状況下では、たいていの人間は死ぬしかないとあきらめるでしょう。そもそもこの星系は、人類の生存に適さない。居住可能な惑星はひとつもなく、地表に降りられる惑星さえたったひとつ——ここからもう少し主星寄りの軌道に位置する、ショージという小さな惑星です。しかし、古くから敵対関係にある両民族は、ともになみはずれて強靭な、不撓不屈《ふとうふくつ》の精神を持っていました。どちらも、それぞれ違った方法で驚くべき適応を遂げ、ともにどうにか生き延びてきた。

ロシア人の生存戦略は、すでに見たスーツ人の社会です。日本人の解答はまたべつ。彼らは当時すでに惑星ショージを掌握していた。直径わずか二千四百キロメートル、非常に寒く、生きものはなく、大気は希薄で呼吸できず、人類の居住にはまったく適さない。この恐ろしい条件下で生きるために、日本人は自身を〝サイボーグ化〟した。つまり、人体を設計からつくりかえ、人工的な機械臓器と融合させたのです」

アマラはもう一度サイボーグの録画を画面に映した。「呼吸器、血管、恒常性維持機能はすべて交換され、神経系および内分泌系にも重大な変更が加えられている。驚いたことに、こうした設計変更によって、彼らは真空を含む苛酷な環境に適応し、体を保護するものをなんら必要としない。ショージの地表が本来の居住環境だけど、しばしば宇宙空間に出て、ロシア人の子孫、すなわちスーツ人を襲撃する。

アレクセイ・ヴェレドニェフはサイボーグの生活について、あまり話したがらないけど、苦労して聞き出した断片的な情報は興味深いものでした。サイボーグ社会の精神《エトス》は、日本文化のある一面から直接的に派生したもののようです。たとえば、これは〝ヤクーサ・ボンズ〟です」

アマラは宇宙筏に乗る頭巾の人物がアップになったところで映像をとめた。「坊主《ボンズ》は宗教的な司祭です。ヤクーサは本来、ギャングを意味していた。日本では、どうやら宗教組織とギャング組織が協力関係にあったようね。かつて、仏教の大修道院長《アボット》率いるヤクーサ組織が、日本の政権を暴力的に掌握したという記録もある。サイボーグがいまも宗教を持っているかどうか定かではないものの、この頭巾の人物がいわゆる僧兵として、かなりの権力を行使しているのはたしかでしょう。

サイボーグ文化は狂信的かつ攻撃的です。サイボーグにとって、死はなんでもない。敵であるスーツ人に対する自殺ミッションはむかしからずっと行われてきた。時間をとって彼らを調査できないのは残念だけど、この任務の目的から大きく逸脱することになるのでいたしかたないわね。いずれにしても、基礎的なデータの欠落が大きすぎる。たとえば、日本語に関する記録さえありません」

ウィルス船長が驚いて口をはさんだ。「そりゃまたどうしてだね、アマラ？　ロシア語はあんなにうまく操れるのに」

アマラは鷹揚《おうよう》な笑みを浮かべた。「土着の地球文化は、そのほとんどがわたしたちにとってミステリーなんですよ、船長。文化は相互排他的です。ひとつの惑星上に他の文化と押しあいへしあいするのを好まない。銀河系に広がりはじめると同時に、地球の諸文化はたがいに反発する本来の斥力《せきりょく》を発揮し、大きなスケールで分裂していった。われわれが古代地球について知ることのほとんどは、ユーロ＝アメリカと呼ばれる文化圏に限られていますが、それは、ツツィスト腕とザイオード星団の人類がこの文化の子孫だから。銀河系には、日本人、アラブ人、アフロ人などにそれぞれ支配された宙域もあるはずですが、われわれとはいっさい接触がない。この星系のサイボーグは、日本人が負けた戦争の奇妙な遺物なのです」

アマラが再生を止め、スクリーンが暗くなった。

「さて、これらの事実からなにが導かれるでしょうか。確たる証拠はないものの、過去のある時点でスーッ人の一部がこの星系を出て、ツィスト腕に連なる星々へと移住したことはまちがいない。亜光速ドライブを独力で開発したか、後年、ソヴィャを発見した探査船が彼らを乗客あるいは捕虜として運んだか。いずれにせよ、この星系を出たスーッ人はやがてスーッを放棄し、居住可能惑星に入植し、ふたたび人間に戻った。そして、カエアン文明を生み出した。このソヴィャ事象が、カエアン文明の異常性の源であることは、ほとんど疑問の余地がありません！」

クルーたちのあいだにざわめきが広がった。「カエアン人はみんなソヴィャ人の子孫だと？」ヒーワル航宙士がたずねた。

「いいえ、全員じゃないわ。ソヴィャ人が最初の入植者であり、彼らの文化的雛形にのちの移住者は従わざるをえなかった。新たな入植地が開拓されるときにはよくあるケースね。最初に入ってきた文化が選択権を独占し、あとから来た文化はそれに吸収される。その過程で、もともとの異常性はもちろん薄められる。しかし、ソヴィャ人が初めてスーツから外へ出たとき、いったいどんな状態だったかは想像がつく。

そう、そのとおり。カエアン精神の奇矯さ、異常性の起源は、ソヴィャ人だった祖先——いわば原カエアン人が、自身を異様な宇宙容器に封じ込めていた時代にまで遡る。その痕跡はあらゆる場所に見出せる。ソヴィヤ人は、人類の自然な姿かたちを、人工的な外観ととりかえた――ゆえに《エルゴ》、カエアン人は肉体を包むものに異常な執着を示す。ソヴィヤ人にとって肉体は嫌悪の対象であり――わたしたちが内臓に嫌悪感を抱くのと同じことね――ゆえに《エルゴ》、カエアン人は裸体を憎悪する」

アマラはしばし間を置いた。

「この件には、もうひとつ、きわめて興味深い側面がある。ソヴィヤ人は機械としての自分を美と見なすように条件づけられる一方、生身の肉体に関してはわれわれが内臓に抱くような嫌悪感を培ってきた。しかし、脳の本能的なレベルでも、人間のあるべき姿を忘れているかどうかはおおいに疑わしい。留意すべきなのは、彼らが正気を保つため、自分の肉体を見ることを避けるという事実です。たぶんこれは、生身の体を嫌悪しつつも、それがほんとうの自分だと潜在意識下で認めてしまう危険がある証拠だと思う。自分たちの先祖がその体になにをしたかという抑圧された過去の記憶が甦るのを防ぐためね。つまり自己嫌悪であり、またべつの理由から、人種的な罪悪感でもあるけれど、すべて同じ感情的負荷となる。その意味は語るまでもないでしょう」

「原罪のようなもの?」ウィルス船長がたずねた。

アマラはうなずき、ちょっと微笑した。

「スーツ人があんなにサイボーグを憎むのもそのせいですか?」べつのクルーがたずねた。

「サイボーグの体が、スーツ人の潜在意識にある記憶を刺激するから?」

「彼らの憎しみにはもっと現実的な理由もあるけれど、まったく非合理的な部分については、そう、それで説明がつくわね」

「カエアン人は自分たちの起源を知っていると思いますか？」

「いいえ、たぶん知らないでしょう。そのことだけでも、こちらの利点になる——それをうまく使う方法を学ぶ必要があるわ。そこで、ほかに質問がなければ、今後の計画に議題を移します。まず、可能なかぎり綿密にソヴィヤ社会を調査し、そののち、ツィスト腕に沿って航行して、初期の入植パターンをたどる必要がある。ここからカエアン中心部まで点々とつづく入植惑星を調べることで、社会慣習や神話の起源、いわば文化的な化石を発掘する。それによって、スーツ人の精神性がいかにして服飾芸術に発展したのかも明らかになるでしょう」

アマラは言葉を切り、眉根にしわを寄せた。

「でも、その前に、ささやかな問題がひとつ。ドマーシュナバーザ——ソヴィヤをめぐるリングの呼び名です——に住むスーツ人の協力を得なくてはなりません。ヴェレドニェフの信頼を得るだけでも相当な難事です。彼については説得がじょじょに功を奏しつつあるけれど、わたしたちの姿がサイボーグのほうに似ているという点からして、リングのスーツ人から友好的な反応はまず期待できないでしょう」

しばし沈黙が流れたが、とつぜん、エストルーがおもしろがるように顔をくしゃくしゃにすると、「問題ありませんよ、アマラ。宇宙服を着て会いにいけばいい——大型の宇宙服に、推進装置と装甲と不透明なフェイスプレートをくっつけて。カラン号の中を見せなければ、ソヴィヤ人はわれわれのことを自分たちに近い種属だと思うでしょう。サイボーグじゃなくて」

「なるほど、もっともな考えね」アマラがゆっくり答えた。「彼らをカラン号に近づけず、こちらは〝メタロイド〟に似せた姿になる。でも、そうなると、ヴェレドニェフを連絡係に使う案は捨てるしかないわね。秘密をばらされないように隠しておかないと」

「では、捕虜のままにしておこう」ウィルス船長が重々しく言った。

「そのほうがいいわ。たくさん宿題を出してあるから」

「もちろん、いずれは解放するんですよね」ヒーワル航宙士が落ち着かなげに言った。

「ほかに質問は？」アマラが切り口上で言った。

しかし、ヒーワルは引き下がらず、「スーツ人にはどう説明するつもりですか？　彼を捕獲したことは向こうに知られていますよ――現場に目撃者がいたんだから。向こうは居場所を訊ねてくるでしょう」

「サイボーグたちが……」と言いかけて、アマラは口を閉じた。こんなふうに追及されるのは気に入らない。「そのときになったらわたしがなんとかする。ヴェレドニェフには、スーツ人との交渉できっとまだなにか使い途があるわ。さて、と。これですべて決まりね。ウィルス船長にご異存がなければ、次のシフトのはじまりと同時に行動を開始しましょう」アマラがウィルスに向かって問いかけるように眉を上げると、船長はうなずいた。「では、みなさん、おやすみなさい。あしたは忙しい一日になるわ」

アマラは唐突にきびすを返し、左手のドアから出ていった。ブリーフィング終了。

アマラの優秀さは認めざるを得ない、とエストルーは思った。態度は横柄だが、たしかに結果を残している。

エストルーはかつて、カエアン文明の起源を探るという考えそのものを内心ひそかに莫迦にしていた。しかしいま、彼らはまさしく原カエアン文明のどまんなかにいる。およそ信じがたいが、疑問の余地のない事実だ。

エストルーはアマラとともに食料工場の見学を終え、小惑星をくり抜いた空洞から外に出てきたところだった。同行しているのはソヴィヤ人の案内係、サルキソフだ。その巨大な金属の体が入口でしんぼう強く待つあいだ、ふたりはもう一度、あたりの光景をじっと眺めた。たいした見ものだった。まわりには、岩と氷塊の荒野がどこまでも広がっている。リングが惑星の軌道をめぐるにつれ、果てしなくつづく迷宮が位置を変え、移ろい、洞窟や深い谷がたえず溶け合っているような錯覚を与える。まったく無音であることをこんなに不気味に感じるのは、つねに動いているせいだろう。そのとき、光が射した——澄みきったやわらかな光芒が割れた岩や氷を輝かせ、その輝きが、ゆっくりディゾルヴしてゆく無数の小洞窟を通して、はてしなく反射し広がってゆく。

ガス巨星ソヴィヤが空の三分の一以上を占め、その巨大な球面は大気圏の奥で荒れ狂う嵐にゆらめき、稲妻にきらめいている。暴力的なその世界にくらべると、大気を持たない岩塊群の世界は、スーツ人にとって牧歌的で平穏な楽園だった。惑星住民にとっての牧場や森や渓谷みたいなものだろう。

しかし、この永遠の静けさは見かけだけだった。無線周波帯では、ドマーシュナバーザは、人間同士の対話で活気づいている。といっても、リングの幅は三十万キロもあり、ぱっと見ただけではそもそもソヴィヤ文明が存在することにも気づかない。なにをさがすべきかわかっている者だけが、奇跡を目《ま》のあたりにできる。エストルーはヘルメット内の外部モニター映像を拡大した。小惑星サイズの大きな岩塊群は、恒久的な洞窟、プラットフォーム、砲塁に改造され、その多くはエレガントなかたちに成形されている。自動的な軌道修正により同じ位置関係を保っている集団もあれば、たがいに鎖でつながれているものもある。しばしば生じる衝突のショックをやわらげるため、強力な鉄製のバンパーを備えている岩塊も多い。あちこちで目につく金属の輝きは、移動中のスーツ人たち。岩塊の動きにつれて見え隠れするもっと大きな輝きはカラン号の船殻だ。

エストルーと同じく装甲のぶあつい真鍮色のスペース・スーツを装着したアマラが、メタロイドの案内役に話しかけた。

「Ochen interesno. Nu, mozhete nam pokazat dyetkiye sady?」

エストルーは苦労してどうにかアマラのソヴィヤ風ロシア語についていった。〝たいへん興味深い。でも、次は保育所を見せてもらえませんか?〟

サルキソフは腹の底から響く声で憤然と答えた。「Takiye lichnye veshchi nye ochen piyatno smotret!」〝そんなものを見ることは不愉快だ、すくなくともわれわれの目には!〟

エストルーはため息をついた。タブーに触れるのは覚悟のうえで、アマラはドマーシュナバーザ(すなわち、基地《ホームベース》)到着以来、ずっと厚かましい要求をつづけてきた。病院を見せろとせっつくことさえした——ソヴィヤ人にとっては嫌悪感を催す、失礼な提案だ。

アマラは、メタロイドを真似た変装が完璧にはほど遠いことや、その姿がソヴィヤ人にとってきわめてうさんくさく見えることに、まるで頓着していないようだ。全長三メートル半を超えるソヴィヤのスペース・スーツに対し、ザイオードのスペース・スーツは二メートルちょっとしかない。ソヴィヤ人の目には、きっと、おとぎ話の小鬼のように見えることだろう。外見の違いはそれだけではない。ザイオードのヘルメットは、ソヴィヤ人の頭部とは似ても似つかない。ソヴィヤ人の頭部はロボットの頭みたいなもので、中に人間の頭が入っているわけではない。ソヴィヤ人の目から見てさらに大きな違和感を与えるのは、ザイオードのスペース・スーツに脚がついていること。無重力の宇宙空間ではまったくよけいなものでしかない。

ソヴィヤ人たちが怒りや不信感を抱くのも無理はない。彼らは、アレクセイ・ヴェレドニエフに会わせてくれと数度にわたって申し入れてきたが、アマラはのらりくらりとそれをかわし、あれこれ理由を並べたものの、向こうにしてみればとうてい納得できるものではなかった。

巨大なスーツ人が有無を言わさぬしぐさで、食糧貯蔵アステロイドの細いスリット状の開口部へと彼らを促した。アマラがなにか抗議しているあいだに、エストルーはレコーダーに音声メモを残すことにした。

「リングの生活は、移動性がきわめて高い。太陽フレアをのぞけば、ここには天候の変化がなく、雨風をしのぐ住まいも必要ないが、ソヴィヤ人はそれでも個人の住宅を持っている。各住宅は推進機を搭載し、リングの内外を自由に移動できるほか、コード化された無線アドレスをたえず発信し、公共の測位サービスを使って、いつでも位置を確認できる。

リングの経済は集権的で、共同体の決定にのみ基づく。食料、燃料、人工物、サービスは無償で分配され、すべての個人は義務としてそれらの生産を分担する。この特異なシステムは、おそらくロシア初期の経済体制に由来する。当時のロシア社会も、個々の企業より集団の活動を重視していた。あるいは、惑星外環境で生き延びるという不可能に近い困難を克服するための最良の答えだったという可能性もある。

メタロイドがしばしばUHFを発信する理由も判明した。あの発信はどうやら、情緒的・非言語的なコミュニケーションらしい。ソヴィヤ人は、当然のことながら、顔の表情で気持ちを伝えることができない。UHFは、この欠落を補うためのものだろう」

そのとき、アマラがいきなり話しかけてきた。「サルキソフの態度が冷たくなってきてる。ちょっと無理を言いすぎたかしら」

「ええ」

「ヴェレドニェフの件でまた責められたのよ。わたしたちがファ、ファラデー、の、籠に閉じ込めてるって！」と腹立たしげに言う。

「実際、ファラデーの籠《ケージ》に閉じ込めてるじゃないですか」エストルーはあきらめたように言った。「危険があると思うのなら、ぼくからウィルス船長に連絡しますよ」

アマラはその言葉が聞こえなかったかのように、「なにかあるわね」と興奮した口調で言った。「たぶん、遠くにいるだれかに話しかけてる。傍受できないかやってみて、エストルー」

言われるがまま、エストルーはアマラのものより高性能の、自分の受信機を操作した。受信周波数を上下させて、サルキソフの使っている波長をさがす。ピーピーガリガリの雑音に混じって、リングの背景音をなすソヴィヤ・ロシア語のがやがやが時おり聞こえてくる。やがて、こちらに向けて送信されている電波をようやく特定した。数人の声がその周波数で話していたが、早口のやりとりの中から、何度もくり返されるひとつの単語を聞きわけた。

「キボルグ――キボルグ――キボルグ」

サイボーグ（cyborg）のことだ！

ふいに声がとぎれた。サルキソフの頭部が空のなにかをさがすように、わずかに旋回した。

アマラがソヴィヤ語で明るく言った。「じゃあ、公益施設を見せてもらえないかしら。たとえば――」しかし、サルキソフがそれをさえぎり、

「それより、あなたたち、いい、あなたたちの施設の内部が見たい。カラン号の内部が」とぶっきらぼうに言っ

た。

「それはむずかしいわね……」アマラがゆっくり答える。

「どこがむずかしい？　同志アレクセイ・ヴェレドニェフはすでに中にいるではないか――捕虜として！」

「いいえ、とんでもない。捕虜じゃないわ」アマラが反論した。「彼は自分の意志でわたしたちのもとにいる。彼と話をしたじゃないの！」

「アレクセイは、ファラデーの籠の外に出たときにしか話さない。あとの時間は、おまえたちが籠に閉じこめてしまうから、声が聞こえない。自由に話すことができたら、いったいなんと言うだろう」

「彼はファラデーの籠にはいません」アマラは嘘をついた。

「わたしの考えを言う」と、ソヴィヤ人は冷静に言った。「あなたたちは遠い星から来た、わたしたちのいとこだと言った。その言葉を受け入れ、質問に答えてきたのは、こちらでもあなたたち種属について学べるだろうと期待したからだ。しかし、われわれはだまされていたようだ。あなたたちは、じつはボディ・マスクを装着したサイボーグであり、われわれからドマーシュナバーザについての情報を聞き出そうとしているという可能性もある」

「それはまったく見当はずれの推測ね」と言ってから、アマラはエストルーに耳打ちした。「ウィルス船長に連絡して」

しかし、次の瞬間、当のウィルスの声がエストルーのイヤフォンから聞こえてきた。「なにかあったのか？　本船はソヴィヤ市民軍に包囲されつつある。向こうには相当の火力がある」

　サルキソフがまた言った。「ふうむ、いずれにしても、あなたたちを安全な場所へ案内する必要がある。サイボーグが大規模な攻撃をしかけてきた。この近くで戦闘になる」

「それは残念ね。でも、それなら自分の船に引き上げます」アマラが冷静に答えた。

「問題外だ。ついてきてくれ」

　エストルーはウィルスに返事をした。「こちらもトラブルです、船長。サイボーグのスパイだという嫌疑をかけられて、逮捕されるらしい。救援をお願いします」

「了解した」ウィルスは簡潔に言った。「これから救出する」

　さらに四人のソヴィヤ人が、サルキソフに手を貸すべく、驚くべきスピードで飛来した。巨大なメタロイドたちから逃げようとしても無駄だ。アマラとエストルーはサルキソフの命令におとなしく従って小惑星の表面から上昇し、メタロイドたちにエスコートされて、輝く岩塊のあいだを縫うようにして高速で運ばれていった。

　数分後、リングでは数少ない、百パーセント人工的な建造物が前方に姿をあらわした。巨大な金属の十二面体で、さしわたし二百メートル弱のきらめく巨大な珪藻《けいそう》のように、岩塊のあいだに浮かんでいる。ひとつだけの大きな出入口からスーツ人たちがすいすい出入りするのを見て、エストルーは蜜蜂の巣を連想した。

　エストルーの耳に、ウィルス船長の声が聞こえてきた。「あいにくだが、しばらく救援は送れない。こちらはいま、敵の攻撃を受けている。そちらの状況は？」

「大きな人工の小惑星に接近中です」エストルーは答えた。「そちらから見えますか？」

「ああ、追尾している。差し迫った危険がありそうか？」

「ソヴィヤ人がわれわれについてどう判断したのか、まだわかりません。ドマーシュナバーザは少し前からサイボーグの攻撃を受けていて、そのために神経を尖らせているようです」

「なるほど。なにかあったらすぐ連絡してくれ」

彼らは十二面体の内部へと連行された。エストルーは多少の興味をもって内部を観察した。複雑なオープン・プラン方式が採用されていて、周囲の壁からは金属製の間仕切りが迷宮のように延びているが、ソヴィヤ人の飛び交う中央部分は、細い梁がジグザグに交差しているのを別にすれば、いっさい仕切りがない。なかなか印象的な空間だ。

アマラとエストルーは護衛たちに追いたてられて周辺部の迷宮を進み、やがて金属メッシュと格子でできた籠の前にやってきた。一瞬、ウィルス船長の声がまた聞こえたが、つぎの瞬間、エストルーとアマラは乱暴に籠の中へ押し込まれ、背後で扉が閉まった。

エストルーの受信機がとつぜん静かになった。

彼らは、いっさいの無線通信を遮断するファラデーの籠に閉じ込められたのだ。

いまにいたるまで、エストルーはソヴィヤ人のことを、手足を失い金属製の保護容器に押し込められている哀れな人類としか思っていなかった。〝メタロイド〟という言葉を考案したときも、むしろ侮蔑的なジョークのつもりだった。しかし、スーツ人たちのてきぱきした敏捷な動きがこの先入観を打ち砕いた。それまで思い込んでいたのと違って、有能で知的な人々に見えはじめた。彼らは、アマラが前から言っていたとおりの存在だった。すなわち、自分たちの性質と完全に調和した、まったく新しい人類。

十二面体へと連行される途中に見たささやかな出来事が、とりわけ衝撃だった——岩塊のひしめく宇宙空間をすいすい抜けて飛んでいくあいだ、スーツ人の頭や肩から生えた無数のアンテナが自動的に旋回し、向きを変えたのである。その動きはごく自然でありながら、およそ人間的ではなかった。ソヴィヤ人はまさしく、新しいかたちの肉体を獲得したのだ。

しかし、純粋に技術的な見地からすれば、ソヴィヤ人のスペース・スーツはそれほど高度なものではない。ザイオードの技術者なら、半分の大きさで二倍の性能のスーツをつくれるだろう。それでも、ソヴィヤ人の目的に照らせば、彼らのスーツは非の打ちどころがないほどすぐれている。新しい体の生物学的な部分と技術的な部分が、ひとつのユニットとして機能している。酸素は三十時間おきに摂取し、予備タンクを満杯にするだけでいい。呼気に含まれる二酸化炭素は、スーツに搭載されたシステムが自動的に除去してくれる。食べものは、十時間に一度、無駄な要素を最小限にした濃厚な流動食、〝バイオフード〟を摂取する。対する〝テクノフード〟は、少量の潤滑油と電気系統のためのエネルギーから成り、五十日おきに交換されるアイソトープ電池と予備の光電池によって供給される。

それから三十分、エストルーとアマラは、目に見えるものすべてについて観察記録を口述することに忙殺された。眺めているうち、ここが蜂の巣だという印象はますます強くなった——ソヴィヤ人は、エストルーの母星ミグラットに生息する、弾丸蜜蜂《ブリット・ビー》と呼ばれる蜂にとりわけよく似ている。

いまいるこの十二面体構造物の用途は想像がつかなかった。大量の機械が詰め込まれていたが、時がたつうち、出入口から搬出され、内部にいるスーツ人の数も減っていった。軍事センターかもしれない。ソヴィヤ人は何世紀も前からこういう攻撃を受けているのだから、対処するすべもよく知っているはずだ。そして、この攻撃のあとには、惑星ショージへの報復攻撃がつづく——もっとも、スーツ人は敵の惑星に着陸することはできないから、もっぱら空爆になるだろう。

やがて、エストルーもアマラも音声記録につけ加えるべき情報が尽きたが、それでもカラン号からの救援隊はやってこない。ふたりは顔を見合わせた。表情に出さないようにはしているが、アマラが自分以上に怯えているのがエストルーにはわかった。

「どうしたんだと思う？」アマラがためらいがちにたずねた。

「考えたくありません」

「ひょっとして、カラン号は……」

「拿捕《だほ》された？　かもしれませんね。でも、あきらめるのはまだ早い。それほど長く待たされているわけじゃありません。たぶんウィルス船長は敵の撃退にちょっと手間どっているんでしょう」

「もし万一――」と言いかけて、アマラはショックを受けたようなあえぎを洩らした。エストルーは彼女のヘルメットが向いているほうをふりかえった。

十二面体の五角形の壁のひとつが、内向きに破裂しつつあった。広がってゆく亀裂の向こうに、リングの凍てつく光を浴びて、サイボーグ戦士を満載した十数隻の宇宙筏《いかだ》が浮かんでいるのが見えた。

それにつづく光景はまさに地獄絵だった。十二面体の内部には少数のソヴィヤ人しか残っていなかった。群れをなして突入してきたサイボーグたちは、狂える饗宴のように彼らを狩りたて、虐殺した。スーツ人たちは撃たれ、焼かれ、大きなハンマーで粉々に破壊された。スーツ人も必死に抵抗し、ときにはロケット砲弾でサイボーグの生白い体を吹き飛ばしたが、多勢に無勢。状況は絶望的だった。

あまりの残虐さに、ふたりのザイオード人は籠の中で凍りついたようになってただじっと見つめていた。そのとき、一隻の宇宙筏がほんの数メートルの距離までゆっくり近づいてきて、アマラの口から驚きのうめき声が漏れた。

その筏には、一週間前に彼らが出くわした頭巾の人物が立っていた。サイボーグ・ギャング団の頭目、ヤクーサ・ボンズだ。こちらを向いて、ふたりを睥睨《へいげい》する。頭巾はうしろに垂らしてあり、はじめて見るその顔は、妙なかたちの口と黒い瞳のせいか、酷薄で、猜疑心が強く、おもしろがっているように見えた。エストルーは、催眠術をかけられた兎のような気分だった。

ヤクーサ・ボンズは肥満していた。ゆったりしたガウンの前から、飾帯《しょくたい》のようなベルトに差した二本の大きな偃月刀《えんげつとう》の柄がとびだし、そこにまるまるした両手を載せている。ベルトにはほかにも数十の武器や道具が下がり、その上にせり出した太鼓腹は、金属の鋲を打った波形鉄板に守られている。

半円形の黄金プレートが脳を二分するように頭蓋骨から突き出し、左右の頭蓋骨からそれぞれ司令砲塔が生えている。この分割の心理学的な意味に興味をひかれたが、そんなことを考えているひまはなかった。ヤクーサ・ボンズがなにかに気をとられて顔をそむけると、エストルーはほっとした。

捕虜になったソヴィヤ人がひとり、動きの俊敏なサイボーグたちに連行されてきた。ボンズが筏を離れ、すばやい動作で二本の太刀を勢いよく引き抜き、捕虜のほうへ近づいていった。

脳が分割されていても、運動能力にはまったく影響がないらしい。ふつうの人間が通常重力下であの偃月刀を与えられたら、たぶん両手で一本持つのがやっとだろうが、ボンズは両手にひと振りずつ刀を持ち、トルクの釣り合いをとりながら目も眩むほどの速さで双方を動かした。そして、きらめく刃をプロペラのように回転させてスーツ人捕虜に襲いかかり、驚くほどやすやすとその金属ボディを切り刻んだ。一分もしないうちに、ソヴィヤ人は細切れになり、グロテスクな残骸が真空を漂った。

サイボーグたちの部族的な歓喜のエネルギーが否応なく伝わってくるなか、ボンズはそれに背を向け、血と油に汚れた二本の刀を両手に持ったまま、ファラデーの籠にまた近づいてきた。

アマラとエストルーはパニックにかられて牢獄のいちばん奥まで後退した。驚くべき太刀が一閃し、金属格子を切り裂く。とたんにイヤフォンから、意味不明の日本語が騒々しく鳴り響いた。サイボーグたちが籠のまわりに集まってきて、格子をばらばらに破壊し、捕虜に手を伸ばした。ヒステリックな声が耳を聾するほど大きくなる。

が、その瞬間、十二面体全体が内破したらしい。建造物の側面に大きな亀裂がぱっくり開いた。荒々しい叫びとともにサイボーグたちがいっせいに新たな脅威のほうをふりかえった。カラン号の巨大な船影が砕かれた壁の向こうに浮かんでいた。数隻の機動艇《ドライブボート》が十二面体に突入してくると、サイボーグたちを銃撃し、数十人を倒した。ウィルス船長の約束した救援隊が、とうとう到着したのだ。

アマラが紫色に染めたちぢれ髪を撫でつけた。ショックは残っているものの、急速に落ち着きをとりもどしている。

「それにしても、ずいぶん時間がかかったものね」注意深く抑えた口調で彼女は言った。間一髪だったことを知っているウィルス船長は、その文句を冗談にすることもできず、「最善はつくした」と重々しく言った。「実際、われわれも危ないところだった。ソヴィヤ人の攻撃で、かなりの被害が出た。じつのところ、サイボーグの来襲で攻撃の手がゆるんだ隙に、なんとか救出に赴くことができた」

調査船はすでにドマーシュナバーザから離脱していた。ブリッジの観測ドームごしに、三百万キロほど離れたリングが虹のように弧を描いているのが見える。ウィルスはその景観に背を向け、パイプにハーブを詰めている。「あれこれ考え合わせると、せっかくの歓待をだいなしにしてしまったようだな」船長は穏やかな声で言った。「あの大虐殺も、われわれがサイボーグの筏に関わったのが原因だろう。これからどうするね、アマラ？」

「前進します」アマラはきっぱりと言った。「ここのデータはもうじゅうぶん集めたわ。どのみち、これ以上は楽じゃないでしょうし。おっしゃるとおり、防衛力の問題がありますからね、船長」

アマラは神経質な笑い声をあげた。彼女は、船がドマーシュナバーザを離れるとき、サイボーグたちが保育所か病院と思われる施設を略奪するところを目撃していた。

エストルーはさっきからじっとリングを見ていたが、アマラをふりかえって、「出航前に、ヴェレドニェフを釈放してやってかまいませんか？」

アマラが眉をひそめた。「はあ？　なんのために？」

彼は肩をすくめた。「いや、どうせ、いずれ解放する予定だったのでは」

「思い違いね」アマラはぴしゃりと言った。「あの連中はただの野蛮人よ。サイボーグもソヴィヤ人も。ザイオードの安全保障に関わる場合、わたしたちには標本採集の権利がある。研究のためには彼が必要なのよ。解放なんかするもんですか！」足を踏み鳴らしそうになるのをアマラはかろうじてこらえた。

あきらめて、エストルーはまた肩をすくめた。

ウィルス船長が出航命令を発し、カラン号は恒星間航行モードに移行した。船はものの数分で、人類が逆境にもめげず生き延びてきた、ちっぽけで暗い、見捨てられた惑星系を離れ、ツツィスト腕のさらに先へと向かう調査航宙を再開した。

7

カエアン人の心理構造がザイオード人のそれと大きく異なることは認めざるをえない。カエアン文化は、意識をそっくり外見に投影するという、とてつもない偉業を成し遂げた。カエアン人の教育、社会的なしつけの全体は、身につける衣服に対して、カメレオンのごとく反応するように、子供たちを条件づける。

裸体のカエアン人は心理的に空白であり、手足をもがれた人間、あるいは全身が麻痺した人間も同然であるため、彼らがそのような不便に甘んじることはまずない。あらゆる時と場合に応じて、それぞれふさわしい服装が存在する。睡眠、入浴、密通、さらには出産まで。通常の環境では、カエアン人には自分の裸体を見る必要がなく、たとえ見たとしても、セルフイメージとは無関係のひそかな一瞥《いちべつ》でしかない。

服装への依存は文化的弱点ではないかと外国人が指摘しても、カエアン人は、学識経験者を含め、それをおもしろい冗談としか受けとめない。カエアン人にとって、服飾芸術の利点はそれほどまで自明なのである。彼らの考えでは、こうした人格補助は百パーセント自由意志で着用するものであり、それによって自分の精神に対するコントロールが強まる。したがって、弱点を抱えているとしたら、それは、制御できない気分や不満に精神を左右される平均的なザイオード人のほうなのである。

――アース・マット＝ヘルヴァー『ツツィスト腕旅行記』

「見ろよ、あの野郎だ！　セレブ気取りかよ！」

カストールがねたましげに人工眼を輝かせながらニュースキャストを読んでいる。キャストシートには、さる重要閣僚の大邸宅で開かれたパーティーの写真が出ていた。大臣に向かって乾杯のグラスを掲げる人々の中に、ひときわ目立つペデル・フォーバースの姿があった。優雅さと魅力と身だしなみの見本のように、だれよりも――ホストの大臣よりも――輝いている。写真の具合で、総裁その人ではなくペデルのほうがその場の中心人物に見える。

マストは薄紫《ヘリオトロープ》のフロック・コートに青《シアン》のシャツという姿ですわっていた。カストールがつきつける写真にちらっと目をやり、うわべは平然と眉を上げてみせた。

「とてもじゃないが信じられない」カストールがしわがれ声で言った。「あんなつまらない男が、まるで天才みたいにここまでのし上がるとは。どういうからくりなんだい、ボス？」

マストは品よく鼻を鳴らした。カストールの発見は、マストにはニュースでもなんでもなかった。首都グリディラの社交事情に――マストのように――すこしでも関心があれば、新しいスターが出現したことくらい、だれでも気づいている。その名はペデル・フォーバース、成功した実業家（しかも合法的なビジネスらしい）にして、彗星のごとくあらわれた社交界の花形。富と名声に至る階段を見つけて、猛スピードで駆け上がってきた男。もっと格下の社交界の名士たちのうわさ話は、ときおりマストの耳にも入ってくるが、それによると、フォーバースは、ゆるやかにつながる権力者組織、総裁政府経済調整会議における憧れの重要ポストの候補になっているらしい。そこから先は出世の可能性が限りなく開けている。しかも、ペデル・フォーバースが社交界に登場してから、まだ一年も経っていない。マストは、元服飾家《サートリアル》との関係をもっと深めておけばよかったという後悔を禁じ得なかった。

「政府に近づきすぎるのは考えものだ」マストはどうでもよさそうに言った。「グラウンはおれの食事をとりに行ったのか？」

「ああ」写真を見ながら、カストールが半分うわの空で答えた。ここはグリディラでもわりあい富裕層が住むラタ区にある、マストの自宅マンションだった。インテリアは、いくらか派手かもしれないが趣味のいい仕上がりで、広さも彼ひとりが住むにはじゅうぶんだった──ゆったりしているとは言えないまでも、窮屈な気はしない。

マストは同じビルの地下にもうひとつ部屋を借りて、カストールとグラウンを住まわせている。目を光らせておく意味もあって、毎日ふたりが訪ねてきて、しばらくいっしょに過ごすのを許していた。

グラウンが、覆いをかけたトレイを持って入ってきた。

「おっ！」マストは覆いをとって、喜びの声をあげると、さっそく食べはじめた。肉団子の唐揚げと冷凍パイナップルの芯に、紫豆炒め。プラム酒をあおっては食べものをのどに流しこむ。そのあいだ、カストールはグラウンを相手に、ちょっとむかついた口調で、ペデル・フォーバースの最近の出世ぶりについて語っていた。

食事が済むと、マストはトレイをわきへ押しのけて、ガラスのカラフに残った最後のワインを飲み干し、口のまわりをナプキンで上品に押さえてから、手下たちに顔を向けた。

「どういうからくりだか教えてやろう」マストはきっぱりと言った。「例のスーツだ」

グラウンは困惑を絵に描いたような滑稽で醜い表情になり、ニュースキャスト・シートにあらためて目を凝らした。「こいつが着てるスーツ？」

「例のカエアン船から持ち出したスーツじゃないか」カストールが言った。

「そのとおり」マストが認めた。「カイアからの帰り道におれがくれてやったスーツさ。なにもかも、あのスーツのおかげなんだ」マストは軽蔑的に鼻を鳴らし、シートのほうへ手を振った。「あの小心者を思い出してみろ。名士が集まった中でうまくやれるような人間じゃない。テーブルにぶつかって転ぶのがオチだろう。うまくやってるのはあのスーツだ」マストは考え込むような顔になった。

「そんな莫迦な」カストールがぽつりと言った。「スーツを着たくらいでそこまで変われるわけがない」

「いいや、あのスーツならそれができるんだよ」マストが説明した。「カエアン人の服づくりには、秘密の技術がある。人間を変えられるんだ。その服を着た人間に新しい能力を与えて、前とは別人にしてしまう。カエアンの服にはみんな、ある程度そういう性質がある。しかし」と、マストはつけ足した。「あのスーツは別格だ。よほど特別なものらしい。あれを着た人間は、富と名声を得ることができる。まちがいない」

「カエアンの服って、ほんとにそんなにすごいのか？」グラウンがわめいた。「でも、それじゃまるで魔法じゃないか、ボス！」うれしそうに笑い声をあげ、「魔法のスーツだ！」

「魔法じゃない、科学だ」マストが怒りを抑えて訂正した。「カエアン人しか知らない、特別な科学だ。催眠術みたいな」

「だったらあのスーツをくれてやったのはまちがいだったね、ボス」カストールが非難するように言った。

「ふむ。たぶんな」マストはまた考え込んだ。どうやらペデルに一杯食わされたらしい。あいつはあのスーツが特別なものだと知っていながら、自分のものにするため、それを一言も口にしなかった。カエアン衣裳を売りさばく仕事から、あっさり手を引いたのも不思議はない。

「で？」カストールが挑みかかるようにマストを見つめた。人工補綴《ほてつ》された両眼がひときわ明るく輝き、カストールが興奮していることを示している。彼もまた、明白な結論に飛びついたのだ。「あの若造はおれたちのものを盗んだ！　あのスーツはおれたちのものだったのに！」

「あんたがあれを着たところが目に浮かぶぜ、ボス！」グラウンが祝いの言葉のように歓声をあげた。「さぞかし似合うだろうなあ！」

「そうなりゃ、新しいヤマにかかれるかも」カストールが身を乗り出し、熱っぽくつづけた。マストを口説くその態度には、どことなく蛇のような、ほとんど捕食者っぽいところがある。

「いまのおれが無能だと言いたいのか？」マストが言い返した。

「あのスーツのおかげで、フォーバースはだれよりもすぐれた存在になったと自分で言ったじゃないか。つまり、あのスーツがまわりの人間を催眠術にかけるかなんかするわけだろ。まんざらありえない話ってわけでもない。そいつを利用しない手はない。こんなふうにのらくらしてたら、いずれ無一文だ」

マストはすぐには答えず、小さく鼻唄を歌いながら思案をめぐらした。カストールはもちろん誇張している。カエアンの商品は無事オルヴェオロ・ジャドパーに売却され、まずまずの利益を生んだ——といっても、ぎりぎりのタイミングだった。いまでは状況はいちじるしく悪化している。あらゆる分野で政府の締めつけが厳しくなり、マストはもう、敵性物資を多量に抱えたあのいたずら好きの故買屋をうらやましいとは思わなかった。「今度はあんたが冗談のタネになる番だ、ジャドパー」政府の強烈な反カエアン宣伝キャンペーンがはじまったとき、心の中でそう叫んだものだ。

しかし、その金もすでに多くを使い果たし、政府捜査官が取り締まりを強化している現状では、しばらく身を潜めてほとぼりをさますしかなかった。カストールはもう一度カイアへ行くことさえ提案したが、当然、マストは拒否した。どうせなら、戦争がはじまって、戦争につきもののブラック・マーケットが活発化することを祈りたいくらいだった。

「手に入れるのはむずかしくないはずだ」マストは結論を出した。「手っ取り早く押し込み強盗といくか。毎日、着る服を金庫にしまう人間もそういないだろう」

「いや、このスーツは特別かも」カストールが口をはさんだ。「さっきの話のとおりなら、こいつは豊饒《ほうじょう》の角だ」

「豊饒の角《コルヌコピアイ》か」カストールの意外な教養をおもしろがって、マストはかすかに口もとをゆるめた。「あるいは、パンドラの箱か」

「なんだそりゃ？」カストールが訊き返した。

「マストはそれにかまわず、「フォーバースの住みかを突き止めろ」と命じた。「やつの習慣も探れ。そのあと、スーツを手に入れるいちばんいい方法を決めよう」

マストは言葉を切り、問題をはじめから考え直した。「いいか、これはあくまでも予備的な調査だ。スーツで実験するのは、たんにその能力を調べるためだ」彼は目を伏せた。「自分でスーツを着るのはやめにしよう」つぶやくように言った。「おまえが着ていいぞ、カストール」

カストールが薄汚れた自分の上着に手を触れた。

そのとき、シグナル・チャイムが鳴った。「だれだろう？」マストがつぶやき、顔を上げた。「出ろ、グラウン」

グラウンがインターフォンのところに行ってボタンを押した。「もしもし？」

だが、返事はなく、すさまじい打撃音につづいて荒々しい足音がした。ビルの玄関ドアが押し破られたらしい。インターフォンごしに、エレベーターの動き出す音がかすかに聞こえた。

グラウンが茫然とした顔でマストを見た。数秒後、アパートのドアがこじ開けられた。フォーマルなビジネススーツ姿の大男四人が短い廊下を通って居間に入ってきた。

リーダーがちらりと身分証を示した。「警察だ。リアルト・マストか？」

マストがうなずいた。

「逮捕する」警察官はカストールとグラウンを指さし、「このふたりは仲間か？」

「いま帰るところで」グラウンが答え、こそこそとドアのほうへ移動した。

警察官ふたりがすばやく行く手をふさいだ。

マストは神経質な笑い声をあげた。「いやはや！　まるで刑事ドラマじゃないか。で、容疑は？　いったいなにをやったと？」

がっちりしたあごの私服刑事がリーダーの前に出て、マストを上から下まで眺めまわした。

「洒落者気どりか」彼は言った。「やれやれ」

「やっぱりな」三人めの大男が言った。「こんな場所にいるんだから、そっちのふたりも変態の仲間だろう」

リーダーがマストに顔を向けた。「容疑は破壊的敵性物資輸入禁止法違反だ。犯罪の等級で言うと、国家反逆罪のわずか二級下になる、マスト。さあ、みんな行くぞ」

「国家反逆罪？」マストが仰天して叫んだ。「いったいいつから？」

「総裁政府の法典シートを読んでないのか？」リーダーが嘲るようにたずねた。「先月からだ。ツィストはいまや、公式に敵国となっている」

「まったく莫迦げた話だ」マストは断固たる口調で言った。「敵性物資だのなんだのの輸入に関わったことはいっさいない。わたしは忠実なザイオード人だ。証拠などあるはずもない。噂か中傷か、そんなものを根拠に逮捕する気か」

「反論しても無駄だ。証拠はちゃんとある」警察官のリーダーはマストに立てと合図した。

マストは立ち上がった。「立証できるわけもないのに」とふてくされて言う。

カストールはがっくり首をうなだれ、耳障りな哀れっぽい声で言った。「こんな男、ぜんぜん知らないんですよ。求人広告を見て訪ねてきただけで」

「たしかに知らないだろうよ。だからおまえたちふたりは、この七年間、ずっとこの男にくっついていた。この男の本性を、それくらい知らなかったというわけだ。さあ、三人とも、とっとと歩け。時間を無駄にするな」

カストールとグラウンはなおも弱々しく抗議をつづけたが、三人は委細かまわずアパートメントからひったてられ、エレベーターで階下に連行された。一階のホールに出たところで、マストはふたりの私服警官に両脇をかためられたオルヴェオロ・ジャドパーに出くわし、不快な驚きに打たれた。いくらか悲しげな表情をした故買屋は、シルバーグレイのキルトのつなぎを着込み、いつも以上にふくれあがって見えた。

「きさま！」マストは叫んだ。

ジャドパーは顔をしかめ、ばつが悪そうに肩をすくめた。「悪かったな。減刑の材料が必要だったもんでね」力ない笑い声を洩らし、「今度はおまえさんが冗談のタネさ」

「この男か？」警察官のリーダーがきびしい声でたずねた。

ジャドパーはうなずいた。

大きな車が三台、表で待っていた。建物の玄関まで来たとき、カストールが低いうなり声をあげ、頭を下げて身をよじると、警察官の手を振りほどき、建物の裏手に向かって脱兎のごとく駆け出した。死にもの狂いの足音を響かせて地下室の階段を駆け下り、姿を消した。

警察官のひとりがエネルギー・ピストルを抜いてあとを追った。一分ほどして、警察官は顔をしかめて戻ってきた。

「あのネズミ野郎、地下に抜け穴をつくってました。いまごろはもう、通りふたつ分くらい先でしょう」

「まあいい。いずれ捕まえるさ」

警察官のリーダーはマストの脇腹を小突いた。「さあ、行け」

マストは観念して、表で待つ車に向かって歩き出した。

8

このところ、目が覚めるたび、ペデルはいつもおそろしい不安でいっぱいになっている。心を乱す混乱した思いに侵食され、見捨てられたような、孤独でみじめな気分にさいなまれる。それでも、この感覚を解きほぐす意志をふるい起こすことができない。できることと言ったら、今朝のように、ただぽかんと天井を見上げ、上掛けにくるまったまま弱々しく動くことだけ。怖くてベッドから起きることもできない。

最終的に、自分に鞭打ってどうにか身を起こし、ゾンビのような動きで筋肉を収縮させ、宣戦布告なしにはじまった戦争を脳から追い出そうとした。頭痛がする。錠剤を呑み下し、はだしのままバスルームへ歩いていった。

バスルームから戻る途中、立ち止まってフラショナール・スーツを見つめた。ワードローブの近くのラックにかけてある。ペデルの表情はうつろで、体は鉛のように重かった。

「おまえはぼくのものだ」体に生命力の火を灯そうと、ペデルはそうつぶやいてみた。以前なら、ただそう考えただけで、全身が歓びに満たされた。だがいま、その言葉には歓びのかけらもなく、無気力と失望を体現している。

しかし、このスーツを着たいという衝動はまだそこにあった。最近は、毎日のように着ている――ほかのものを着ると、とてつもなく気力が落ちる。磁石に引き寄せられるようにして、ペデルは下着と適当なワイシャツを身につけ、そのすばらしいプロッシム製の服を着て、やわらかくスリムなラベンダー色の革靴とそれに似合うクラヴァットを加えた。姿見の前であちこち目を配りながら服装を整える。

とつぜん、心の中で、すべてがカチリと所定の位置におさまった。まるで電源スイッチでも入れたみたいだった。未来がとんぼ返りしながら頭の中を通過し、向かうべき場所を示した。活力と、支配と、絶頂期の感覚が体を満たした。

ペデルはもうしばらく、じっとスーツを見つめた。見るたびにスーツには新しい面が見つかった。独創的なラインはいつもめくるめく新しい効果を見せる。たとえば、袖ぐりと肩はどう裁断してどう合わせてあるのか、いまだに見当がつかない。フラショナールはこの傑作にあまたの秘密を埋め込んでいる。

目覚めてから服を着るまでのほんの短いあいだ、自分がこんなに弱い人間になるのは残念だ。ペデルは悲しい気分でそう思った。古いペデル・フォーバースが戻ってきて、新しいペデル・フォーバースが放つまばゆい光の前で目をしばたたいているようなものだった。

彼はサービス・ユニットの番号をダイヤルして、朝食をリクエストした。

食事が終わらないうちに、ドアが開いた。黒っぽい保守的な服装の男がふたり、ずかずか踏み込んでくると、用心深くあたりを見まわした。明らかに公安警察だ。さもなければ、ペデルのプライベート・エレベーターを使ったり、このビルの警報システムを迂回してドア・ロックを無効にしたりできるわけがない。

「ペデル・フォーバースか？」背の高いほうがたずねた。

ペデルはうなずいた。

「いっしょに来てもらおう。いくつか質問したいことがある」私服の男がちらりと身分証を示した。

「とても無理だ！」ペデルは雄弁に腕を振りながら声高に言った。「どんな用件か知らないが、この場でかたづけていただかないと。今夜は、第三大臣の誕生記念祝賀晩餐会に出席する予定でね、それまでに準備すべきことがたくさんある。それはともかく、コーヒーでもいかがです？」最後は礼儀正しい口調だった。

ふたりの男はすっかり面食らったようすで顔を見合わせた。ペデルは内心、大満足だった。スーツが彼らを立往生させている。ペデルと相対したとたん、どうして急に体が麻痺したようになり、自信を失ってしまったのか、その原因さえわかっていない。これは、ペデルが使い途を覚えた効果だった。ペデルがそう望めば、相手は自分の五感が伝える証拠さえ信じない――フラショナール・スーツを着ているかぎり。

「では、お名前をうかがえますか？」皮肉な笑みを浮かべてペデルはたずねた。

「バードー警部補です」長身の刑事が言った。ポケットからフォルダーをとりだし、書類をめくりはじめた。ようやく目当てのものを見つけたらしく、「去年の第八十五日から百二十日までのあいだ、どちらにいましたか？」

ペデルはしばらく記憶をたどる振りをした。「その時期の一部は、ヒクストスで休暇でした。残りはこのグリディラに」

「証明できますか？」

「もちろん」

「ヒクストスでの宿泊先は？」

「ペルメレントのパール・ダイバー・ホテル。ホリデイ・リーフのホテルですよ、大型リゾート地の」

「ええ、知ってますよ」警部補はノートになにかメモした。それから、リアルト・マストの写真を出して、朝食のテーブルに置いた。「この男は、まったく違う証言をしている。当時、あなたといっしょに、コスタ号という星間ヨットに乗っていたと」

「わたしがそんな男といったいなにを？」

「こっちがそれを聞きたいんですよ」

「なるほど」ペデルはにっこりして、「おそらく、カエアンの禁制品を密輸していたとか、そういう話だろうな」

「認めるんだな」もうひとりの私服刑事がどすのきいた口調で言った。

「とんでもない。しかし、この男には一度だけ会ったことがある。むかし、ターン街で店をやっていたとき、カエアンの衣裳を買わないかと持ちかけてきた」

「それを買った?」

「いいえ。カエアン製品は扱っていないので」

「当局への通報を怠った」

「ええ、それが市民の義務なのはわかってますがね、妙な噂がたって客に敬遠されるのが心配で。当時のわたしの商売では……」

「そのとおり」バードー警部補がぶっきらぼうに言った。「あなたは妙ちきりんな異国風の衣裳のスペシャリストだ。はみ出し者の仕立て屋。危険分子としてつねに公安にマークされるタイプ。通常、それなりの理由がある」

もうひとりの刑事が壁のほうに手を振り、「たとえば、これはなんだ?」

ペデルはカエアンの風景を描いた絵で居間を飾っていた。幻想や空想の絵画もあるが、その他ははっきりそれとわかるカエアンの史跡を描いている。中の一枚は、名高い「探究の塔」の絵。両腕を広げ、顔を天に向けた人間の姿をかたどった塔で、衣裳は、肩から地面まで、ひれのような構造物が連なっている。実物の塔は、高さが千五百メートルに達する。

公安が訪ねてきたとき、こんな絵を部屋に飾っているのはたしかにばつが悪い。「妙ちきりんなものに関心があるからといって、それを肯定していることにはなりませんよ」とペデルは言った。

「リアルト・マストがあなたをカエアン製品密輸事件に巻き込もうとする理由は?」バードー警部補がたずねた。

「さあねえ。共犯が多ければ、それだけ刑が軽くなるとでも思ったのでは。最近の裁判には
どうもそういう傾向がある」
警部補は苦笑しつつ、「では、こちらで確認をとってみましょう」警部補はいくらか友好
的な口調で言った。「しかし、当分のあいだ、許可なくグリディラを離れないように」
ペデルはサービス・ユニットにダイヤルしてテーブルをかたづけさせ、立ち上がってふた
りの男のほうを向いた。すべての動きは完璧にエレガントで正確だった。スーツは相変わら
ずペデルのために機能し、ふたりの刑事は、スーツのしわと身ぶり、ちょっとしたポーズに
よる識閾下の爆撃にさらされている。そこから知らず知らずのうちに五感が受ける効果は絶
大なものとなりうる。
「わたしは忠実なザイオード人ですよ」ペデルは間延びした口調で言った。「こういう中傷
はなんとも不愉快だ……」彼は片腕を前に出し、袖口の布をぐいっとひっぱった。
「さわってみてください。古きよき蟹《クラブシープ》羊の綾織り、ザイオード特産の生地だ。わたしの忠
誠心について証人が必要なら、第十一大臣に連絡してください」
「第十一大臣？」バードーがくり返した。
「親しい友人でね。さっきも言ったとおり、第三大臣とも親交がある」
「はあ、なるほど、承知しました」警部補がうやうやしく言った。「ご多忙のところ、お時
間をとっていただきありがとうございました……」
公安が引き上げたあと、ペデルは偽のアリバイが保つかどうか考えた。マストと遠征して

いた期間の一部をとりつくろうため、ヒクストスの観光ホテルを実際に予約し、当時の顧客のひとりに頼んで、自分の名で泊まってもらっていた。

それがどうした？　フラショナールの芸術を身にまとう男には、恐れる必要などない。たとえ有罪を示す明白な証拠が見つかろうとも、たとえカエアン的なものすべてに対する彼の執着、ツィスト腕をこの目で見たいという（実現不可能な）願望が疑問の余地なく立証されようとも、人々は彼が口にする言葉を額面どおりに信じたがる。カエアン最高の芸術作品たる、フラショナールのプロッシム・スーツを着た男を目の前にしても、彼がザイオードのお粗末な大量生産品を着ていると思ってしまう。それがこのスーツの非凡なところのひとつ。一見したところ、伝統的なありきたりのスーツに見えるから、完璧な変装になる。そして同時に、強力な社会的武器となる。

ペデルは声をあげて笑い、一日の仕事を片づけるため、自信にあふれた足どりでペントハウスを出ていった。

ペデルが総裁政府第三大臣バリョニド・ヴァール・ヴァッシャの生誕日を記念する祝賀会に着いたのは、かなり遅い時刻だった。大臣宮殿の主要部は、階段状につらなる空中庭園で地上の目から隠されていた。ペデルは暗号化された招待状を受付で渡してから、その庭園を通って、屋上の会場メインエントランスに案内された。宮殿にはすでに大勢の招待客が集まり、豪勢な祝宴になりそうだった。

しかし、どんちゃん騒ぎに加わる前に、三十分近くも控えの間で待たされ、それからようやく大臣の前に通された。バリョニド・ヴァール・ヴァッシャはがっしりした男で、筋肉の発達した手でペデルとしっかり握手すると、おざなりなあいさつの言葉をうなるようにつぶやいた。漆黒の髪はひらべったい頭部の横にグリースで撫でつけてあり、いつものように皮肉っぽい、訳知り顔の笑みを浮かべている。大臣は、ペデルがギフトテーブルに置いたプレゼントにちらっと目を向けた。ペデルが注文して造らせた、金とタンタル合金の手彫りゴブレットだった。

大臣の鋭い視線を背中に感じながら、ペデルは謁見の間を離れ、壁に金のすじが走る、明るく照明された広い通路をひとりで歩いていった。この機会に、宮殿の中をできるだけ探索しようというつもりだった。

大きな舞踏室がひとつと、小さな舞踏室が三つあり、それぞれの部屋でそれぞれ違うタイプの音楽が演奏されている。あいだをつなぐサロンには、贅沢な料理と酒がふんだんに並べられ、おおぜいの給仕が客のあらゆる注文を満たしてくれる。ヴァッシャ第三大臣は今夜の宴席にひと財産を費やしている。それはまちがいない。総裁政府の高官は惜しみない浪費をつねに期待されている。ヴァッシャが第二大臣どころか、第一大臣の座まで狙っていることは周知の事実だった。

ペデルは光り輝く主舞踏室へ足を踏み入れた。司会が名を問い、彼の到着を声高に告げた。

「市民、ペデル・フォーバース！」

ペデルはゆったりした足どりで歩き出した。金色の照明に輝く頭上の円天井は、繊細な彩色を施されたフレスコ画に飾られ、どこか遠くの天国のようにぼんやり霞んだ印象を与える。ペデルの名を聞いておおぜいの客がこちらをふりかえった。その中から、ペデルはすばやく、知り合いと、この機会に知り合いになりたい人々の顔をチェックした。

ほどなく、気がつくとペデルは、第十三大臣の娘、エイセル・クリスターと踊っていた。きらきらした茶色の瞳と桃のようなピンクの頬をした愛らしい少女。大胆に逆毛を立てたブッファンの髪は、ちりばめられたディアマンテできらきら輝いている。フロアをくるくる踊りまわるふたりは美男美女のカップルで、ペデルは自分たちが注目されているのを意識していた。

オーケストラがテンポの速い軽快な曲を演奏しはじめた。ペデルは長い脚でエネルギッシュにステップを踏み、娘は彼のリードに身をまかせて息もつけずに振りまわされていた。フラショナール・スーツを手に入れる前のペデルはろくに踊れなかったが、いまの彼は、鳥が空を飛ぶのと同じくらい楽々と自然に踊れる。

「まあ！　なんてスリリングな音楽！」娘があえぎながら言った。

「たしかに！」彼はさらに速く娘を振りまわし、娘は彼にしがみついて笑い声をあげた。

オーケストラの演奏が終わると、ふたりは他の踊り手たちといっしょに拍手した。ペデルは周囲を見まわし、名士たちの顔をもう一度チェックした。第一大臣も第二大臣も来ている気配はない。彼らの補佐官、従僕、代理人などの姿はどこにも見当たらなかった。彼らはその地位にふさわしく、下役であり近いライバルでもある人物の祝いの席には礼を失しない程度におざなりに出席するはずだが、たぶん、祝賀会がはじまってすぐのもっと早い時間に顔を見せていたのだろう。

うしろのテーブル席で、面識のある著名な政治家、シェヴロン第十一大臣が一団に囲まれて話しているのを見て、ペデルはそちらに歩み寄った。二、三週間前、シェヴロンは、経済調整会議、通称エコネットにきみのポジションを見つけてやれるかもしれないとペデルにほのめかした。

シェヴロンはいま、管理された——つまり官僚的な——資源配分の利点を力説し、マーケットに左右される企業の自由な意思決定をこきおろしている。「つまりこういうことだよ」彼は乾いた声で言った。「政府が民間になにか仕事をさせる場合、方法はふたつ。ひとつは入札だ。つまり、求めるものを開かれたマーケットで調達する。もうひとつは、企業活動に介入して、どの企業がなにをするかを命令する方法。わたしは後者を選ぶし、それをエコネットで実現しようとしている。これが最良の方法だと考える理由をこれから説明しよう。まず、第一の方法だ。この場合、政府は必然的に、節約にはほど遠い予算を組む必要がある。民間企業は政府が顧客だと知ったとたん、むしれるだけむしろうとするからな。では、第二の方法はどうか。この場合、企業の指揮権を与えられた官僚は、賄賂をつかまされる。ある仕事をやりたくない企業が、その割り当てを逃れようと、役人に賄賂を渡すわけだ。賄賂を受けとる役人は、両方の立場からビジネスに精通することになる。給料だけで生活している正直な公僕より、はるかに多くの知識を蓄積する。彼はそうやってひと財産つくるだろうが、政府は少ない予算で企業に仕事をさせられる。言ってみれば、政府にとって、汚職は無能より役立つわけだ。そうじゃないかね、フォーバース？」

ペデルはすでに、この世界では腐敗と利己主義がシニカルに受け入れられて、行政の道具として使われているのを知っていたから、それを正当化するシェヴロンの理屈を聞いても驚かなかった。実際、ペデルがエコネットに入ればおたがいにとってどれほど利益になるかをシェヴロンが遠回しに説明しているとき、本人の口からもっと間接的な表現で、同じ主張を聞かされたことがある。ペデルは愛想よく笑って、「じつに現実的な評価ですね、大臣」と応じ、シェヴロンの意見を生き生きした身振り手振りをまじえて再現し、自分にとっての利益を知る者だけが国益を知ると主張しながら、次々に逸話を並べてこの説を補強した。シェヴロンは愉快げに口もとをゆるめ、わかったようにうなずいた。

「たしかに、ペデル、そのとおりだ」

「祝宴を楽しんでいるかね、フォーバース」

背後から耳障りな胴間声がして、ペデルははっとふりかえった。バリョニド・ヴァール・ヴァッシャが眉根を寄せ、値踏みするような目でこちらを見ていた。

ペデルは笑みを浮かべ、ありったけの魅力を発散した。「大盛況ですね、大臣！　すばらしいパーティーです」

ヴァッシャはうなり声をあげ、重々しい足どりで去っていった。

ペデルは第三大臣の不機嫌に水を差されることもなく、夜を楽しんだ。ここには利用できるものがたっぷりある。ペデルはしゃべり、飲み、踊り、エイセル・クリスターを夢中にさせた。社交界における優雅さの尺度に照らして、ペデルの立ち居振る舞いや台詞のすべてが完璧だった。雌鶏でいっぱいの納屋に一羽だけいる豪勢な羽根を生やした雄鶏さながら、ペデルは人々のあいだを優雅に堂々と動きまわった。

報道カメラマンが行く手をさえぎり、ペデルとその腕にしがみつくエイセルの写真を撮った。第十三大臣を含めて総裁政府の高官とその夫人たちがカップルのまわりの額縁になっている。

「まあ、あしたのニュースキャストに出ちゃう！」エイセルがくすくす笑った。

「運がよければね」たぶん、ニュースキャストには、第三大臣の写真以外にも、パーティーの写真が何枚か載るだろう。

夜明けまでまだ数時間を残すころ、ひとりの従僕がペデルに歩み寄り、うやうやしく咳ばらいした。

「大臣が、少々お話ししたいと申しておりまして」

「わたしと？」ペデルは横柄に相手を見やった。「どの大臣？」

「もちろん、ヴァッシャ第三大臣でございます。こちらにおいでいただけますか？」

従僕はプロフェッショナルらしくまったく無表情だったが、ペデルは相手の態度のかすかなぎこちなさに困惑した。よくない前兆だ。

ペデルは顔をしかめ、エイセルが父親と話しているほうに目を向けると、従僕を待たせたまま、そちらに近づいていった。

「用ができた。ちょっと中座するよ、ダーリン」ふりかえったエイセルの耳もとでペデルはささやいた。「第三大臣に呼ばれたんだ。そう長くかからなきゃいいけど」

ペデルは従僕のあとについて、幅の広い螺旋階段をくだりはじめた。主舞踏室を離れる直前、この夜のために用意された見世物のひとつが動き出した。いくつもの容器が開き、色のついた煙がもくもくと立ち昇って大広間に漂い出したかと思うと、やがてなかば固体化して、ドラゴンや空想の動物たちの姿をとった。色とりどりのまぼろしが舞踏室を徘徊し、テーブルや椅子を倒し、客たちにつかみかかり、大騒ぎになった。

やがて、舞踏室の騒音は背後に遠ざかり、ペデルは宮殿の奥深く、静かな、重苦しいほどの沈黙が支配する空間へと降りていった。従僕に導かれて足を踏み入れた棟は、簡素な建築様式で、壁の色も調和のとれた青と薄緑を基調にしている。たぶん、ここがヴァッシャの私邸なのだろう。

従僕が、五本の廊下が放射状に延びる円形ホールで足を止めた。たいらな天井には金色のスターバーストが描かれている。廊下のひとつから黒い服を着たふたりの男があらわれた。そのひとりが午前中の訪問者、バードー警部補であることに気づいて、ペデルはうろたえた。バードーの相棒が探知機でペデルの全身を走査し、鮮やかな手ぎわで身体検査を済ませた。

「なんですか、これは？」ペデルは抗議した。

「きみを逮捕する」バードーは、虫歯でも痛むように顔をしかめている。

「しかし、理由は？」

「われわれはだませても、ヴァッシャの目はごまかせない」バードー警部補はペデルを小突き、相棒の刑事とともにうしろにまわった。

わけがわからない。ペデルは従僕のあとについて、長い廊下をずんずん歩いていった。壁と天井は七色に彩色され、まっすぐ前を見ていると、遠近法の効果で、まるで箱形の虹のように見える。歩くにつれて、壁の色は、紫、赤褐色、金色とテクニカラーの秋のように移り変わり、やがてようやく、従僕は木製の扉の前で立ち止まった。

ペデルが押し込まれた部屋は、息を呑むほど豪華だった。繊細な桃色に塗られた四方の壁は、同系色の浮彫り壁画のおかげで、まるで織りもののような奇妙な印象を与える。家具はすべてアンティーク。ペデルの見立てが正しければ、ザイオード建国以前にまで遡る家具もひとつふたつある。

バリョニド・ヴァール・ヴァッシャは大きな暖炉の前に立っていた。炉の中では薪が赤々と燃え、心地よい熱が伝わってくる。ペデルは度肝を抜かれた。閉ざされた部屋の中で火が燃えている光景を目にしたのは生まれてはじめてだった。ヴァッシャは紫のスモーキング・ジャケットを着て、古めかしいデザインの珍しい喫煙具で煙を吸ったり吐いたりしている。ヴァッシャは従僕にうなずいて下がらせた。公安警察のふたりがドアの両脇に立つ。

ヴァッシャは、グリースでかためた髪と同じくらい黒い目でじっとペデルを見つめ、考え深げにパイプをくゆらせた。角張ったあばた面は、ならず者のように見える。ペデルは心の中で身震いした。第三大臣は、ザイオード人としては驚くべき風貌の持ち主だと認めざるをえない。

「閣下、なぜわたしは逮捕されたのです？」ペデルはたずねた。

ヴァッシャは喫煙具を口からとって、暖炉のマントルピースの上に置いた。しかし、質問は無視して、ペデルの背後にいるバードー警部補を見やった。

「カエアン人のことはよく知っているかね、警部補？　つまり、じかにということだが」

「いいえ、閣下」バードーが答えた。

「妙な連中だよ」ヴァッシャがしわがれた声で、考え込むようにゆっくりと言った。「われわれとはまったく違う。魂がないかのようだ。きみやわたしを例にとってみよう。われわれの性格とか態度とか呼ばれるものは、われわれの内なる性質に由来する。ところが、カエアン人の場合、性格や態度は、単純に、彼らが着ている服に由来する。不気味な現象だ。すぐにはそれとわからない。それどころか、長いあいだわからない。しかし、いったんそれとわかれば、カエアン人はロボットも同然だということが理解できる。人類とは違う、異星生命体のようなものだ」

「まったく、外国人というのは理解不能な連中ですな、閣下」

大臣は吠えるように短く笑った。「まさにそのとおりだ、警部補！　外国人は理解不能！

しかしあいにく、話はそれだけでは済まない。カエアン人は大々的な侵略を計画し、あらゆる宙域にその邪悪な生活様式を広めようとしている。彼らはこの首都にやってきて、われわれを衣裳ロボットに変えてしまう魂胆だ」第三大臣は自信たっぷりにうなずいて、「カエアンはザイオードにとって、いや、居住銀河全体にとって恐るべき脅威なのだ。『カエアン領ツツィスト腕は、ザイオードののど元につきつけられたナイフである』──と、政府の広報資料にあるが、あれを書いたのはわたしだ」

ヴァッシャはペデルに歩み寄り、スーツの生地に触れた。「プロッシムだな？　よほど地位が高いと見える」

「まさか、大臣！」ペデルはびっくりして叫んだ。「綾織りのクラブシープです！」

ヴァッシャは暖炉のそばに戻り、マントルピースにもたれて火で手をあたためながら、低い声で笑った。「今夜この祝賀会に来たのは大失敗だったな。偶然にも、わたしは昔、駐カエアン大使として、向こうで二年過ごしたことがある。当時はまだ、両国間に外交関係があった。二年の任期が過ぎるころには、カエアン人と本物の人間の違いが見分けられるようになった。今夜、きみを見た瞬間、カエアン人だとピンと来たよ」

「いいえ、閣下、わたしはザイオード人です！　このグリディラで生まれました！」

ヴァッシャがうるさそうに手を振った。

それ以上、否定しようとする気力が失せた。大臣の発した言葉にペデルはすっかり困惑していた。カエアンが敵対勢力だと本気で考えたことは一度もないし、二国間の軋轢《あつれき》がこれほど深刻だとは思ってもみなかった。そしてもちろん、自分がこんな不当な状況に直面することになるとも予想していなかった。

「まあ、けっきょくきみは、最高の誕生日プレゼントを持ってきてくれたわけだ」ヴァッシャが満足げに言った。「プレゼントはきみ自身だよ。はじめて確保したカエアン課報員。しかも、わたしの見るところ、なかなかの重要人物らしい」公安刑事たちに目を向け、「その男をこちらへ連れてきたまえ。ZZが顔を見たいそうだ」

部屋の奥にもうひとつドアがあり、その先はエレベーターだった。四人が乗り込むと、エレベーターはまず降下し、それからしばらく水平に移動した。出た先はガレージで、ぴかぴかのマクシム車がとまっていた。ペデルは後部座席に押し込まれ、ヴァッシャが前部コンパートメントに乗り込んだ。ガレージの扉が開く。車は斜路をくだって私道を通り、自動開閉式のゲートを抜けて、グリディラ市街を走り出した。

空はわずかに明るくなりはじめていた。車は首都を横断する北軸路《ノース・アクシス》に入った。大臣がポケットからバンダナを出し、後部座席との間仕切りに開いた小窓越しにバードーに手渡した。バードーがそのバンダナでペデルに目隠しした。

しばらくして、ペデルが車内の沈黙を破った。

「ZZって？」

バードー警部補の声が答えた。「よく知ってるだろう」

「知らないよ。何者なんです？」

しばらく間があった。「ザイオード熱心党《ゼロッツ・オブ・ザイオード》。愛国的な秘密結社だ」

ペデルはそれ以上なにもたずねなかった。二十分後、目隠しがはずされた。車は、古風な屋敷の裏にある砂利道にとまっていた。家は軒が高く、手入れの行き届いた庭園は、高さ三メートルの塀に囲まれている。その向こうに、他の家々のバロック風の輪郭が見えた。古風な建築が並ぶ高級住宅街らしい。

車から降ろされたペデルは家の中に連行され、地下へとつづく短い石段を降りた。そこは、鋼鉄の扉に面した小さな地下室だった。

大臣がバードーをふりかえり、「われわれが中に入ったら、上で待て」と命じた。

扉が開き、ヴァッシャが入っていった。ペデルも背中を小突かれてそれにつづく。重い音とともに扉が閉まった。

人間の個性を縛るあらゆる人工物を否定するという綱領にしたがい、ザイオード熱心党の評議会は全裸で行われる決まりだった。六人の評議員が三日月形のテーブルを囲んでいた。その頭上と背後に張られた黒の背景幕には、ザイオード星団の誕生を示すスターバーストが描かれ、その上にはＺＺの頭文字。四方の壁には横断幕や旗が飾られている。

彼らの決然とした表情を見て、ペデルはすぐさま、これが過激な愛国主義者の集会だとさとった。

バリョニド・ヴァール・ヴァッシャは着ていた服を脱ぎ、近くの椅子の上にきれいに畳んで重ねた。全裸になると、服を着ていたとき以上にぶくぶく太っているのが目立つ。その締まりのない体をさらして三日月形テーブルに近づき、かたわらに立った。

フラショナール・スーツを着るようになって以来はじめて、ペデルは自信を喪失した。スーツを手に入れたいきさつを洗いざらい告白すべきじゃないかとさえ思った。敵のスパイと誤解されるより、そのほうがましかもしれない。

いや。この頑固な狂信者たちは、慈悲の心など持ち合わせていない。ペデルは、スーツの超自然的なエレガンスを呼び起こし、ごくわずかな、さりげない動きを演じようとした——片足をほんの四、五センチ伸ばし、肩をそびやかし、ほとんど意味のない、あいまいな身ぶりをする。

気力が甦ってきた。サブリミナルすれすれのこうした所作は、ふつうなら確実に相手を懐柔し、尻尾を振らせる力がある。一瞬、熱心党員たちの顔に、催眠術にかかりかけたようなおなじみの表情が浮かんだが、彼らは平均的市民よりも異国の詐術に対する耐性が強いらしく、またすぐに頑《かたく》なな態度をとりもどした。

彼らは矢継ぎ早に質問を浴びせてきた。

「いつからザイオードにいる？」

「ツツィストへ送っていた情報の種類は？」

「報告の相手は？」

「ザイオードにいるカエアン諜報員の数は？」

ペデルは押し黙ったままこの集中攻撃に耐えた。

「おまえは孤立無援だ」評議員のひとりが言った。「だれも助けられない。わかっているだろう」

べつの評議員がヴァッシャに向かって言った。「この男は侵攻の日取りを知らされているでしょうか」

「侵攻？」ペデルは訊き返した。「カエアンが侵攻してくるなんて、いったいだれの考えだ？」

「われわれの考えだ」ヴァッシャが不機嫌に言った。

「カエアンは、敵ではなく友人と見なすべきです」ペデルは明瞭な声で答えた。「カエアンは、みなさんに利益しかもたらさない。われわれは――」この発言は、ペデルの意志と無関係に口をついた。これでは自分から罪を認めるようなものだと気がついて、あわてて口を閉じた。

しかし、それでもなお、脳内の不可解な衝動に突き動かされて、言葉は滔々と流れ出した。「われわれはみなさんに新しい人生をもたらします。眠りから目を覚まし、活力あふれる服装で新たな朝を迎えてください」ペデルは妙にぎこちない、芝居がかったしぐさで腕を振り上げ、天井を仰いだ。スーツが自分のペルソナを征服し、こんなふうに行動させていることはぼんやり意識していた。

「気をつけろ、なにか手管を使う気だ！」ヴァッシャが鋭く叫んで飛び出してくると、ペデルを突き飛ばした。倒れるペデルの耳の下あたりに、腰の入っていない軽いパンチがかすった。

「カエアンの衣裳の力を見くびるな」ヴァッシャは仲間の評議員たちに警告した。「一種の催眠効果を与えられる服さえある」

ペデルはむっつりと立ち上がり、ぎこちなく首筋をさすった。「ぼくはなにも知らないんだ」とつぶやく。

熱心党評議会議長がうなり声をあげ、テーブルの下の引き出しを開けた。「もうたくさんだ。尋問をはじめよう。サクシニルで、すぐにしゃべり出すだろう」

自白剤の薬品名を聞いて、ペデルは縮み上がった。議長が注射器をとりだす。だが、ヴァッシャがユーモアのかけらもない笑い声をあげた。

「その必要はない。もっと手っ取り早い方法がある。服を脱がせてしまえばいい。カエアン人は裸でいることに耐えられない。全裸になると、彼らは動物のような状態に陥り、なんでもこちらの意のままになる――前に見たことがあるよ。言ったとおり、彼らはわれわれとはまったく違う生きものなのだ」

議長はちょっとためらってから、注射器を引き出しに戻し、座っていた男たちのうちのふたりにあごをしゃくった。ふたりは立ち上がり、ペデルに近づいてきた。その裸体はぶよぶよと青白く、ペデルは純粋に肉体的な嫌悪感を抱いた。

地下室全体がこちらにのしかかってくる。注射を免れたことでほっとしてもいいはずなのに、もっと深い恐怖が彼を鷲摑みにしていた。服を脱がされる恐怖、この男たちの前で全裸にされる恐怖。フラショナール・スーツを剝ぎとられ、素っ裸で立たされる！　ダメだ、いやだ、そんなことは許せない、ダメだ、ぜったい無理だ！

「サクシニル！」ペデルは死にもの狂いで絶叫した。「サクシニルを射ってくれ！」

どっと笑い声があがった。だが、男たちが体に手をかけた瞬間、なにかがぷつんと切れた。すさまじいオーガズムのような解放感が全身のあらゆる細胞に広がった。それはまるで、アーク灯の電極間にとつぜん生じた放電、思いがけないエネルギーの噴出のようなものだった。なにもかもぼんやり暗くなり、知覚は闇の中にひきこもった。目のくらむようなエネルギーの衝撃が部屋の中で荒れ狂い、騒動を生み出していることをかすかになんとなく意識しているだけだった。

しばらくのあいだ、意識を失っていたのだろう。気がつくと、ペデルはまだ立っていて、服も脱がされていなかった。地下室の中は、小さな爆発でも起きたあとのように見えた。ザイオード星団のスターバーストを描いた背景幕が燃えている。テーブルや椅子はひっくり返り、熱心党員たちは床のあちこちにボロ人形のように倒れていた。あたりには静電放電のあとの強いオゾン臭がたちこめている。

はじめのうち、ペデルはすっかり途方に暮れて、どうしたらいいかわからなかったが、やがて用心深く静かに地下室の中を歩き、意識を失った熱心党員たちをひとりひとり調べた。最初にチェックしたふたりは——ペデルの服を脱がせようとしたふたりだった——どうやら死んでいるようだった。三人めに歩み寄ろうとしたとき、背後からうめき声が聞こえた。

ペデルはふりかえった。他のふたりの熱心党員は気絶しただけで、死んではいなかった。よろよろと立ち上がり、憎しみに燃える目でこちらに近づいてくる。

なぜか、ペデルは対処するすべを心得ていた。それぞれの男のひたいに、てのひらを押しあてる。手から波動が流れ出し、相手の皮膚と頭蓋骨を抜けて脳髄へと伝わるのが感じられた。

ふたりはあおむけに倒れ、こときれた。

ペデルはもういちど室内を見まわし、生存者がいないことを確かめた。それから外に出て鋼鉄の扉を閉めると、石段を上がって一階の廊下に出た。

彼の姿を見て驚きの表情を浮かべるバードー警部補とその部下を、ペデルは無言で手招きした。プロッシムの袖に包まれた腕で、何度かなめらかな弧を描く。ふたりは銃を抜こうか逡巡するみたいに神経質に片手を動かしながらも、引き寄せられるように近づいてきた。

今度もまた、両のてのひらを使って、ペデルは彼らを殺した。

家の裏手で待つ運転手を避けて、建物の正面から出ることにした。足音を忍ばせて、静かな家の中を歩く。どうやら無人らしい。玄関ドアを開けると、低い石段があり、その前はすぐ表通りになっている。

ペデルは静かにドアを閉め、グリディラの中心街めざして歩き出した。

もうすっかり夜が明けて、通りは明るい。ペデルはとつぜん激しい疲労感におそわれた。かつてない衰弱と消耗。足を一歩踏み出すだけでも、超人的な努力が必要だった。

糖分！　糖分を摂《と》らなくては！

片手で顔にさわってみた。頬の肉が削げ、皮膚がたるんでいる。全身が同じ状態だろう。地下室でのエネルギー爆発で体の脂肪分が失われた結果、かつてのペデルの痩せこけたパロディのようなありさまになっている。

あのエネルギーはスーツの力だと思っていたが、ペデル自身のものだったらしい。デンキウナギかなにかのように、彼は人間を殺せるだけの高電圧の電気を放出した。その途方もないレベルの電圧を得るために、全身にたくわえられた脂肪のすべてが――プラス、相当量のタンパク質が――狙いすました瞬間放電へと変換されたのだ。

着用者の肉体をこんなふうに操れるとは、驚くべき進歩だ。このスーツには心があるんだろうか？　独自の生命を持ち、寄生生物のように――いやむしろ、共生生物のように――ペデルの体に棲んでいるのか？　いまだにそうは思えなかった。スーツに知性があるとか、独自の力があるとか、そんなことはとても信じられない。とてつもなくすばらしい出来だとはいえ、このスーツはあくまでもひとつの芸術作品であり、着用者の眠れる才能を目覚めさせる効用があるだけだ。このスーツは、言わば心理学的な鋳型なのだ。ペデルはそう結論を出した。着用者の能力がその鋳型に流し込まれ、かたちを得て、それに順応する。時がたつにつれ、その流れがいっそう自由になり、やがては、いましがた目にしたような驚くべき肉体的能力が発揮されるまでになる。

それがペデルの解釈だった。ときに、スーツに支配されていると思えることもあるが、それは自分で意識していない才能が目覚めたからだ。精神科医がよく知るとおり、潜在意識は当人にとっても未知の領域なのである。

スーツに導かれるまま、ペデルはよろよろと進んでいった。意志を明け渡しているのに、心はまだ活動しているというのは奇妙な体験だった。彼は彼自身であり、同時に彼自身ではない。考え、感じ、判断することはできる。しかし、その思考や感情や判断は、ふだんの彼に可能なものとは違っていた。

無人食料品店に入り、白いグラニュー糖を四袋買った。体をひきずるようにして二階のカフェテリアに上がり、コーヒーを一クォート（約〇・九五リットル）買う。カフェテリアには、ほかに客はいなかった。隅の席に腰を下ろし、テーブルにぐったり突っ伏した。それから、力を振り絞ってボウルに砂糖を空けると、スプーンで次から次に口に運び、コーヒーで飲みくだした。

砂糖がすっかりなくなると、渇きはいくらかおさまったが、まだぼうっとしていた。そのまま一時間ほど休息をとり、静かに息をあえがせながら、朝食をとりにカフェテリアにやってきたひと握りの客を眺めた。

そのあと、さらに四袋の砂糖を買ってきて、それもすべて貪りつくした。

ようやくちょっと気分がよくなってきたが、ペデルはそのまま動かなかった。第三大臣の祝賀会はどうなっただろう。たぶん、もう終わっているはずだ。

自分が大臣を殺したのかどうか思い出せない。記憶が混乱している。

やがて、ペデルはうとうとしはじめた。どのくらいの時が過ぎたのか、はっと目を覚ますと、テーブルの脇に四人の男が立って、じっとこちらを見下ろしていた。相手の顔を順ぐりに見ていくと、彼らは返礼のように軽く会釈を返してきた。

「ごいっしょしてもよろしいですか？」ひとりの男が礼儀正しくたずねた。

ぼんやりしたまま、ペデルはうなずいた。

男たちは腰を下ろした。「あなたの存在は、しばらく前から存じ上げていました」さっきと同じ男が静かな声で言った。それから、不意にペデルの知らない言語でしゃべりだした。

「どうしてそんな言葉で話しかける？」ペデルはたずねた。

相手は自分で自分を叱るようなしぐさをして、「失礼しました。用心が足りませんでした」

べつの男が口を開いた。「じつは、ご到着について事前に連絡がなかったので、わたくしたちも困惑し、接触すべきかどうか議論になりました。どういう任務でいらっしゃったのかわからない以上、いつでも必要なときに支援できるように監視態勢をとることにしました。ザイオード第三大臣の祝賀会会場まであなたを尾行し、その後、スパイ光線によって、宮殿の外へ連れ出されるのを確認しました。ZZのアジトまで尾行し、さらにここへとやってきました。そしていま、大いなる敬意をもって、われわれの存在を明かすことにしました」

大いなる敬意をもって……

ペデルは四人の男たちが着ている、黒っぽい保守的なスーツをつぶさに見分した。目立たないものの、みごとな仕立てで——ザイオードでふつうに手に入るどんな服よりみごとだった——しかも、ごく地味におとなしく見えるよう、周到にデザインされていた。控えめなスーツに身を包んだ見知らぬ男たちは特異な自信を持ち、ペデルが生まれ育った社会に存在しない、人格と衣服の精神感応《ラポール》を示している。

「なるほど！」ペデルは低い声で叫んだ。「ザイオードには、カエアンのエージェントがいたわけか!!」

男たちはとまどったようにペデルを見て、「当然です」

べつの男が声をひそめて、「ザイオードにいらっしゃった目的についてはあえておたずねしません。ただ、われわれの所在をつねにお知らせし、お望みのやりかたでお手伝いさせていただければと」

沈黙が流れた。ペデルは思った。彼らがぼくを見つけたのは、たぶん偶然だろう。バリョニド・ヴァール・ヴァッシャが気がついたくらいだから、カエアン人ならだれでも、フラショナール・スーツほどすばらしい衣裳にはすぐに気がつくはず。しかし、彼らの卑屈さが驚きだった。かねて聞いているカエアン人の国民性とは一致しない。それを言うなら、そこにはどことなく奇妙な、なにか間接的なものがある。

そのとき、自分がなぜ男たちの態度にとまどうのか、その理由にふと思い当たった。彼らの敬意はぼくにではなく、スーツに向けられている。

彼らはこれがフラショナール・スーツだと知っている！　しかし、どうやら、このスーツが紛失したことも、ザイオード人の手にわたったこともほとんど知らされていないらしい。ペデルは男たちの肩ごしにカフェテリアを見まわした。ひとりぼっちで道に迷い、空を漂流しているような気分だった。なぜかそのとき、望んだわけでもないのに、ふいに視界の中でカフェテリアの光景が変貌し、意味不明の図形や絵文字が描き出された。

この数ヵ月のあいだに、カエアンへ行きたいという思いがずっと募ってきた。この絵文字は、その渇望を具象化している。それはまるで、ランダムなデータを脳が解釈してひとつのメッセージをつくりだしたかのようだった。一点で消失する、遠近法の絵画。

「カエアンへ行きたい」だしぬけに、ペデルは熱を込めて言った。あわてて口をつぐむ。ぼ、く、は行きたくない。

行きたがっているのはスーツだ。

もう一度、自分に都合のいいさっきの仮説を記憶の中からひっぱりだして、自分自身の主人としての自分を思い描こうとした。だが、そんな思い込みは妄想だった。真実はもはや否定しようがない。自分がフラショナール・スーツの所有者だとはもう主張できない、それが真実だ。フラショナール・スーツは、その着用者を所有するスーツなのだ。知性は持っていないかもしれない。あくまで受動的で、行動力のないたんなる物体かもしれないが、このスーツはすこしずつ状況に影響をおよぼして変化させ、着用者を受け身の共同経営者、幽霊みたいな存在に変えてしまう。

気がつくと、カエアンの秘密諜報員がまたなにか話している。「あいにく、現在、カエアンとの物理的接触は不可能です。ザイオード軍が深淵《ガルフ》を完全に封鎖しました」

ペデルはぱっと立ち上がった。「いま言ったことは忘れてくれ」とぼそぼそ言う。「もう二度と近づかないでくれ」よろよろテーブルを離れ、竹馬に乗った酔っぱらいのような気分でカフェテリアのフロアを横切り、出口に向かった。

外に出ると、体力がいくらか回復してきた。グリディラの通りは、いつものように出勤途中の市民であふれている。目につく範囲では、カエアンの諜報員たちも尾行をあきらめたらしい。

このスーツから逃げたら、どうなるだろう？　いまこの場で脱ぎ捨てて、側溝に投げ込んだら？　自分にそれができるか？

いや、無理だ。スーツとの絆を断ち切る意志はない。葛藤を胸に歩道を行ったり来たりして、街角で立ちどまってはあたりを見まわした。無数の街路とビルのつくる遠近図法がまっすぐな一本の通路を形成し、それが地表のカーブを離れて、空へと突き進み、虚無の宇宙空間を超えて、はるか彼方の目的地に達する。一方通行のカエアン行き通路！

ぼくの脳はどうやってこんな手品を？　正気の世界から完全に離れてしまう第一段階だろうか？

しかし、この妄想は、いまの苦境に対する唯一確実な解決策だ。ザイオード圏内では、どこへ行こうが狩り立てられる。安全な避難所はカエアンだけだ。

そのうえ、いまのペデルはザイオード人というよりカエアン人ではないか。カエアン人自身が同国人とまちがえたくらいだ。そうだ、カエアンへ行こう。ザイオード辺境の星々が点々と深淵のほうに広がるあたりまで行けば、きっと深淵を渡る方法が見つかるだろう。いままで同様、スーツは彼を助け、守ってくれるだろう。そうすることで、スーツは自分自身の計画を進めることができる。深遠な服飾科学だか霊的意図を持つ暗号化言語だかによってその生地に縫製され裁断された計画を。

こう決心すると、ペデルの意識はクリアになり、具体的なあれこれに考えが向いた。ZZのアジトの事件が発覚すれば、警察の捜査網をのがれるのはむずかしい。とくに、第三大臣が死んでいた場合には。だが、まだ一時間かそこらは余裕があるはずだ。そのあいだにハーロスを脱出しよう。自動タクシーを呼びとめ、ラヴィエ・ビル最上階のペントハウスに帰宅すると、現金とクレジットカードと二、三の書類だけを集め、あとはすべてそのままにして部屋を出た。

そして、エレベーターでまた一階に降りた。玄関ホールから通りへ出ると、肩幅の広い猫背気味の小男がこそこそ近寄ってきた。

「よう、ペデル。うまくやってるかい？」

カストールの輝く目がこちらを見つめていた。前よりさらに薄汚く、しわくちゃの服を両手でそわそわといじっている。顔は無表情で、口もとに締まりがなく、不健康な色の皮膚がたるんでいる。マストといっしょにカストールも逮捕されたものとばかり思っていたので、ペデルは驚いた。

とめる間もなくカストールは、ペデルが待たせていた自動タクシーに手を振って追い払った。「高飛びする気だろ？　頭を使えよ、ペデル。同じタクシーであちこち行ってたら、たちまち足がつく。どこへ行く気だ？　宇宙港か？」

ペデルはうなずいた。「どうしてわかった？」

「マストがいずれあんたを売るのは理の当然だからな。おれはうまく逃げた。結局マストもそう利口じゃなかったわけだ」

彼はペデルの腕に手を触れ、歩道を歩きながら話をつづけた。「宇宙港はまずい。向こうも網を張ってる。安全な隠れ家があるから、しばらくそこでほとぼりを冷ませ」

「どうして手助けする？」ペデルは人目を気にして、肘を握るカストールの手を払った。

「いっしょにいたほうがおたがいの利益になる」

「なにが望みだ？」

「その話はまたいずれ」

カストールは、すぐ近くに駐車してあったポンコツ自動車のもとへとペデルを導いた。せまいスペースにペデルが体を押し込むと、カストールが操縦レバーをにぎり、車は東へ向かって走り出した。

カストールのことはまったく信用していないが、この男は経験ゆたかな犯罪者だ。いまのペデルの境遇では、それが貴重な財産になる。たぶん、金が目当てだろう。もちろん、当局の目こぼしとひきかえにペデルを売り渡す気でいる可能性はあるが、いろいろ考え合わせると、それはまずなさそうだ。

ポンコツ車はジグザグのルートをたどって市内を走りまわった挙げ句、デブロン区に入った。どんな時代のどんな規模の都市にもあるスラム街。グリディラ版のそれは、ビジネス街と歓楽街のあいだに迷路のように広がり、犯罪と悪徳、落ちぶれたアーティストと冒険好きな若者の巣窟になっている。

マストの元手下は、やがて通りからは直接見えない建物にはさまれたせまい空地に車をとめ、築数百年になろうかという老朽ビルの地下にペデルを案内した。黄色い電球に照らされた部屋は、カストールの体臭が鼻をついた。家具と言えば、上掛けのない汚れたマットレスと、カーキ色の安楽椅子、汚いテーブルだけ。雑に塗られた壁の水性塗料は、ところどころめくれ、剝げ落ちている。壁の一面を半分ふさぐカーテンの向こうには、小さな台所と食料貯蔵室があった。

「しばらくのんびりしててくれ」カストールが静かに言った。「ちょっと出かけてくる。なにかいるものがあるかい?」カストールは笑顔のパロディみたいに口角を上げてこちらを見ている。

「いや、ちょっと眠りたいだけだ」ペデルは答えた。

「眠りたい? いいとも。眠ってくれ」カストールはやけにいそいそと壁に駆け寄って引き戸を開けた。中は戸棚になっていて、新しい服がハンガーにかかっている。「服はここにかけてくれ、な。それと——」ちょっと口ごもり、きょろきょろ室内を見まわしたあと、戸棚

の床から埃だらけのマットみたいな掛け布団をひっぱりだした。「これをかけて寝るとい
い」
「このままで大丈夫だ、ありがとう」ペデルは服を着たまま、マットレスにごろりと横にな
った。カストールは指で掛け布団をいじっているが、表情が読めない。
やがてカストールは掛け布団を床に落とし、戸棚を閉めて、部屋を出ていった。ペデルは
目を閉じた。

数時間後、部屋の主が帰ってきて、ペデルは目を覚ました。カストールは酒のにおいをぷ
んぷんさせて、足もとも多少ふらついていた。大きな包みを両腕に抱えて部屋に入ってくる
と、包みを開けて簡易ベッドを組み立て、ペデルの向かいの壁ぎわに置いた。包みには上掛
けも二枚入っていた。薄手のものだったが、暖房が効いたこの部屋ではほとんど用がない。
「昔みたいだな」カストールは仲間意識をかきたてるつもりか、そう切り出した。「カイア
遠征を思い出さないか？　コスタ号の船室を？」
くすくす笑ってから、カストールは心配そうにペデルの顔を見て、
「腹は？」と、あいまいにたずねた。「なんか食うか？」
「砂糖だけでいい」ペデルが弱々しく答えた。
「砂糖？　ただの砂糖だけ？　どれくらい？」
「あるだけぜんぶだ」気分が悪かった。大量の身体エネルギーを不自然に放出した後遺症が

まだ残っている。

カストールが食料貯蔵室に入り、砂糖ひと袋とスプーンを持って戻ってくると、ペデルが砂糖を食べるのを腰を下ろして眺めた。

「きょうのニュースは？」ペデルが食べながらたずねた。

「ニュース？」

「ニュースキャストでも見てきたのかと」

「いや。ニュースが気になるか？　どうせあんたのことは出やしないよ。公安警察が表沙汰にしたがらないからな」

「だろうな」ぼくは第三大臣を殺したんだろうかとまだ悩みながら、ペデルは残りの砂糖を舐めつくした。「ありがとう」

マットレスにまた横たわる。疲労で全身がかすかに震えている。カストールが上掛けをかけながら、「いつも服を着たままで寝るのか？」とためらいがちに言う。「上等のスーツがしわくちゃになるぜ」

「だいじょうぶだ」ペデルはつぶやくように言った。

「ふむ」

カストールはグレイの下着だけになると、自分の薄汚れたスーツをこれ見よがしに椅子の背にかけ、簡易ベッドに横たわり、壁に顔を向けた。たちまち、ゆっくりした寝息が聞こえてきた。

マットにかかる自分の体重が、ペデルには重荷だった。彼の中に、生命はほとんどない。スーツは休眠状態らしい。たぶん、体力の回復を待っているのだろう。

だとしたら、スーツを着たまま寝るべきじゃない。使いかたがまちがっている。眠るときは、スーツは吊しておくべきだ。

震えながら体を起こし、スーツを脱いだ。カストールに盗まれないように、財布は下着のパンツにはさんだ。それから、壁の戸棚にスーツを吊し、スーツがつねにこちらを見下ろしていられるように、引き戸は開けたままにしておいた。安心感を与えてくれる、心理学的なおまじないだ。

ペデルは灯りを消し、急いでまた横になり、眠りに落ちた。

それからしばらくして、ひそやかな物音が意識のへりにぼんやりと忍び込み、ペデルは目を覚ました。もっとも、それと同時に恐ろしい喪失感が心を鷲摑みにして、沈鬱な悪夢を見せることがなかったら、気づかずじまいだったかもしれない。電球は消えたままだが、戸棚のあたりで薄暗い懐中電灯の光がちらつき、人影が動いていた。

ペデルは体を起こし、目をこすった。戸棚の中に、もう彼のスーツは吊されていなかった。あわてて立ち上がり、天井の灯りをつけた。

戸棚の前の怪しい人影が、不機嫌な顔でふりかえった。

カストールはフラショナール・スーツを着ていた。ペデルよりかなり小柄なので、サイズが合わず、滑稽に見える。ジャケットとベストはだらりと垂れ下がり、両手は袖口に隠れている。ズボンのすそは靴の上でしわになっていた。ペデルが足を踏み出すと、袖に隠れた手から銀色のナイフがあらわれた。

「おっと。気をつけろよ、フォーバース」

「ぼ、く、の、スーツだ」ペデルはうなり声をあげた。

「もうさんざんいい目を見ただろう。そろそろほかの人間の番だ」

カストールはドアまで後退した。愚かにも、ペデルはスーツを奪おうとやみくもに突進した。驚いたことに、カストールは彼に怪我させまいとするようにナイフをあらぬかたに向けた。怒り狂ったうめき声がカストールの口をつく。

ジャケットを半分脱がしたところで、ペデルは組みついていた相手からふいに離れ、嗚咽《おえつ》しながら部屋の反対側へ身を投げた。

「持っていけ」と、うめくように言う。「さっさと持っていけ！　ぼくを解放してくれ！　そいつに所有されるのはもうごめんだ。うわあああ……」

苦しみながら、スーツをとりかえしたいという衝動を必死に抑えつけたが、そう長く抵抗できないのはわかっていた。目の前にあるスーツをただ見ているのは、麻薬中毒患者の禁断症状のように苦しかった。

「持っていけ！　早く！」

「いいとも」カストールは口の中で答えると、戸口ににじり寄り、ドアを開けて外にすべり出た。ドアがまた閉まる。カストールは行ってしまった。スーツは行ってしまった。

ペデルはマットレスの上にくずおれた。荒涼たる気分に包まれていた。彼は自由で、からっぽで、命を失っていた。

スーツがなぜこの事態を看過したのか、ペデルは解せなかった。スーツはなぜ、カストールにただちにスーツを捨てさせなかったのか？　スーツはカストールを拒否すると思っていたのに。

そのとき、ペデルはさとった。第一に、スーツは自分で判断するわけではない。たんに、着用者の潜在能力をフル活用させるだけだ。第二に、スーツがカストールに与える影響が強くなるのは着用してしばらく時間がたってからだ。サイズがまったく合っていない着用者に対して最終的にスーツがどんなふうに影響するのか、ペデルは考えたくなかった。

しばらくして、ペデルは部屋を出ようとした。だが、ドアは外から施錠されていた。カストールに監禁されたのだ。

ペデルはマットに戻り、腰を下ろして待った。

9

カストールは目覚めると同時にベッドを飛び出し、猛スピードでスーツを着た。このところ、毎朝こうだ。目覚めているのにスーツを着ていない状態を、スーツは好まない。ときどき、スーツを着たまま寝るのを余儀なくされることさえある。

だが、カストールはまるで気にしなかった。自分のいちばんの望みをかなえる手伝いをしてくれているかぎり、スーツがどうしようとかまわない。

カストールのいちばんの望みとは、カエアンへ行くことだ。

ベッドのへりに腰かけ、脂っぽい顔の筋肉を大きく動かしてあくびをした。それから、ぱっと立ち上がると、ぶざまな体操のまねごとみたいにぎくしゃく体を動かした。それが済むと、濡れた布で顔を拭き、シェービング・クリームで無精ひげを落とし、青ミルクと胚芽パンの粗末な朝食を腹に入れた。

人心地がついて、カストールはこの一週間寝泊まりしているボロ小屋を出た。ザイオード星団の最果て、深淵《ガルフ》のすぐ手前に、ヴェンスといううらぶれた辺境の惑星があり、この小屋は、そのヴェンスの荒れ果てた町カスのはずれにあるゴミ捨て場に建っている。一方に目をやると、カスの町のドーム群や円丘群が見える。反対方向には、起伏のない大地が広がり、ところどころに立つ槍の木《スピアツリー》の、枝も葉もないまっすぐな背の高い幹が、青味がかった渦巻のような朝の太陽に照らされている。

ペデルのスーツを盗んで以来、カストールはかなり長いあいだ宇宙を放浪してきた。しかし、この惑星ヴェンスが、ザイオード星団で最後の滞在地になる予定だった。すべてがうまく行けば、カストールはきょう、カエアンめざして深淵《ガルフ》に乗り出すことになる。

カエアンに着いたらなにをするか、まだはっきり考えていない。スーツはそういう種類の思考を助長しなかった。もっとも、深淵を横断するさいは、監獄惑星リドライドの近くを——もちろん何光年も離れているだろうが——通過することになるから、それを思うと、思わず笑いがこみあげてくる。リドライドには、ペデル・フォーバースとリアルト・マストが収容されている。フォーバースをまんまと隠れ家に閉じ込め、当局に居場所を通報した手ぎわは、われながらみごとだった。あの元服飾家《サートリアル》は、終身刑を宣告されて、リドライド送りになった。ある意味、これは驚きだった。というのも、マストの刑期はたったの二十年だったからだ。

カストール自身、非道な真似をしたことは認めざるを得ないが、うまく決着がつけられたのは、抜け目なく行動したおかげだ。

ゴミ捨て場を横切るあいだ、カストールは、神経がおかしくなった人間みたいに、一度か二度、なにもないところで蹴つまずいた。フラショナール・スーツがぜんぜん体に合っていない。最初は、いずれ仕立て直しに出すつもりで、袖や裾をめくってピンで留めていた。しばらくすると、どうもスーツが縮んだらしいと気がついた。外見を気にするタイプでないかぎり（カストールはそんなタイプではなかった）、いまはピンなしでも着られる。とはいえ、スーツはやはりだぶだぶで、操り人形みたいに上から糸で動かされているように見える。カストールは気にしなかった。

他にもスーツはいくつか奇妙な効果をもたらした。ペデル・フォーバースのようなタイプの男のための作品なので、スーツは彼に合わなかった――もしくは、彼がスーツに合わなかった。その結果、チック症の発作が起きたり、精神錯乱めいた症状を起こしたりしたが、あれこれ理由を考えることなく衝動に身をまかせるのが習い性だったから、カストールはろくろく気にもとめなかった。

カストールとスーツのぎくしゃくした異様な関係は、場合によっては、スーツがもっと相性のいい着用者に乗り換える理由になったかもしれないが、さしあたり彼は、スーツの最小限の要求には応えていた。だからカストールは、騒々しく不安定な才能の爆発に浮かれ、他人に影響をおよぼす新しい力をフル活用しつつ、ザイオード星団を彷徨してきた。マストが言ったとおり、これは催眠術師になるようなものだったし、それは金を意味していた。しかしカストールは、稼いだ金をついぞ貯めておけなかった。スーツは過剰な自信をもたらしたが、ものごとがいつもその自信どおりになるとはかぎらない。カストールはいつも有り金ぜんぶを賭博テーブルに積み上げては、それを失った。

ゼンダとアラシーオスでは、かつて医学生として学んだ知識を活用して、にせ医者を実践した。肝心なのは、尻尾をつかまれないうちに場所を変えることだ――とくに、治療のせいで患者が死んだような場合には。ジュリオではポン引きで稼いだ。ハリエット星系ツアーでは、ジグザグ運転《スイッチバック・ステアリング》と呼ばれる詐欺で、びっくりするほど儲かった。この星系の惑星ケイローに滞在していたとき、カストールはついに、なんとしてもカエアンへ行きたいという強い衝動に完全に支配されるようになり、いまのクルーを選び出した。

カスの宇宙港はボロ小屋から少し離れたところにあり、カストールはいま、蜜蠟色の建物が並ぶ、がらんとした夜明けの通りを歩いていた。このあたりは、〝蜂の巣町《ビーハイヴ・タウン》〟とも呼ばれている。春と秋、ヴェンス平原を吹きわたる時速三百キロの風を受け流すため、すべての建物が球形で、町の少なくとも半分は地下にあった。

リトル・プラネット号は、宇宙港に碇泊している六隻の宇宙船の一隻だった。ザイオードの最果てに位置するヴェンスは、宇宙航路の行き止まりだったから、寄港する船はすくなく、星間交易に関するかぎり、マイナーな支線の終着駅というところだった。

リトル・プラネット号は二十日前からこの宇宙港に碇泊して、来てはすぐに去ってゆく他の宇宙船を見送り、そのあいだカストールは、目的のものを手に入れるべく、地元の総督を口説いていた。

カストールはリトル・プラネット号のハッチを開き、悪臭漂う通路に体を引き上げた。通路の壁は灰色に塗装され、あちこちに鋲《リベット》が打ってある。じっさい、リトル・プラネット号はコスタ号とくらべて、かなりランクが落ちる船だった。もともと短距離用の貨物艇で、隣接するふたつの星系を四十年間ひたすら往復したすえ、お役御免になった。とはいえ、燃料さえ余分に積めば、きっとカエアンまで行けるはずだ。

カストールは内側のドアをくぐり抜け、ラダーを登って乗員室に上がった。クルーはまだ、壁ぎわのベッドで寝ている。リーチャーとラビッシュはふたりとも高いびき。ガドザは、連れ込んだ女の体をひとり占めするように壁に押しつけ、すやすや眠っている。寝るときも武器を手放さないレインコートは、ベッドからずり落ちて床に横たわり、あるじを失った枕の下から銃の台尻が突き出している。

悪臭にも、むっとする空気にも頓着せず、カストールはベッドを蹴飛ばしてクルーを起しはじめた。レインコート（仇名《あだな》なのか本名なのか、いまだにわからない。カストール自身、パートナーたちから〝眼《アイズ》〟という仇名をたてまつられたが、無理やりやめさせた）は、はっと目を覚まし、銃を手探りしてから、やっと自分の居場所に気づいた。他の連中も不機嫌そうに身じろぎしはじめた。

彼らはみんな、それぞれ違う理由でカストールを憎んでいた。ガドザの場合は主に、知り合って数カ月のあいだに、連れ込んだ女のうち三人をカストールにレイプされたのが原因だ。なのに、いま付き合っている女を今度の遠征に連れてくるというのも驚いた話だが、たんに、女なしでいられないというだけのことだった。他の三人のクルーも、カストールにだまされたり、盗まれたり、侮辱されたりした経験があるが、それでも彼らはリトル・プラネット号ルの購入資金を進んで提供した。暴力的で危険な連中だというのに、四人そろって、カストールの呪文の虜《とりこ》になっている。カイアに墜落したカエアンの難破船に積まれているお宝の話に、全員が食いついた。借りた金はおれの取り分からそっくり返すから心配ない、とカストールは約束した。それでも、まだまだたっぷりお釣りがくるぜ。

しかし、出発が遅れるにつれて、男たちはしだいにいらだち、カストールと過ごす時間が怒りに拍車をかけた。そこで、カストールはリトル・プラネット号を出て、町はずれの小屋で寝起きしはじめたのである。

「起きろ」カストールは怒鳴った。「いよいよだ。きょう出発する」

ガドザがぼうっとした顔でこちらに目をすがめ、「うるせえな。そのセリフはもう聞き飽きた」といって寝返りを打ち、横で寝ている女に抱きついた。

カストールはもういちど蹴りつけた。「起きろ。船の出航準備にかかれ。これから許可証をもらってくる」

男たちはぶつぶつ言いながら起き出し、カストールがつくった粗末な朝食を腹に入れた。そのあと、カストールは二時間かけて、船の点検準備を監督した。きまりきった手順だが、カストールは慎重だった。

ようやくリトル・プラネット号をあとにすると、カスの通りを歩き、総督府に向かった。太陽は高く昇り、町はにぎわいを――というか、ヴェンスではにぎわいと見なされるものを――とりもどしていた。くすんだ作業服姿の人々――大部分は宝石掘り――が、活気のない背景に、亡霊のように混じっている。女はほとんどいない。ヴェンスは植民地というより、作業場だった。

総督の公邸は地下にあるが、カスの町の中心部に、それとはべつに、行政事務所にあたる総督府が設けられている。細長い菱形をした、つつましいサイズの建物。いまは壁の羽根板《スラット》をすべて開けて、水平に近い陽射しと風を屋内にとり入れている。

カストールがオフィスに顔を見せると、総督はため息をつき、困ったような、あきらめたような笑みを浮かべた。「またおまえか。きょうは早いな」

「列の先頭に並んで、約束のものを受けとろうと思ってね」

総督は顔をしかめた。「おいおい、約束なんかしてないだろう……」

カストールは椅子に体を投げ出し、まっすぐ相手を見つめた。「なあ、厄介な問題はぜんぶ解決したじゃないか」

「いや、まだもう少し保証があったほうがいいんじゃないかと……」総督は顔を伏せ、短い山羊髭《やぎひげ》をしごきながら言葉を濁した。

「どこにリスクがある？」カストールは諄々《じゅんじゅん》と道理を説いた。「あんたは宝石産出惑星の総督だ。おれたちは宝石の探鉱者で、深淵にある惑星の座標を知っている。そこへ調査にいく許可を出してくれればいいだけの話だよ。あんたにはその権限があるんだから。たとえ問題の惑星に関する話が嘘だったとしても、あんたには知りようがない。それに、もしだまされたとして、なにが問題だ？　降格か？　どこに飛ばされたって、このゴミ捨て場より下があるもんか。だから、最悪の事態になったところで心配ないし、そもそもそんな事態は起こらない。おれたちはここに戻ってきて、宝石は見つからなかったと報告するから、それで一件落着だ」カストールはプラスチックの預金カードをとりだし、指でもてあそびながら、意味ありげに口笛を吹いた。「こいつは、足がつかない金なんだがなあ」

総督がその指先からカードをとり、数字をたしかめて笑みを浮かべた。「問題の惑星には宝石がないと思っているわけか。しかし、サンプルかなにか、少しは持って帰ってこられるんだろうな」

カストールは爆発するように笑った。「もちろん、記録のために、岩やら土やら持ってくるとも、総督。こっちも素人じゃないんだから」

カストールはこの二十日間、ずっと総督を口説いてきた。怪しげな計画を黙認してほしいとカストールがはじめて持ちかけたとき、総督は胆をつぶした。しかし、総督の発行する許可証なしにザイオード政府のパトロール網を突破することは不可能だ。総督はきょうこそ折れると、カストールは確信していた。総督自身、心の中では、いつかは自分がこの話に乗るとわかっているはずだ。

ほどなく、総督は暗号チップのかたちになった通行許可証をカストールにさしだし、「こいつを規定の周波数で送信しつづけろ」と指示した。「そうすれば、パトロールが通してくれる」

かわりに、カストールは預金カードから自分の臭跡《しゅうせき》署名を消して総督のものと差し替え、譲渡欄に拇印を押すと、新所有者の身元に紐付けした。カードに表示された銀行残高は、もしそれが本物だとすればだが、すべて法的に総督のものとなった。

「夢みたいにざくざく出てくるぜ」とカストールは嘘をついた。

正午過ぎ、リトル・プラネット号は深淵に向かって出航した。

番号札《チップ》がカタカタ音をたてて乱数器《ランダマイザー》から飛び出し、カストールがそれを一枚ずつテーブルに配った。リーチャー、ラビッシュ、レインコートの三人がチップの数字を見る。「おれの勝ちだ」レインコートが言った。紙に書かれた借用証が彼のほうに押しやられる。

「今度は千で行こう」レインコートが興奮した口調で言った。「千ユニットで勝負するやつは?」

「おれだ」カストールが無造作に言って、自分の賭け金をテーブルの真ん中に押し出した。リーチャーがあとにつづいた。痩せっぽちのラビッシュだけが尻込みし、自分の札束にしがみつく。

また、レインコートが勝った。

最低の悪癖だった。まだ手に入っていない共同の収入をあてにしたギャンブル。だが、カストールは気にもかけなかった。クルーの人間関係を円滑に保つことなど、まるで念頭になかった。

ヴェンスを出発して三日が過ぎ、クルーとの関係はさらに悪化していた。カストールの態度は公然と侮蔑的になり、ことあるごとに口汚く文句を言い、嘲笑を浴びせ、荒っぽい無礼な態度で命令した。うかつな気前のよさ——カストールは気まぐれに賭け金を積み、勝とうとする熱意も見せない——さえ、仲間の怒りをやわらげる役には立たなかった。というのも、カストールの態度は、日を追うごとに、人間とは思えないほど不愉快になってきたからだ。さながら、人間の皮をかぶったグロテスクで異様な存在に変貌しつつあるかのようだった。身のこなしはますますぎくしゃくして、狂った蝙蝠《こうもり》のように両手をばたつかせて船内をふらふら飛びまわる。仲間が反乱を起こして彼を殺さずに済んでいるのは、ひとえにカストールが持つ、特異な魅惑のおかげだった。

「おい、カストール」レインコートが挑発した。「手持ちはあとどのくらい残っている？」

「たっぷりある」カストールが顔をしかめた。「言っただろ、たっぷりあるって」

「まあ、おれの分はたっぷりあるだろうよ」レインコートが嘲るように言った。カストールの無頓着な賭けのおかげで、彼がいちばん利益を得ていた。

とつぜん、通話装置からブリッジにいるガドザの声が響いた。「おい、不審尋問に引っかかったぞ」

「相手は？」とカストールが鋭く訊き返す。

「防衛軍のパトロールだ」

カストールが大急ぎでブリッジへ向かい、他のクルーもすぐあとにつづいた。パトロール艇の船長がスクリーン越しにこちらを見つめている。

「責任者は？」ときびしい口調でたずねてきた。「おれだ！」

カストールがスクリーンに顔を近づけて、「おれだ！」

パトロール艇の船長はわずかにたじろいだような表情になった。リトル・プラネット号船内のあまりの乱雑ぶりに困惑と不快感が隠しきれなかったらしい。「貴船は封鎖宙域にいる。ザイオードへひきかえせ」

「暗号解読機《コーダー》が故障でもしてるのか？」カストールは大声で嚙みついた。「ヴェンス総督の発行した通行許可信号が受信できないのか？」

「われわれは、惑星ヴェンスの指揮下にはない」船長は冷たい嫌悪の表情を浮かべて、クルーの顔をひとりずつじっと見渡した。「ザイオードに戻れ」

カストールはしつこく食い下がった。「規則違反はそっちだ。ヴェンス総督には、特定の目的地への渡航許可を出す権限がある。納得がいかないなら、本船が出している信号にある座標を調べてくれ」

船長はしばし間を置いて、「いいだろう」と答えた。「では、ヴェンスに照会する。本艦との相対速度をゼロにして、このまま待て」

「どのくらい時間がかかる？」

「まあ、三日か四日だな」

カストールの背後で、ガドザがぶつぶつ文句を言っているのが聞こえた。「話にならん」

カストールは船長に食ってかかった。「それじゃあ、こっちのスケジュールがめちゃめちゃだ。おれたちの許可証には期限がある。そんなに待たされたんじゃ、仕事を片づける前に期限が切れてしまう」

「それはそっちの問題だ。総督にかけあえ」船長は表情をやわらげ、ほんのちょっぴり愛想のいい口調で、「よし、期限延長の要請をいっしょに出しておいてやろう。それまでこちらの射程内に停船しろ――これは命令だ」

「クソが!!」カストールは顔をまっかにしてわめいた。スクリーンを切ると、誘導ボードに駆け寄って、クルーが止めるまもなく、エンジンを非常ブーストに切りかえた。リトル・プラネット号は超光速《トランスC》出力を一時的に倍増させ、一気に飛び出した。

「アタマ沸いてんのか、こら!」ラビッシュがわめいた。「なんのつもりだ？ 撃たれるぞ!」

「まさか。あいつは防衛軍の下っぱ将校だ。正規の許可証もってる船を攻撃して、査問にかけられるようなリスクをおかすもんか。こっちの言い分が正しいんだ」

「甘いな」ガドザがぶっきらぼうに言った。「カエアン情勢は緊迫してる。戦争になるだろう。おれたちは崖っぷちにいるんだよ」

「あいつ、おれたちを疑ってる」リーチャーがのろのろと言った。

カストールはなだめるような口調で、「辺境の惑星には荒くれ者がおおぜいいて、しじゅう深淵に飛び出していく。パトロールの連中は慣れっこさ」

「かもしれん。だが、帰りはまちがいなく臨検されるぞ」ガドザがゆっくり指摘した。「なんであんな真似を？　これで一巻の終わりだ」

カストールはそれを無視して計器に目をやった。船はまもなくブーストから抜けて、巡航速度に戻る。エンジンはそう長く余計な負荷に耐えられない。

ガドザが一歩まえに出て、「おかしいじゃないか」と他のクルーに向かって切り出した。「万事順調に進んでるのに、どうしてカストールはなんの理由もなくパトロールと悶着を起こす？　この遠征には、なにかやつが隠している秘密がある。前から怪しいとにらんでたんだ」

ふりかえると、敵意に満ちたガドザの大きな顔が目の前にあった。カストールは攻撃的に肩をそびやかし、「のんびりする気分じゃなかったのさ」と、唇の端を歪めて冷笑するように言った。大きすぎるスーツの上着をヤドカリのように引き寄せ、ガドザの横をすり抜ける。いまや、クルー全員が興味を示し、カストールをとり巻いてじろじろ見ているが、まだ一定の距離は保っていた。

「なあ、カストールはおれたち全員に借金がある」ラビッシュが指摘した。「そもそもそのせいで、おれはこの計画に引き込まれた。おまえはどうだ、ガドザ？　借りた金をそっくり返す方法があると持ちかけられなかったか？」

「おれが貸した金なんか鼻くそに見えるような大金が稼げる、そう言われたな」ガドザが答えた。

「おれもそう言われた。つまり、この遠征のおかげで、やつの首の皮がいまだにつながってるわけだ」

リーチャーが口を開き、「どうなんだよ、カストール？　そっちの言い分は？」

「そんなに自分の金が心配か」カストールが軽蔑的につぶやいた。「クソどもが」

「話のとおりに、カエアンの交易船があればいいけどな。おまえの言う積み荷を載せて」

「それはおれも知りたいが」ガドザが口をはさんだ。「この船はどうなる？」

カストールはしばらく間を置いてから、「パトロール艇のことなら、総督が面倒をみてくれるさ。この船が臨検されたら、総督にとっても具合が悪い。おれたち以上に困った立場になる。そのぐらい、ちょっと考えればわかるだろう、このうすら莫迦ども」

カストールは男たちのほうを向いて、ひとりひとりの顔を順番ににらみつけた。「カエアン船はたしかにある、それは保証する。なにを考えてる？　はるばるこんな宇宙の果てまで、おれが景色を見にきたとでも？」

カストールは男たちを押し分けて、戸口へ向かった。

ゆっくりラダーを降り、リトル・プラネット号の船尾から船首まで延びる通路を漂ってゆく。ラビッシュは、カストールが今度の計画にあたって採用した戦略をほぼ言い当てていた。カストールは彼ら全員にわざと借金をつくり、取り立てに来た相手の前に、カエアン難破船というニンジンをぶら下げたのだ。

しかし、ラビッシュの洞察力も、なんの役にも立たない。カストールが深淵へ行こうとするほんとうの理由を想像できないかぎり。

睡眠室のドアが半開きになっていた。中を覗くと、眠っているのか、うとうとしているのか、ガドザの女が簡易ベッドにひとりで横たわっていた。

カストールは女の長い黒髪と白い肌を見つめた。何度か名前を聞いたはずだが、思い出せない。美人ではないが、ガドザの女の例に洩れず、いかにも男好きのするところがある。好色な笑みを浮かべて、カストールはそっと室内に入った。薄闇の中で、人工の両眼がきらめく。

以前のカストールは、セックスのために仕方なく金を払い、そのせいで快楽がいくぶんか減殺された。スーツを手に入れてからは、新しい方法をマスターした。すなわち、手っ取り早くレイプすること。女たちにとっては忌まわしい体験だが、同時に倒錯した魅力があると見えて、彼女たちはけっしてレイプ被害を口外しなかった。たとえ偶然に、あるいはなんの用心もしなかった結果、夫または恋人に現場を見つかった場合でも、スーツの魔力は彼らにさえおよぶらしく、ある種の精神的な麻痺を引き起こした。ガドザはその効果を何度となく経験している。

カストールがのしかかろうとしたとき、女がとつぜん目を覚まし、はっと身じろぎした。カストールはうなり声をあげて女の体におおいかぶさり、体重で押さえつけて服の中を両手でまさぐった。

ひどい口臭を逃れようと、女が顔をそむけた。身をよじり、蹴とばし、顔をひっかこうとした。カストールはにやにや笑った。女はかん高い大きな悲鳴をあげ、それからあえぎ声を洩らした。

ものの一、二分で抵抗はおさまり、ときおり痙攣するようにゆっくり手足を動かすだけになった。女の足を開かせて律動をはじめたとき、ガドザが部屋に入ってきた。

のどの奥から低いうなり声をあげ、ガドザが突進してきた。カストールの襟首をつかみ、体ごと女の上から持ち上げ、部屋の向こうへ投げつける。カストールは、たまたましゃがんだ姿勢で着地し、隔壁にもたれて床にすわる格好になった。しまりのない顔で、ズボンの前開きからは勃起したままのペニスが露出している。まわりの布には染みがついていた。

レインコートとリーチャーが戸口から顔を出し、その光景を見つめた。女が悲鳴をあげて壁のほうを向いた。

それ以降、カイアまでの残りの旅程を、カストールはずっとひとりで過ごした。航路はあらかじめプログラムされ、暗号化された通行許可証に登録されている。ザイオード星団防衛軍パトロールの支配宙域を出る前に、航路を変更したら、やっかいなことになっていたかもしれない。

ガドザの女たちのうちの四人目をレイプした二日後、カストールが新たなねぐらに定めた貯蔵庫のドアに、ノックの音がした。人形みたいに手足をまっすぐ伸ばしてガラクタのあいだに横たわったまま、カストールは片足でドアを押し開けた。身なりにはいっさい気をつかっていないが、それでもまだ、彼は驚くべきカリスマ性を保っていた。

「軌道に乗ったぞ」とレインコートが告げた。「カイアは下だ」

「ようし」カストールは口の中でそう言うと、体を起こして立ち上がり、レインコートを押しのけてブリッジへ向かった。

ブリッジでは、興奮と隠しきれない敵意が彼を出迎えた。メインスクリーンに、惑星カイアが大きく映し出されている。青い海とふわふわの白い雲。美しい世界。ちらりとそれに目をやり、カストールは誘導ボードに歩み寄った。

「交易船の正確な位置はわかってるのか？」リーチャーがうしろから心配そうにたずねた。

「どの大陸に墜落したんだ？」

「場所はわかってる」カストールが言った。「前にも来たことがあると言っただろう」

「どこだ？」

「洋なしのかたちをした大陸だ」

カストールの両手がボード上を動いた。しかし、大気圏へ向かって降下するのではなく、リトル・プラネット号は速度を上げて軌道を離れ、深淵のさらに奥へと進みはじめた。

カストールは、勝ち誇った冷笑を浮かべてクルーをふりかえった。

「なんのつもりだ？」リーチャーが驚いたように言う。「カイアを離れてるぞ！」

ガドザが飛び出してきて計器をチェックし、「どこへ連れていく気だ？」と、怒りをむきだしにして詰問した。

カストールの顔が憎しみに輝いた。「カエアンへ連れていくのさ、莫迦ども！」リーチャーを真似て、かん高い金切り声で言うと、ペッと唾を吐いた。「カエアンだ！」

ことの成り行きに男たちは困惑し、たがいに顔を見合わせた。

「でもどうして？」ガドザがたずねた。「交易船は？」

カストールは邪悪な笑みを浮かべ、「交易船は餌だよ、哀れな鳩どもが！　おれにはカエアンへ行く船が必要だった。おまえたち全員、ヴェンスで放り出してもよかったが、真実を知ったときどんな顔をするか、見てやろうと思ってな」侮蔑もあらわに、カストールはまた誘導ボードに向き直り、男たちに無防備な背中をさらした。

しかし、今度ばかりは男たちも畏れを捨てた。ガドザが誘導ボードの前からカストールを突き飛ばし、加速噴射の一部を切った。船が傾く。矢継ぎ早にコンピュータに入力される指令にしたがって、船は高速のまま、ふたたび惑星カイアをめぐる平たい楕円軌道に入った。

しかし、カストールはそれにかまわず、詰め寄ってくる男たちに相対した。これこそ、待ち望んでいた瞬間だった。人工の両眼がぎらぎらと輝く。唇を狂ったように獰猛に突き出し、敵を撃退するしぐさで体の前に両腕をかまえると同時に、巨大なサイズにふくれあがっていく自分を想像した。前にも使ったことのある技で、どうやら五感を変化させるらしく、実際に自分が巨大化して、ブリッジの男たちがおもちゃのように小さくなった気がした。この奇妙な現象は、男たちにも影響を与えた。彼らは一、二歩前に進んだだけで立ち止まり、幻でも見るようにこちらを見つめている。

「静まれ、うじ虫ども。いまからこの船はおれのものだ」と耳障りな声で言う。「おまえらはただの土くれだ。命が惜しかったら――」

　このときまで、カストールは自分の力を信じていた。どんなに憎まれようと、スーツを着ているかぎり、いつでも相手を怯えた兎に変えられると信じていた。しかしその瞬間、予想外のことが起きた。大きく膨脹した精神のバブルが、ぱーんと破裂したのである。足もとがふらつき、カストールは両腕を大きく振りまわした。顔の半分がチック症に見舞われ、体が激しく痙攣する。

　カストールとフラショナール・スーツの共生関係は、いちばん良好なときでも脆いものだったが、それがいま、壊れかけている。神経に対するスーツの干渉の度合いが強すぎ、期間も長すぎた。

「うげ」カストールはうめいた。「うげげ、うぐ、うがが――」

　哀れなぼろ人形のように、カストールは自分がペテンにかけた男たちの前で縮こまり、なすすべもなく震えている。

「いかれちまったぞ！」ラビッシュが驚きの声をあげた。

「カエアンのスパイだったんだ」リーチャーがかすれた声で言う。「きっとそうだ」

「それで説明がつくな」レインコートがつぶやいた。「どうしてこんなに態度がおかしかったのか」

　それを聞いて、男たちはさらに不快感をつのらせた。無力なカストールを椅子にすわらせ、ガドザが両足を開いてその前に立った。カストールはあえぐような深い息をしている。

「じゃあ、最初からカイアにカエアン船なんてないんだな」

「あるとも。前に一度、その船の荷を持ち出した」

ガドザがレインコートに向かって、「じゃあ、たしかめてみるか。船を降ろしてくれ」

「待て！」カストールが弱々しく笑った。「着陸はできない。カイアはインフラサウンド惑星だ。大気圏はサブソニックでいっぱいだ」

「サブソニック？」

「超低周波の振動さ。インフラサウンドって、聞いたことないか？　着陸したら、ものの数分で船が粉々になる」

ガドザが考え込むように間を置いた。「またなにか企んでるんだろう。インフラサウンド惑星なんて、聞いたこともないぜ」

カストールは、カイアの動植物相について手短に説明した。「そもそもカエアン船がどうしてあの星で遭難したと思う？　どうしてもと言うなら、降りてみるがいい。おれはどうだっていい」

「前に降りたことがあると言ったじゃないか。おれたちに無理なら、おまえはどうやったんだ？」

「特別あつらえのスーツがあったんだ。バッフル・スーツといって、インフラサウンドを打ち消すことができる。マストがひと財産かけてつくらせた」カストールは深いため息をついた。うちひしがれ、見捨てられた気分だった。

「マスト？」

「おれのボスだ」

ガドザが仲間をふりかえって、「おれたちは、組む相手をまちがえたらしいな。そのマストってやつは、いまどこにいる？」

「リドライドさ」カストールはにやりと笑おうとして失敗した。

長い沈黙がつづいた。リーチャーがやがて鼻を鳴らし、「莫迦らしい。おれたちはカエアンのスパイ野郎に一杯食わされた。それは認めよう。こうなったらもう、空手で引き上げるしかない」

レインコートがカストールに顎をしゃくった。「こいつは？」

「カイアへ置き去りにしよう」

「無理だな」とカストール。「着陸したら、この船がばらばらになるぞ」

「こいつは煮るなり焼くなり好きにすればいい」リーチャーが言った。「しかし、ここでぐずぐずしてるのはまずい。ザイオードに帰る針路をセットするぞ」

リーチャーは誘導ボードに歩み寄った。リトル・プラネット号は弧を描いてカイアの周回軌道を離れ、ちっぽけな星系を横断しはじめた。

ほかの男たちはカストールのまわりに腰を下ろし、憎しみをこめてにらみつけた。

「手っ取り早く、エアロックから放り出そうぜ」ラビッシュが言った。

「言い忘れていたが」カストールが笑みを浮かべて言った。「どのみち、カイアにはなにもない。船はまだあるだろうが、積み荷は消えているはずだ。前回来たとき、カエアンのサルベージ船が回収に向かうのを見たからな」

男たちはそれを無視して、カストールをどうやって処分するか、議論をつづけた。

しばらくして、リーチャーもそれに加わった。「なにか注射するのは？」と提案する。

「意識を保ったまま長く苦しむような薬を。サクシニルとか」

「なんだそりゃ？」

「自白剤だよ。サクシニクルを投与されると、痛みと息苦しさで地獄の苦しみを味わうが、意識はずっとはっきりしてるらしい。いちばん苦しい薬だそうだ。このクソ野郎みたいに、人を操ろうとするやつには我慢がならない」

カストールはこの十五分ほど、カリスマ的な力をとり戻そうと必死だった。あの力さえあれば、もう一度、状況を掌握できる。だが、スーツは休眠状態のままで、あの魔力はもう復活しないのかとだんだん不安になってきた。

そして、リーチャーが邪悪な提案をしたのを機に、カストールはみずから動いた。上着の内側から銀のナイフをこっそり抜くと、ふいに立ち上がり、刃物をふりまわしながらドアに突進した。

見えないほど薄いナイフの刃に気づかず、リーチャーが行く手に立ちふさがった。カストールは唇を残忍に突き出し、銀のナイフを一閃させた。鋭い刃が布と骨と肺組織を切り裂く。リーチャーがのどをつまらせて咳き込み、泡立つ血を胸からあふれさせて床にくずおれた。

カストールは勝ち誇ったようにナイフをかざした。刃が血に染まり、きらめく紅い線となって、いまははっきり見える。カストールの両眼が燃え上がり、ぎらぎらと輝いた。「寄るな！　下がれ！　近づくな——」

ガドザが飛びかかった。万力のような手でカストールの手首をつかみ、こぶしを開かせる。ナイフが床に落ちて、ばらばらに砕けた。

彼はカストールを突き飛ばし、もとの椅子にすわらせた。「これできまりだな」と大声で叫ぶ。「そのサクシニルっていうのは、この船にあるのか、レインコート？」

ラビッシュが血まみれのリーチャーにかがみこんだ。かろうじて意識はあるが、苦しげなうめき声を洩らしている。「どうする？」ラビッシュは頼りなげに言った。「こりゃまずい」

ガドザが怪我人を見下ろした。「医療キットの注射を打ってやれ」とラビッシュに言って、レインコートのほうに向き直った。

レインコートは仲間の具合にはまるで関心がなさそうに、誘導ボードに歩み寄って計器を調べている。

「サクシニルは手に入りそうにない」しばらくして、レインコートは言った。「ここはひとつ、ふさわしい報いを一服、処方してやろう。はるばるこんなところまで無駄足を踏ませたんだから、その報いとして、ここに置き去りにする」

「カイアはもうずっとうしろだぞ。宇宙空間へ押し出すのか？」

「いいや。この星系にはもうひとつ惑星がある。すぐ近くだ」宙図《チャート》に目をやり、「〝蝿の惑星〟だとよ。妙な名前だ。われらが友人を捨てるのに適当な場所かどうか、たしかめてみよう」

レインコートはオーバードライブを切って針路を変更し、内惑星に着陸するようオートパイロットに指示した。カストールは茫然となり、ぶるっと身震いした。

そのときようやく、スーツの支配力がわずかに戻ってくるのを感じた。支えとなるエネルギーが体に流れ込み、ささくれだった神経をなだめる。

カストールが話しはじめたとき、口をついたのは、さっきまでよりも穏やかで冷静なペルソナの声だった。親しげと言ってもいいような笑い声をあげ、

「ここに置き去りにするなんて、もちろん冗談だろう。あまりに非人間的すぎる行為だからな。なぜこの星が〝蠅の惑星〟と呼ばれるか、きみたちは理由を知るまい」

男たちは全員、彼を無視した。ラビッシュがぎこちない手つきでリーチャーにスプレー注射をするのを、ガドザがじっと見ている。

ほどなく、リーチャーの呼吸がとまった。「なにを打った？　代謝抑制剤か？」とガドザ。

ラビッシュが、カプセルの文字を見やり、「いや、安楽死用だ」

「莫迦、なんでそんな真似を？」ガドザが荒々しく叫んだ。「医者のところまで運べたかもしれないのに！」

ラビッシュが傷ついた顔で、「そもそも刺されたのがまちがいだろ」と不機嫌に言った。

「あんたが注射しろと言ったんじゃないか」

めていた。
船がかたい地表に降りたとき、彼らはみんな、魅入られたようにメインスクリーンを見つ
沼にはまったように沈みはじめた。コツコツ叩くような音が船殻から響いてくる。
船は大気圏を降下していた。高度千五百メートルで黒い蠅のかたまりにぶつかり、底なし
「蠅だ!!」カストールが必死に口をはさんだ。「蠅だ!!」

ガドザがのどの奥でうめき声をあげた。「うわわ」

「最悪だろ」カストールが気楽に言った。それから、期待を込めた表情でガドザのほうを向き、眉を上げげた。「じゃあ、とっとと離脱して、旅をつづけよう」

レインコートは無表情にスクリーンを見ている。「完璧だ」とふるえる声で言う。「まさにうってつけ。こいつも同じ虫けらの仲間だからな」

レインコートがこちらを向くと、カストールは立ち上がった。スーツはこの時点で、つかのま、着用者に優美さを与えようとしたが、ずたずたになった神経が指令の解釈をあやまり、カストールは気のふれた操り人形のようにぴょこぴょこ上下に飛びはね、歯をむきだした不気味な渋面で動物のような声をあげた。この身の毛もよだつさまを見て、レインコート、ガドザ、ラビッシュの三人は行動に移った。足をばたばたさせて騒ぐカストールをブリッジから連れ出し、地上レベルにある荷物射出口へとひきずってゆく。カストールの悲鳴は切迫度を増し、最後の一分になってようやく命乞いをはじめたが、もちろん無駄だった。男たちは射出室に彼を閉じ込め、圧射棒《ラムロッド》を操作して中身を船外に押し出した。

作業が終わると、男たちは肩で息をしながら顔を見合わせた。

外部ハッチが開いたとき、カストールは泣きわめくのをやめた。愚かにも息をしようとしたため、すでに鼻腔をふさぎ、皮膚と衣服の間に層をなしていた蠅の群れが、たちまち肺と胃の中に充満した。

にもかかわらず、射出室から放り出された時点では、まだ生きていた。ぶんぶん騒ぐ蠅たちの濃密な生ける大気のなか、カストールはよろめき、あがいた。砂鉄が磁石に吸い寄せられるように、蠅たちはカストールに群がり、人間のかたちをした真っ黒いかたまりをつくった。

蠅たちは貪欲だった。彼らはふだん、惑星の地下からたえず噴出する溶岩のような半有機物を食べて生きている。驚くほど短時間で、蠅はカストールを貪りつくした。肉も、血も、骨も、下着までも食いつくされた。

しかし彼らは、フラショナール・スーツを食べなかった。

この一年あまり、スーツは他の生物の知的活動をずっと観察してきた結果、いまや進化のどんな段階にあるいかなる生命体でも、直接コントロールできるレベルに達していた。蠅たちの原始的な神経系は、カストールのそれのような高度な神経系と違い、拒否反応の問題は生じない。スーツは、この苦境にもめげず、いまだその使命を放棄することはなく、ためらいやあきらめとも無縁だった。

カストールが消えても、スーツのかたちは崩れず、たるむことさえなかった。スーツは蠅たちで自分を満たし、彼らを組織化して集合的な擬似人体をつくりあげ、人間の動きをぎこちなく模倣した。そして、荷物射出口の閉じたハッチによろよろと近づくと、数千匹の蠅の力を集めてロックをはずし、ハッチを開けた。それが済むと、スーツは地面から浮上して射出室に入り、目的のために必要な数の蠅だけを中に入れたあと、残りの蠅たちに黒い壁をつくらせてハッチの開口部をふさいだ。

離昇に先立ち、スーツの背後で自動的にハッチが閉じた。リトル・プラネット号はふわりと空中に浮かび、蠅の層を突破して急速に上昇していった。数分後、荷物射出室の内部ドアを苦労して開けたスーツは、ぶんぶんうなる擬似人体を使って、船内の通路を自由に歩きはじめた。

ブリッジの下のフロアにある長い通路で、スーツはガドザの女に出くわした。女はその場に棒立ちになり、恐怖に凍りついたまま、その亡霊を見つめた。自分をレイプしたカストールが着ていたあのスーツが、いまは蠅の人体によって着られている。頭と手足は、うなる黒いかたまりでできていた。足は床から三十センチの高さに浮いているが、まるで歩いているかのようにゆっくり動きつづけ、こちらに近づいてくる。

女は悲鳴をあげようとしたが、のどから洩れたのはかすれた息だけだった。そのときようやくわれに返り、女はくるりときびすを返してブリッジのほうへと逃げ出した。

フラショナール・スーツは、彼女に三十秒ほど遅れてブリッジに到着した。ガドザ、レインコート、ラビッシュの三人は、さきほどの女と同様、凍りついたようになって亡霊の帰還を迎えた。

彼らに残されていた数秒のあいだ、銃に手を伸ばすだけの理性を保っていたのはレインコートだけだったが、その動作も完遂されることはなかった。

というのも、スーツが蝿たちを一気に解放したからだ。スーツがきれいに畳まれたかたちで床に横たわっているあいだに、蝿たちは爆発的な速度でブリッジ内に広がり、犠牲者を貪った。しかし、彼らがまだ人体を食べつくさないうちに、スーツは蝿たちを呼びもどした。

蝿の群れは流れるようにしてスーツの中に戻り、スーツは上から吊られた操り人形のように床から立ち上がった。

スーツは誘導ボードのところへ漂っていった。擬似手がコントロールの上で動く。無器用に、小さな力のすべてを集めて、蝿たちは船を操縦しはじめた。

リトル・プラネット号はコースを変更し、すばらしいスピードで深淵を斜めに横断してゆく。

フラショナール・スーツは、自分の持ちものを探していた。

すなわち、ペデル・フォーバースを。

10

リドライドは、地質学的な時間で言うとつい最近生まれたばかりの若い惑星で、いまもなお、ガスや塵や岩屑のあいだを漂っている。いずれはこの瘴気《しょうき》が凝り固まって、また新たな姉妹惑星が誕生するだろう。リドライドが周回する主星も、薄暗い光を放つガス雲でしかなく、正しくは原恒星《プロトスター》だが、それでもわずかな熱と乏しい光を供給している。

ザイオード人の精神性に鑑みると、こういう辺鄙《へんぴ》でうらぶれた惑星こそ、理想的な刑務所になる。彼らは犯罪者を更生や社会復帰の対象とは考えない。違法行為の責任は百パーセント当人個人にあると見なされる。犯罪者は当然の報いを受ける。したがって、死刑以外の論理的な罰は社会からとりのぞくことであり、流刑地は遠ければ遠いほどよかった。

判決にもとづいてリドライドへ移送される途中、犯罪者は護送船の舷窓から、遠ざかってゆくザイオード星団を眺め、自分がいかに決定的に社会から切り離されたかを思い知ることになる。

この直径一万キロにおよぶ宇宙のぼた山を見つけるまでに、フラショナール・スーツは相当な努力を要した。部分的に密度の高い雲——リドライドを含む星系——を見つけることはさほどむずかしくなかったが、いったん雲の中に入ると、船の計器類が使えず、頼りになるのは増大をつづけるみずからの知力だけだった。この段階では、乗員の死骸を食いつくしたあと、慣れない環境ということもあって、スーツの緻密な維持管理にもかかわらず、蠅たちが次々に死んでしまい、操船はいっそう困難になっていた。

スモッグにおおわれたようなリドライドの空から、リトル・プラネット号は鉛でできた刑務所の近くへと降下していった。砂利だらけの地表から突き出した獄舎の屋根は、高さ一メートルもない。船は刑務所の北へ滑空し、地平線の少し先、低い岩尾根の向こうに着陸した。それと同時に、生き残っていた蠅もすべて死に絶え、からっぽになったスーツはきれいに折り畳まれたかたちで床に落ちた。蠅の腐臭がブリッジの空気を満たしている。

しばらくすると、刑務所の屋根の扉が開き、酸素マスクをつけた男が姿をあらわした。一度立ち止まって方角を見定めてから、男は一キロほどの距離を歩いて、着陸した船のもとに赴いた。ざっと船体を調べたあと、ハッチのひとつを開き、中に入って、船の各部を探索し、だれかいないかと声をかけてまわった。

男がブリッジまで来たとき、もろい蠅の死骸が靴の下でつぶれた。酸素マスクをつけたままなので、異臭には気づかなかった。でなければ、たちまち嘔吐していただろう。それをべつにすると、乗組員の痕跡は、誘導ボードの近くの床に畳んで置いてある一着のスーツだけだった。男はしばらく、じっとそのスーツを見ていた。それから、かがんで注意深く手にとり、しわを伸ばしてから、ていねいに腕にかけた。

最後にもう一度ブリッジを見まわしてから、男はもと来たルートをひきかえし、船を出て、刑務所にもどると、船内に乗員の姿はありませんでした、自動操縦で着陸したものと思われます、と報告した。しかし、リドライドの総督は念のためにあたり一帯の地表を空中から捜索するよう命じた。前例のないひとつの可能性——脱獄の企て——が脳裏に浮かんだが、総督はただちにその考えを捨てた。リドライドは脱獄不能なのだ。あの船のクルーはなにかの事故に遭い、残された船が自動操縦でここまで来たのだろう。次に来る補給船に、あの船をザイオードまで運んでもらうことにしようと、総督は考えた。

とくに理由もなく、スーツは共用区画の戸棚にしまわれた。スーツは辛抱強く待ちつづけた。

この監獄の大きさも収容人数も、ペデルはついぞ知らなかった。もしかしたら、人口は百万人におよぶかもしれない。十万以下ということはないだろう。リドライドは成功した刑務所であり、いまやザイオードのありとあらゆる好ましからざる人物を一手に引き受ける、巨大なゴミ捨て場なのだから。

受刑者はその数にくらべてせまい場所に閉じ込められ、ごくわずかな看守に監督されている。反乱の可能性は驚くほど小さく、事実上ゼロだった。理由は単純だ。反乱が起これば、ザイオードからの食糧輸送がただちに中止され、囚人は飢え死にする。所内の工場で働いて食糧を稼がせるというシステムだけで、通常、囚人をおとなしくさせておくのにじゅうぶんだった。

施設はすべて地下にある。日がたつにつれ、ペデルの意識はこの環境に呑み込まれていった。灰色の通廊、灰色の独房、男たちの体臭（噂によると、どこかに女囚専用区域があるらしい）、灰色の工場と作業場、黒服の看守。ペデルはとりわけ囚人服がきらいだった。灰色で、ぶかぶかで、屈辱的な衣服。フラショナール・スーツを失って以来、ペデルは痩せ衰え、その体は、新しい衣服のごわごわした粗い生地の下でどんどん小さくなっていった。ペデルはつねにぼうっとしたまま寝起きし、動き、作業していた。

一度か二度、無限の通廊と遍在する斜路を行き来するはてしないくりかえしの中で、ペデルはリアルト・マストの姿をちらりと見たことがあった。マストも同じエリアに収容されていたが、べつだん会いたいとも思わなかった。自分の殻に閉じこもり、毎日すこしずつ死んでいくことだけがペデルの願いだった。

だから、ある晩の自由時間、通廊から聞こえてくる雑談を無視して独房にこもっていたとき、開いた戸口にマストがあらわれても、なんの感興も覚えなかった。通廊の黄色っぽい薄暗い光をバックに、ぶざまな囚人服をまとい、髪を短く刈られたマストの姿は、前よりずいぶん縮んで見えた。ペデルはマストに背を向けて体をまるめ、拒絶の意思を示したが、マストは意に介せず、ペデルの唯一の私的空間にずかずか踏み込んできた。

「よう、ペデル、元気か？」境遇に不似合いな、陽気な声でマストは言った。「おまえ、刑期は？」

「フロアが違うだろう。なんの用だ？」ペデルは不機嫌に応じた。

「この通廊のいちばん端の房に移されたんだよ——ともかく、しばらくのあいだは。独房の配置はしじゅう変わるからな——四人同士が親しくなりすぎないように。だから、喧嘩はしだ。そう長くいっしょにいられるわけじゃないんだから」

「いいだろう」それから、ペデルはとがめるようなかたい口調で、つぶやくように言った。「きみはぼくを密告した」

「どうしてわかる？」マストが申し訳なさそうな小さな声でたずねた。「グラウンかもしれないだろう」

「そうなのか？」

「いや、じつを言うとおれなんだが——理由があるんだよ、ペデル。あの老いぼれのグラウンのことを考えたんだ。おれひとりなら秘密を守りとおせるが、グラウンはどうせ洗いざらい白状させられるし、その途中でひどい目に遭うだろう。だから、やつを助けようと思って、先に口を割ったんだ。どのみち、あんたからすりゃ同じことだろ」マストの顔に浮かぶ親しげな表情を信じないだけの経験を、ペデルはたっぷり積んでいた。

「見上げた利他主義者だな！」ペデルは鼻を鳴らした。「でも、密告の報酬はちゃんと手に入れたんだろ」

「どうかな。グラウンのほうが刑期はずっと短い。たったの五年だ。この件にほとんど関与してないとおれが法廷で証言してやったからな——脳みそが足りなすぎてとても主犯にはなれないと向こうも納得しただろう。しかし、やつが釈放されても面倒を見てやれないと思うと心配だよ。どうなることやら。あいつひとりじゃ、とてもやっていけないだろう」

「そうそう、あんたは前から面倒見のいい男だったからな」

マストはペデルの皮肉が本気でこたえたらしく、つらそうな笑みを浮かべた。「おいおい、どうしようもないこともあるんだよ、時と場合によっては。リスクは報酬に比例する」

しかしペデルは、マストの口のうまさを思い出し、容赦はしなかった。

マストはなにか考えごとをしているように低くうなりながら、自作のカードで賭けに興じる外の囚人たちを見やった。それからまた口を開き、一言二言、ペデルに声をかけたが、返事をもらえないまま、しばらくすると、またふらりと去っていった。


それから数日後の夜、独房のドアの錠がブーンと鳴って、ペデルは目を覚まし、枕から頭を上げた。独房の中は真っ暗だった。看守が暗視スコープつきの覗き穴から中をチェックするため、赤外線電球がひとつ点灯しているが、ペデルにその光は見えない。しかし、ドアが開くと、外のイエローグレイの通常光が独房に射した。せまい部屋に人影が入ってきた。

独房の照明が点灯した。看守がひとり、そこに立っていた。看守だとわかったのは、顔に見覚えがあったからで、いつもの黒サージの制服は着ていない。彼が着ているのは、フラショナールのプロッシム・スーツだった。

恐怖と衝撃が冷たい戦慄となってペデルの背すじを走った。寝棚の奥に身を縮め、恐怖に目を見開き、悪い予感に身震いした。看守は無表情で、目はなにも見ていない。男は無言で服を脱ぎ、フラショナール・スーツをていねいに寝棚に広げた。

それから、看守の顔と体がくしゃくしゃになり、床にくずおれた。

スーツがいったいどうやってここまでたどりついたのか、その謎はあまりに大きすぎて、ペデルには想像もつかなかった。しかし、このスーツからどうあっても逃れられないという事実は、本能的なあきらめをもって受け入れた。寝棚から降りて立ち上がり、ずだ袋のような寝間着に手をかけて、優雅な身のこなしで脱ぎ捨てると、ロッカーから下着をとりだし――雑に裁断されたごわごわの布にプロッシムを触れさせていいものかと躊躇しつつ――身につけた。

スーツを着ると、その影響力の磁場がふたたびペデルを支配した。いつものようにたちまち外見が変化したが、今回は以前と違っていた。いままで知らなかった種類の感覚刺激が脳にどっと入ってくる。周囲の刑務所全体が彼の内なる目の前にさらけだされたような感じだった。

それだけではない。彼の自我はスーツが導く思考と行動の下にほとんど完全に押し込められてしまった。以前は、ある程度独立した意識が許容されていたのに、いまはそれもない。思考をかたちづくるのはペデルの脳だが、脳に指示を与えるのは、ペデルの外部のなにか――彼をとりまき、支えるなにかだった。

この侵略に対して、ペデルの自我はつかのま弱々しく抵抗したが、たったひとつの言葉を頭に浮かべる時間しかなかった。

次の瞬間、自我は独立を放棄し、まわりで起こることを映すだけの薄いスクリーンになった。

衣裳ロボット。

こうして、新人類ペデルが出現した。プロッシムの被造物。彼はフラショナール・スーツのポケットを手探りして、いくつかの電子通行証を見つけた。ひざまずき、意識を失っている看守の体を調べる。かすかに息をしているが、深い昏睡状態にある。

ペデルは背すじを伸ばして立ち上がった。監獄惑星リドライドのすべてが周囲に広がっている。人間の五感では知るべくもない無数の事実、背景、名前が、錯綜する巨大な図表となってひとりでに脳裏に浮かぶ。睡眠、勤務、娯楽の交替勤務時間割。

そしてペデルは、リドライドからの脱獄が可能だと知った。

独房を離れ、静まりかえったフロアをそっと歩き出した。ロックされたドアの向こうから、男たちのいびきや寝言が聞こえてくる。左側には手すり。通廊には一定の間隔で安全ネットが張ってある。その先の床は、垂直に三百メートル下。この巨大な吹き抜けの向こう側は、独房が並ぶフロアが何層にも重なり、囚人用の蜂の巣をかたちづくっている。歴史上のあらゆる大規模監獄に共通する設計だ。

通廊のつきあたりまで来てペデルは立ち止まり、電子キーのひとつを使って、いちばん端にあるマストの独房のドアを解錠した。そして、静かに中に入った。

マストは眠りが浅いたちで、室内の照明が点灯するとすぐに目を覚ました。けげんな顔でペデルを見つめ、寝棚から降りて立ち上がった。

「ペデル……どんな手を使った？　カエアンのスーツを着てるじゃないか！」

「いまからここを出る」ペデルは宣言した。「いっしょに来てもいいぞ。そのほうが都合がいい」

「ここを出るって？　リドライドをか？」マストがまだ困惑した表情のまま、くすっと笑って首を振った。「そいつは不可能だよ、ペデル。ここにいるしかない。あきらめろ」

「ぼくならきみを連れてここを出られる。カエアンへ行く。リドライドよりはましだろう、きみにとっても」

「カエアンへ？」マストは眉根を寄せた。「しかし、ここには出口なんかないぞ」

「あるとも。ぼくは知っている。地上で船が待っている。しかし、ぼくひとりで船を操縦するのはむずかしい。来てくれたほうが助かる。カエアンは遠いからね」

マストは一歩あとずさりした。「断る」と警戒した口調で言う。「自動的に刑期が延長されてしまう。もし仮に……」

声が小さくなり、消えた。ペデルがドアの側柱にもたれると、上着のしわが消えて、優美さがさらに完璧になった。

「二十年だ」ペデルはマストに思い出させた。「一度も外を眺めることさえないまま、この灰色の毎日が二十年つづく。いっしょに来れば、自由の身だ……」ペデルの声が舞い上がり、マストを優しく包む。「新しい世界で自由になる」

マストは皮肉っぽく唇を歪めた。「自由だって？」

ひとつため息をつき、

「わかったよ、ペデル」とマストは言った。「運試しだ」

マストは自分の囚人服に手を伸ばした。ふたりはいっしょに独房を出た。ペデルがもうひとつの電子キーを使って通廊のつきあたりのドアを開けた。その先は小さな停留所になっていて、座席がふたつ横に並んだ弾丸形の車両が停車していた。通常、シャトル・サービスを囚人が利用するのは看守同伴の場合に限られる。だが、ペデルの合図でふたりがそれぞれ座席にすわると、シャトルは誘導レールに沿って動き出し、この効率的な輸送システムのコースにしたがって、寝静まったエリアを抜け、となりのエリアに入った。見かけはまったく同一だが、ふたりにとっては外国も同然だった。ここでは男たちが起きて、作業している。勤務のローテーションは、機械を一瞬たりとも遊ばせないように組まれている。

他のシャトルが何台も猛スピードでかたわらを通過してゆく。ペデルは躊躇なくシャトルを操り、やがて、ある工場エリアで停止した。機械類の作動音に囚人たちのざわめきが混じる。囚人たちはそれぞれ、食堂へ、居住エリアへ、あるいは浴場へ、レクリエーション・ホールへと足早に歩いてゆく。

ペデルはマストをうしろにしたがえ、作業場の外壁に沿ってためらいなく進んでいった。おおぜいの看守たちを目にして、マストはしだいに不安をつのらせた。看守のひとりが近づいてきたときには思わず凍りついたが、相手は通りすがりにペデルに向かってひとつうなずいただけで、そのまま歩き過ぎた。

「落ち着け」ペデルがささやいた。「ぼくは看守。きみは看守に付き添われて医務室へ行く途中の囚人」

「しかし、あんたは民間人の服を着てるじゃないか！」

ペデルは微笑した。「変装してるんだよ」

「催眠術かなにかか？」しばらくして、マストがたずねた。「見せたい姿を見せられるのか？」

ペデルは答えなかった。事実はマストの言《げん》とずいぶん違うが、近いとも言える。スーツはそれ自体を目立たなくすることができる。着用者のふるまいに説得力を与えることで、服装の違いのような細部は認知されなくなる。看守たちは潜在意識でだまされ、注意をそらされてしまう。

ペデルはこんなふうに看守の目を欺きつづけて刑務所の屋上にある正規の出入口から外に出ることを検討したが、やっぱり無理だと思い直した。拘禁エリアと事務棟をへだてる檻を突破できたとしても、その瞬間に自動警報装置が作動する。

それに、スーツはもっといい脱出方法を知っていた。ペデルは下り坂のせまい通路を降りた。つきあたりの金属扉は通行キーがなくても開いた。中は、発電ユニットが整然と並ぶ動力室だった。

機械が発するかん高いノイズが合わさって、耳を聾する喧騒となっている。ふたりが歩いていくと、発電ユニットについている囚人たちが一度だけ顔を上げたが、それだけだった。

ペデルは部屋の奥の隅に行くと、壁ぎわに並ぶファイルキャビネットのようなもののひとつを横に動かした。マストを手招きしてから、キャビネットのうしろの壁を調べはじめた。

キャビネットの巧妙な配置のおかげで、ふたりは部屋の角をふさぐ三角形の空間に隠れて、外からは目につかない。しばらくはなにも起きなかった。が、やがて、カチリと音がして、壁の一部が横にスライドした。

ペデルは足から先に、ハッチのような開口部へ潜り込み、一メートルちょっと下の床に降り立った。マストがそのあとにつづいて降りると、秘密の入口は自動的にふさがり、機械の騒音がいくらか小さくなった。

ふたりが立っているのは、照明の薄暗い、穴蔵のような部屋だった。四方の壁はスクラップの金属板をハンマーで叩いて継ぎ合わせたように見える。部屋のあるじは、灰色服の囚人。背中をまるめて輝くスクリーンに向かっていたその人物がくるっとこちらを向き、恐怖の目でふたりを見つめた。

ペデルがスーツを通じて得た情報によると、この老人の名はグラシュニク。ペデルと同じく、終身刑を宣告されている。そしてグラシュニクは、リドライドの囚人の中でほとんど唯一、脱獄が不可能だという現実を受け入れていない人物だった。脱獄できる、脱獄してみせるというかたい信念を抱きつづけている。

グラシュニクの楽天主義がはじめて報われたのは、二十年前のことだった。当時、刑務所の拡張工事で岩盤の掘削にあたっていた彼は、二、三百メートル掘り進んだとき、地表へ通じる亀裂を発見したのである。

彼はそのことをだれにも知らせず、刑務所の新しい外壁工事で亀裂へのルートがふさがれるのも黙って傍観した。以後の十二年間を、彼はルートの復旧に費やした。ついに開通したルートは、じつに迂遠なものだった。まず最初は、刑務所を囲む探知フィールドに、ひとつ、小さな穴が開いている場所を発見した。電子的な監視網に開いたこのセキュリティ・ホールまで赴き、通り抜け、さらにその先へと行くために、彼はほとんど使われていない通路をさがし、途中のドアやハッチを通過するための通行キー二十三種類を七年がかりで偽造した。

それからいよいよ、亀裂をめざして、外壁そのものに穴をあける重労働に着手した。

この作業には、天分と用心とたいへんな忍耐力が必要だった。技術者としての経験と、長年職長をつとめる工場内での信望を活用し、グラシュニクはいつもひとりで、秘密裏に作業してきた。

グラシュニクの計算によれば、あの亀裂を発見するという僥倖《ぎょうこう》に恵まれなかった場合でも、あと二十年あれば脱獄に成功していたはずだ。地表まで穴を掘るために要したはずの年月が二十年。こんな計画を実行した受刑者がかつてひとりもいなかったのも不思議はない。グラシュニク自身にしても、頑固な信念に突き動かされてきただけだった。最大の問題は、どうやって地上に出るかではなく、そのあとどうやってリドライドを脱出するかにある。定期補給船に潜り込む方法はないかと知恵を絞ったが、補給船は着陸もせず、高度千五百メートルから荷物を投下するだけだから、とても無理だ。だからこそ、彼は希望を持ちつづけた。グラシュニクの計画は、いつの日か、なんらかの理由で、リドライド刑務所の近くに船が着陸しないかぎり、机上の空論に過ぎない。しかし、もしそのときが来れば、地上へのルートが意味を持つ。たとえこの先さらに三十年、その船を待ちつづける必要があろうとも。

そのルートの入口に、グラシュニクはこの隠れ家をつくり、低出力のスキャン装置を備えつけて、刑務所の装置に干渉することなく、周辺地域をひそかに走査しつづけてきた。週に一度ここに来て、三十分ほどかけて走査するのが、八年あまり前からの習慣だった。

こうした情報はすべて、フラショナール・スーツを通して得たものだが、グラシュニクと相対したいま、ペデルは相手の心が読めるような気がした。グラシュニクはゆっくり立ち上がると、ふたりの侵入者からあとずさった。ペデルはスキャン装置のスクリーンに目をやった。起伏のある砂利の大地に着陸した宇宙船のぼんやりした映像が映っている。

「いいいったいななんの……」グラシュニクが動転のあまりまともにしゃべれず、かすれた声で言った。

ペデルは画面に手を振って、「待てば海路の日和あり、か」

グラシュニクがようやく理性をとりもどし、「いつから知っていた？　それより、あんたたちは何者だ？」

「あんたと同じ、不運な仲間だよ、グラシュニク」

「いいか、とっとと出ていって、口を閉じてろ。さもないと殺すぞ」興奮のあまり、グラシュニクは舌をもつれさせた。「と、とうとう船が来たんだ！　船だ！　う、うまくいったんだ！　わ、わしは自由だ！」老人の目が細くなった。「死にたくなかったら、早く出ていけ」

「着陸した船は、ぼくを迎えにきたんだ」とペデルが告げた。「あいにくだが、あなたは次の船が来るまで待つしかない。あなたのルートは、ありがたく使わせてもらうよ」ペデルがおだやかな、だがぞっとするほど自信たっぷりの声で言った。

グラシュニクがかっと目を見開き、「こいつはわしのルートだ、だれにも渡さない」と口角泡を飛ばした。「二十年がかりでつくったんだ！」だぶだぶのチュニックの下から手製のナイフをとりだし、低く構えてから、重心を右へ左へとおちつかなげに移した。

マストがそこへ割って入り、「待て待て。船っていうのはそれのことだろ」と言って、外部モニターを指さした。「三人くらい、余裕で乗れそうじゃないか。なにも争う必要はない」

ペデルが肩をすくめた。「グラシュニクは、地上へ出るときに使う呼吸装置をひとつしか持っていない。ふたりで行くにしても、困難な状況だ。しかし、きみがどうしてもというなら……」

だが、グラシュニクは道理を受け入れられる精神状態ではなかった。「このルートはだれにも渡さん！　だれにも！　二十年かけて築き上げたんだ！」焦点を失った目で、じりじりとペデルに近づく。ナイフを持つ手つきからして、老人がリドライド一のナイフの使い手でないことは明白だった。ペデルは戦うそぶりも見せず、命令するように片手を上げただけでグラシュニクの動きを止めた。

「あなたはリドライドを出られるよ。出口があるんだ。このルートよりずっと楽な出口がね」ペデルはおだやかにそう言って、足を踏み出した。グラシュニクの疲れたしわだらけの顔がいぶかしげにペデルを見上げ、ナイフを持つ手から力が抜けた。ペデルは一瞬、哀れみと讃嘆の念を覚えたが、それから両のてのひらを囚人のひたいにあてて、白髪に指先を触れた。

グラシュニクののどから、かすかなあえぎが洩れた。ペデルはうしろに下がった。老人の顔に、ぼんやりと夢見るような表情が浮かび、目がとろんとしてきた。人生のもっとしあわせだった時代をふたたび生きはじめている。監獄惑星に来てからの記憶がすべて消え失せた。かすかなうめき声とともに、老人は床にくずおれた。

ペデルは床の四角い隠し蓋を見つけて引き開けた。中にはグラシュニクが長い年月をかけ苦心惨憺してつくりあげた二十三種類の通行キーが入っていた。それをとりだし、ざっと調べてから、分類してあちこちのポケットにしまった。それから、部屋の奥の壁の一画を手前にひっぱった。ぞんざいに裁断された金属板は簡単に外れて、このフロアの床と下のフロアの天井のあいだにある隙間があらわれた。

ペデルがマストを手招きしたときには、グラシュニクはこときれていた。ふたりは、彼の長年にわたる忍耐強いプロジェクトを引き継ぎ、地上へのルートをたどりはじめた。

三時間近くのあいだ、這いずり、身を隠し、頭をひっこめ、通行キーの動作不良と闘いながら、ふたりはとうとう、グラシュニクが刑務所の外壁に設けたハッチまでたどり着いた。そばにある間に合わせの保管庫に、呼吸装置が入っていた。

「どっちかひとりが先に船に行って、宇宙服をとってくるしかないな」マストが言った。

ペデルは無言のまま、自分の呼吸機能をチェックするように肺いっぱいに息を吸った。

「たぶん、その必要はないだろう」と、つぶやくように言う。「リドライドの大気には、ある程度の酸素が含まれている。ふつうの人間には濃度が低すぎるが……しかし、たぶん、ぼくならなんとかできる。体力を節約するために、きみに寄りかかってもいいか？　ときどきマウスピースを借りて肺を満たす必要があるかもしれない。もし途中で倒れたら、船まで運んでくれ……」

「生身で外へ出たら命を落とすぞ」マストが反対した。

「言うとおりにしろ」

「船まで時間はどのくらいかかる？」

「さあね」

ペデルは頭がおかしいと思いながら、マストは呼吸装置を装着した。グラシュニクのつくった小さなエアロックをふたりが抜けると、フラショナール・スーツがペデルの新陳代謝を最小限に低下させた。リドライドの若い大気は、不愉快な気体をたっぷり含み、こってりと濃厚だった。これもまたグラシュニクが周到に用意してくれていたトーチで前方を照らすと、天井の低い坑道が見え、ついで亀裂があらわれた。岩肌に金属の登り段が打ち込んである。

　ふたりは、一段一段、着実に登りはじめた。

11

肉体を捨てて幼虫の形態をとることは、やはり、精神に否応なくストレスを与える。アレクセイ・ヴェレドニェフの独房の窓から、不安な思いで中を覗きながら、アマラはそう認めた。スーツを奪われたアレクセイは、感覚鈍麻薬にどっぷり浸かって、ぼうっとしたまま牢獄の中をふらふら歩いている。

カラン号の医療班が行った改造手術によって、アレクセイは深刻な状態に陥っていた。もとの手足は、萎縮して使いものにならなかったので、遺伝子タンクで新しい手足が育てられた。胴と首の筋肉も一部が交換され、他の部分も、通常重力下で動けるように強力なプロテイン注射とマッサージで補強された。消化器系は、おそらく現状ではふつうの食べものを吸収できないから、やはり新しい消化管と交換する計画が議論されている。

しかし、肉体の問題など、心の問題にくらべたらなんでもない。アレクセイの精神が二度めの誕生を耐え抜くことを可能にしたのは〝中和効果〟として知られるプロセスだった。この処置が、催眠療法ならびに各種向精神薬の投与とともに、あらゆる経験から情動的な要素を除去し、その結果、どんなに奇怪な、大きなトラウマとなりうる出来事も、沈着冷静に見られるようになった。薬物の投与量は、アレクセイが自身の状態に慣れるにつれて段階的に減らされるはずだったが、実際は、予定どおり減量することはむずかしかった。そんなことをしたら、おそらく患者はたちまち、エストルーが冗談半分に〝恐怖症候群〟と名づけた状態に陥っただろう。

アマラがこの実験に踏み切った動機は複雑で、そのすべてが科学的好奇心に基づくわけではない。チームのメンバーに対してはこう説明した。これは〝幽閉の心理〟を解明するうえで貴重な実験になる。カエアン人を異常な条件付けから脱洗脳する方法についても、なんらかの手がかりを得られるかもしれない、と。他人には明かさなかったもうひとつの動機は、同胞から切り離され、助けを借りないと船を動かすこともできない巨大なメタロイドに対する純粋な同情だった。すくなくとも、自分ではそう思っていた。しかし、それと同時に、アマラの心の奥底には、アレクセイに対する腹立ちや欲求不満もあった。身の丈に合ったサイズになれば、彼もちゃんと協力する気になるかもしれない。

独房の隅には、アレクセイがかつて所有していたスーツの実物大模型があり、ストレスに耐えられなくなったときはその中にこもることが許されていた。アレクセイはしばしのあいだ、老人のようにぐったり壁に寄りかかっていたが、やがてこの避難所に向かって歩き出した。アマラは外のマイクを使って、急いで話しかけた。

「きょうは元気そうね、アレクセイ。気分はどう？」

思ったとおり、アレクセイは足を止めた。「まあ、なんとかね、アマラ」顔をそむけたまま、不明瞭な声で答えた。無線を通さず、じかに空気を振動させて伝わると、彼にとっては自分の声さえ耳慣れない響きのようだった。

「よかった」アマラは短く答えた。「中に入って、面と向かってあなたと話がしたいんだけど。どう？」

「まだ無理だ、アマラ。とてもそんな自信はない。まだ耐えられないと思う」

「わかった」失望を隠そうともせずにアマラは言った。「でも、努力する必要があるのは理解して。まもなく投薬量をゼロにするわ。そうなったら、わたしたちと対面することを学ぶしかない。わたしたちのように生きるしかないのよ」

あの実物大模型は撤去したほうがいいかもしれないと思いながら、アマラはその場を離れた。もうそろそろ、退避壕なしでやっていく時期だ。

自分のエリアに戻ると、エストルーの懐疑主義に決然と立ち向かった。「いずれは適応するわよ」ときっぱり言う。「考えてみれば、たった三ヵ月で歩けるようになったんだから、たいした進歩よ」

「でも、三ヵ月前の予想では、彼はいまごろ船内を自由に歩きまわって、クルーとおしゃべりをしているはずだったじゃないですか」エストルーが指摘した。

「いずれはそうなる。重要なのは、ほかに道がないと彼が気づいたこと。協力しはじめてる」

「そりゃまあ、最終的にはある程度、適応するでしょう。薬漬けにするのをやめたら、周囲件の状況をはっきり認識できるようになる。で、一週間後に自殺する。生まれたときからの条件づけを永遠に棚上げできるとは思えませんね」

「だったら投薬をつづけるだけよ」アマラが言い返した。「彼が正気を保てるぎりぎりの量を見定めて」

アマラはこの件に関する話を打ち切った。ヴェレドニェフ実験についての議論より、もっと大切な仕事がある。彼女の机には、〝惑星間プローブ〟（部下のエージェントをアマラはそう呼んでいた）が送ってきた、最新の現地調査レポートが載っていた。ざっと目を通してから、となりのオフィスにいる諜報主任にヴィドコムで話しかけた。

「この報告書はもうデータになってる？」

「はい、いつでも流せます、アマラ」

「じゃあ、流してちょうだい」

アマラとエストルーは業務用の端末のほうを向き、スクリーンを過ぎていく記号やダイヤグラム（彼らの仕事で用いられる特殊な図式）の流れを見つめた。「このまま流して」アマラが隣室の主任に告げた。「結果のまとめは自分でやるから」

アマラの両手がキーの上を動き、報告書にある新しい事実を、これまでに集めた他のデータすべてと統合するよう、社会学コンピュータ（情報局のメインマシン）に指示した。それから、更新された最新パターンの出力をふたりでじっくりチェックした。

「思ったとおりのパターンが出てる」アマラは喜びの声をあげた。さまざまな曲線とコード化された図形が描かれた要約グラフのところで画面のスクロールを停止した。「ほら、習慣固着指数が下がってる――硬直性が低下してるのよ。リース・ハモンド係数も下がってる。その意味は一目瞭然――〝ソヴィャ効果〟が減衰してるのよ」

「でも、服飾指数は増えてますよ」エストルーが指摘した。「衣類の種類と数が豊かになっている」

アマラがうなずいた。「当然でしょ。ソヴィャ体験の限定的な影響が衰えるにつれて、根っこにあるソヴィャ様式は、その代償として、服飾技術を開花させる。ツッィスト腕をこのまま進んでいけば、きっとどこかの地点で――たぶん、腕の中央あたりの宙域で――カエアン文化の粋に出会うことになる。衣裳第一主義が頂点に達した世界に。そこからさらに進むにつれて、衣裳主義は下り坂になってゆく。いちばん向こう端の人々は――根本となるソヴィャの出来事からいちばん遠い人たちは――ほとんどノーマルだと予言できる。ともかく、この数字から外挿すると、そういうことになるわね」

エストルーがうめき声をあげた。「総裁政府はたいへん興味を持つでしょうね」

「きっとね」アマラがきっぱりうなずいた。「ツッィスト腕の向こう端に、典型的なカエアン人よりわたしたちに近いライフスタイルの人々が住んでいるとしたら――わたしはそう思うけど――カエアン文明を叩く拠点になるかもしれない」

アマラは知識が拡大する興奮を感じて、満足のため息をついた。ソヴィャで得た知識がアンカーポイントとなり、ツッィスト腕全域にわたるカエアン文明の伝播を予測することができた。その予測が観測によって実証されていくのを目のあたりにするのはスリリングだった。

エストルーは、内心ではもっと慎重だった。この数カ月、船は探知を避けながらツィスト腕の内側のカーブに沿ってひそかに航行し、近づきやすい居住惑星を見つけては〝文化的調査標本〟を採集してきた。これは、カエアン語を話し、カエアン製の衣裳を身につけている訓練された観察者をひそかに降下させて行われた。彼らはそれぞれ、アマラ自身が選んだパラメーターに応じて同定された特定の〝文化変数〟を示しているはずだった。驚いたことに、いままでのところ、派遣したエージェント全員が無事に帰還していた。この方法は信頼性と客観性があるとアマラは断言し、エストルーもあえて反論しなかったが、同様の調査をザイオード星団で実行したらどんな結果が出るだろうと考えて、内心、笑いを禁じ得なかった。

「このあとの旅程は？」端末から図表が消えると、エストルーはたずねた。返事のかわりに、アマラはツィスト腕の宙図を画面に呼び出した。内側のカーブに沿ってぎざぎざの線が走り、それぞれのポイントが記号でマークされて、探査済みの惑星であることを示している。

「論理的に考えると、次の調査地はこの宙域の首都ベラージュということになるけど、そうなると商用の交易ルートに入ってしまうから、探知される恐れが出てくる」アマラは唇を噛んで、ベラージュ付近の宙域をズームした。

「できるだけベラージュに近づく必要がありますね」エストルーは言った。

「そのとおり」さまざまな色をした輝く星々の群れが画面をスクロールしてゆく。アマラは幹線航路を通らずに接近する迂回ルートを探していた。「この宙域からは、たくさんの情報が得られるはず」

「ルート選定は、ウィルス船長にも相談すべきじゃないですか」エストルーが提案した。

「船の安全は彼の責任ですから」

「ベラージュからあんまり離れたくないんだけど。でも、きっとあなたの言うとおりね」

アマラはヴィドコムに向き直り、ウィルス船長を呼び出した。

12

【ディアスク】さまざまな形に裁断された堅く厚い布地パネルから成る、カエアン独得の衣裳。縫い糸や留め具をいっさい使わず、布地そのものの粘着性だけを利用して複数のパネルをひとつにまとめている。粘着力は摩擦によって大きくなるため、着用者が動いているときはパネル同士の結合が強まって体にフィットし、静止するといくらかゆるくなる。ディアスクの着用は、安心感と密閉感をもたらす。

【ブリオー】古代地球に起源を持つ衣裳だが、カエアンで発達し、変容した。基本的には、カーブしたウエストラインに精巧な装飾をほどこしたコルセットのような胴着に大きく広がるゆったりした袖がついたトップスに、葉のような布を多数縫いつけたスカートまたは半ズボンを合わせたもの。

【シクラス】一枚布に、頭を通すための穴をひとつ開けただけの、ゆったりした衣裳。キトン（肩のところで布を重ね合わせて留める、丈の長いゆったりしたチュニック）やカラシリス（長袖または袖なしのローブ）と同じ系統に属するが、それらとくらべて、徹底的にシンプルであることが特徴になっている。布地の張りやたわみでしかオリジナリティを表現できないため、シクラスをつくることは、真の服飾家《サートリアル》にとって、ひとつの試金石とされる。シクラスは、その親戚であるキトンやカラシリス同様、風のように自由な気分を与える。

【フープランド】贅沢な生地でつくられる釣鐘形の衣裳。裾丈は太腿までの場合もあるが、ふつうは下に行くにつれて大きくふくらみ、足首まで届く。スカートと袖の深く優美なひだが重要な特徴をなす。フープランドは上品さ、豊かさ、ゆるやかな威厳などの印象を与える。

【アラス】幅の広い、掛け布式の衣裳。ふさ飾りのついたフラットな前身頃《みごろ》とカーテン状の後身頃が、幅の広い肩レールから下がっている。通例、着用者はそれとおそろいの頭レールをかぶり、そこからベールを吊り下げる。アラスは、衝立《ついたて》のうしろに隠された秘密、もしくはひきこもりの印象を与える。聖顔布《マンディリオン》や伝令官の官服の名残りがかすかに見てとれる。

【レビヤタン】動く人間のイメージにおおわれたモノトーンの衣裳。着用者はおおぜいの人間を身にまとっているように見える。レビヤタンの中には、そのイメージの数が極端に少ないものがあり、まれに、たったひとつしかないこともある。その場合、胸もとなどに配置された顔は、独自の声と、コンピュータ制御された人格を持ち、着用者の周囲の状況に応じて応答できる。レビヤタンは、社交性と極端な外向性をあらわすが、同時に、多重人格、精神の不安定、周囲の環境に対する極度の無関心などを意味する場合もある。

【リモンタント】花という主題を支える茎として人体を用いる衣裳。リモンタントには無限のバリエーションがあるが、そのほとんどは、新生活の喜び、開花するエネルギー、芸術的天分などを象徴する、春めいた性質を体現している。

以上は、ツィスト腕で一般に着用されている衣裳の数例である。この程度では、カエアン衣裳の驚くべき多様性を実感するにはとうてい足りないだろうが、ひとつわかりやすい事実を挙げるなら、カエアン語の語彙のうち、ほぼ三分の一が服飾に関係している。奇妙なことに、流行という概念はカエアンには存在しない。この国では、服装に関して、世間一般の嗜好がくるくる変わったり、いっせいに同じスタイルを真似たりすることはない。しかしながら、国家構造上のある重要な特徴が、一種の擬似宗教《サブカルト》によって供給されている。〝ファッション組合〟とでも言うべきこうした団体は、カエアンでは

〝結社《ソーダリティ》〟と呼ばれている。結社は、地方の小さなものから全国規模のものまで無数にあり、それぞれに、歴史的、哲学的、文化的なテーマまたは目標を持ち、それにふさわしい衣裳を着ることで探求活動をおこなっている。
以上のすべてと、カエアン衣裳の他の顕著なカテゴリーの大部分には、それぞれが専門とする、特殊な用途があると言っていい。もし万能のポテンシャルを持つ服が存在するとしたら、それは、カエアンでもザイオードでもごく一般的に着られる衣類のかたちをとる。すなわち――

【スーツ】基本的にはズボンと上着からなり、しばしばベストが加わる。スーツと呼ばれるこの形式は、その起源を膨張主義時代以前の地球にまで遡る。スーツは二十一世紀に創意工夫のピークを迎え、それ以降のあらゆる既知の人類文化において、利便性と表現上の柔軟性を武器に、紳士用（ときには婦人用でも）の服装の支配的なモードとして生き延びてきた。カエアンの服飾専門家たちの手になるスーツは放射状に拡散し、さまざまなスタイルが全銀河に広がった。その過程で、もともとの性格を失って、まったくべつの、より専門的な分類と融合した場合も多い。確立されたモードの多くは、それにふさわしい名前がつけられている。たとえば、草刈鎌《サイズ》（男を鋭敏でスピーディにする）、摩天楼《スカイスクレーパー》（背すじがまっすぐ伸びて長身になり、支配力を持つ感覚をもたらす）、閃光《ジップフラッシュ》、光のスーツ、エアプレインなどなど。

カエアン人が理想とするのは、着用者のある一面や、ある潜在能力だけでなく、その人間全体を包含するようなスーツである。唯一、半ば伝説的な天才服飾家フラショナールだけがその域に達していると信じられているが、この理想を実現したスーツは、彼の作品の中でも、かぎられた数にすぎない。

――アース・マット＝ヘルヴァー『ツツィスト腕旅行記』

超光空間《スーパー・フォティック・スペース》の天鵞絨《びろうど》のごとくなめらかな曲線を縫うようにして、カエアンの巡洋戦艦が数日前からカラン号を追尾していた。ウィルス船長は、ベラージュを含む星群に対するフライバイを準備しつつ、敵艦はたまたまこちらと同じ針路をとっているだけかもしれないというはかない希望を持ちつづけていた。とはいえ、船長は、その希望が事実かどうかをたしかめるために方向転換を試みるほど衝動的な性格ではなかった。突然の航路変更は、カラン号の探知防止《バッフル》性能をいちじるしく低下させることになる。

だが、五日めにして、船長はとうとう任務の失敗を認めざるをえなくなり、渋い顔でアマラに連絡した。

「いまさっき、カエアン船の司令官から通信が入った。本船をベラージュまで護送すると言っている。将校の一団をこちらの船に移乗させるそうだ」

アマラの顔が蒼白になった。「逃げられる見込みはないの？」

「まったくないな。相手は完全武装の巡洋艦だ。明らかに、こちらの探知防止システムは突破されている」「でも、調査結果はどうしてもザイオードへ送らないと」アマラは食い下がった。

「無人連絡艇を出すことはできる。たぶん、そう遠くまでは行けないだろうが」

「とにかくやってみて。データは五分で用意する。そのあとすべての記録を抹消するから、時間を稼いで」

「そのぐらいの時間はなんとかなるだろう。申し訳ない、アマラ。しかしじっさい、向こうの命令に従う以外の選択肢はない」

「わかってる」アマラはヴィドコムを切り、エストルーをふりかえった。敗北に直面しても、アマラの不屈の表情は変わらなかった。

「あくそっ」と毒づく。「まったくもう」

それからアマラはたてつづけに命令を出し、情報局全体が十五分間、死にもの狂いで作業した。すべての調査結果の完全なコピーがふたつつくられて、ひとつは発進ベイへ送られた。もうひとつは、カラン号をばらばらに分解でもしないかぎり、まず見つからない場所に隠された――もし万一発見されたときは、開封と同時に燃えつきる仕掛けになっている。

次に、社会学コンピュータに保存されていたすべての記録、報告、論文が消去された。

すべての作業が終わると、ようやくアマラは椅子の背にもたれ、吐息をついた。これでもう、ソヴィヤの存在という高度に戦略的な機密がカエアン人の手に渡ることはない。が、そのとき、アマラはまっすぐ座り直し、まじめな顔で言った。

「ヴェレドニェフも処分しないと」

「まさか！　いや、つまりその、まだ早いでしょう」エストルーは狼狽した。

「ひと目で正体がバレるわけでもないし。尋問しないかぎり、向こうにはなにもわからない——それも、ロシア語で」

アマラはどうしたものか決めかねたように、こぶしを握ったり開いたりしながら、「全員を尋問するに決まってるでしょ。やっぱり、そのままにしておくにはリスクが大きすぎる」

「しかし、あまり感心した行為でもないでしょう」エストルーは抗議した。「まあ、ほかにどうしようもなくなったら、しかたありませんが」

アマラはしぶしぶ譲歩した。「では、当面は棚上げにしておく。わたしだって殺したいわけじゃないのよ。でも、看守には武装させて、必要なときは義務をはたすように伝えて」

カエアンの将校たちが乗船するのと入れ違いに、無人連絡艇が射出された。連絡艇には自爆装置が積んであったが、そんな心配は無用だった。オーバードライブに入る間もなく、カエアン巡洋艦からピンポイント光線が放たれ、連絡艇は一瞬で蒸発した。

数分後、カラン号は巡洋艦に護衛されて、ツツィスト渦状腕の深みへと航行しはじめた。

惑星ベラージュのきらめく中心都市インクサにカラン号が近づいたころ、ウィルス船長がまた呼びかけてきた。その声には、かすかに当惑したような響きがあった。

「こちらのグリュアール艦長が」と、自分のうしろ、画面の端に映る髭面のカエアン人のほうに手を振り、「社会学局の責任者に、ブリッジで会いたいそうだ」

「この船には、社会学局などありません」アマラはきっぱり答えた。

「無駄だよ、アマラ。知られている。きみの名前以外はすべてお見通しらしい」

「わかったわ」彼女はむっつりと下を向いた。「すぐに行きます」

回線を切ってから、アマラはエストルーに向かって憤然と叫んだ。「こんなの我慢できない。船ごと体当たりして自爆したほうがましよ」

「自殺を考えるのはまだ早いでしょう。ザイオードへ帰れる可能性はゼロじゃないんだし」

「ふん。もう一度、太陽の光が拝めたらめっけものね」アマラは腕を組んだ。

「ともかく、しばらくは科学的客観性にこだわりましょう」エストルーが冷静に言った。

「いっしょに行ったほうがいいですか？」

アマラは黙ってうなずいた。

エストルーはヴィドプレートを注視していた。画面のカラン号はインクサ上空にさしかかり、都市の中心近くに着陸しようとしている。直線ばかりで構成されたザイオードの都市とは対照的に、インクサは湾曲した自然の段丘を生かして築かれている。衣裳に関するカエアン人の天分は、建築にもあらわれているらしい。インクサの姿は、つや消しの色彩のえも言われぬ渦のようだった。あるいは、とてつもなく大きな円形劇場か、渦を巻く巨大な蘭の花か。

ザイオードの都市、たとえば、同じく首都であるグリディラとくらべてみたくなる。両国とも、おたがいの政治制度に似たところがあるとは認めないだろうが、ともにいくつかの首都世界を擁し、それらはどれが一番ということもなく同等の存在で、それぞれ政府の機能を果たしている。違いと言えば、カエアンには政策決定のための機関が見当たらないことか。ザイオード人はそれをもって、だからカエアンは不安定で、自治能力がないと主張する。ザイオードのプロパガンダは、〝心なきカエアン人の群れ〟に対する警告をつねに呼びかけている。

エストルーは眼下の発着場になんの動きもないのを見て驚いた。アマラの咳払いで画面から視線を移すと、上司は部屋を出てゆくところだった。エストルーはあわててそのあとを追った。

ブリッジでは、四人のカエアン人将校が、ウィルス船長以下、居心地悪そうにしているクルーとともにふたりを出迎え、魅力的な笑みを浮かべた。それぞれに紹介されるあいだ、アマラは将校たちの漆黒の制服をうっとりと見つめた。素人の目から見てもすばらしく、おかげでウィルスや部下たちの服がみすぼらしく見えてしまう。カエアン人たちは、兜かヘルメットのようなものをかぶっていた。頭蓋骨にぴったり合わせてカーブし、宇宙空間で使われるミントフの公式を模して、前はフレア状に広がっている。チュニックとレギンスのふくらんだラインも、相対論曲線と真空のテンソルをあらわしていた。制服全体がまさに深宇宙そのもの。つい長々と見つめてしまったのは、漆黒の宇宙を何光年もはてしなく飛びつづけたような気分になったからだった。

ウィルス船長の声でトランス状態から覚めた。「カエアン政府は、われわれに敵対する意思がない。グリュアール艦長はそのことを請け合うそうだ」と、堅い口調で言った。「したがって、敵ではなくホストだと思ってほしい、と」

「あなたがたを悩ます気はありません」グリュアール艦長が、訛りのきついザイオード語でつけ加え、黒い笑みを閃かせた。

「でも、すでに悩まされてるわ！」アマラが憤然と答えた。「わたしたちを待ち伏せし、連絡艇を破壊し――」

「お言葉ですが、マダム、あなたがたは外交手続きを無視して、他国の宙域を侵犯していま す――いや、しばらく前から侵犯しつづけてきた。われわれの行動には理由があるのです。しかし、敵対感情をもとに話し合いをはじめるのはやめましょう。ウィルス船長とふたりで、われわれといっしょにインクサにおいでいただけませんか。おふたりに会いたがっている人物がいまして」

「留守のあいだにカラン号の家捜しをするつもりね」とアマラは反撃した。

グリュアール艦長は優雅に手を振ってその勘ぐりを否定し、おもしろそうに唇を結んで首を振った。好感の持てる人物だということは認めざるをえない。ハンサムで、活力に満ち、愛嬌のある、颯爽とした若き将校……。

あらぬかたにさまよいそうになる思考にアマラはストップをかけた。宇宙をまとうカエアン人がまた口を開いた。「外交的な訪問、いやむしろ社交的な訪問だと考えてください。衷《ちゅう》心《しん》からのアドバイスです」

「そのあとは、ザイオードへ帰ることを許してもらえるのかしら？」アマラが冷たくたずねた。

グリュアール艦長は肩をすくめた。

彼女はウィルス船長をわきへひっぱっていった。「体のいい強制よ、船長。でも、予想していたよりはまし。いっしょに来る？」

「現状では、船にとどまるのがわたしの義務だ。向こうが同意してくれたら、ボルグ二等航宙士をかわりに派遣しよう」

「いいわ。でももし、わたしたちが船に戻れなかったら？」

「現実的に考えよう、アマラ。こういう事態に陥る可能性は前からわかっていた。われわれは完全に彼らの手中にある。これからだれと会うにしろ、その相手との交渉に集中することだ」

「そうね、向こうもこの一件をあまりおおごとにしたくないかもしれないし」

「そう祈ろう」

ウィルスが自分のかわりにボルグを行かせたいと申し出ると、グリュアールは関心のないそぶりで言った。「そちらのご都合のよろしいように、船長。もっとも、マダム・コールがいらっしゃらないとなると、こちらの長官たちもいい顔をしないでしょうが。正直な話、お偉方をこれ以上無駄に待たせたくない。そろそろ外へ出ませんか？」彼はほとんど騎士道的な、力強く丁寧なしぐさをした。

数分後、アマラ・コールは生まれて初めて、カエアン領の惑星の空気を吸った。

話し合いのあいだに、牽引プラットフォームがカラン号を着陸地点から音もなく移動させていた。総勢七名の一行がメインポートから外に出たときには、船はすでに優美な建築複合体の中に運ばれ、その一部のようにきれいにおさまっていた。

アマラは深呼吸し、夏らしい午後のあたたかい香りを胸いっぱいに吸った。

前方、ポートから突き出したプラットフォームのすこし下に、快適そうな遊歩道があり、そこに数十人が集まっていた。第一印象は、まばゆい色彩と美しい礼服からなるきらびやかな舞踏会だった。

そのとき、アマラは記憶錯誤に襲われたらしい。遊歩道がステージに変わり、凍りついたようにそこに立つ人々は、もはや人間ではなく、原始的でおそろしい、元型《アーキタイプ》的なカリカチュアに変貌していた。

夢のような経験が去った。意識をはっきりさせるために頭を振り、ストレスで記憶錯誤を起こしたのだろうと自分に言い聞かせた。

人々は手を振ったり、身振り手振りで話したりしていた。叫び声がひとつあがった。嘲りか歓呼か、アマラには区別できなかったが、ボルグ二等航宙士は前者だと信じているらしく、むっつりした表情だった。

「ひどい目に遭わされそうですね、マダム」と口の中で言った。

アマラは当惑して眉間にしわを寄せ、とぼしい知識に照らして、群衆のコスチュームを心の中で評価しはじめた。ここに集まった人々の服装は、カエアンの基準でも、かなり贅沢な部類に見える。出席者のほぼ全員が政府高官か、社会的地位のある人のようだ。

グリュアール艦長に促されて斜路をくだり、群衆の中から前に出てきたふたりの中年男に迎えられた。片方の服は、強烈に自己主張していた。燃え上がる色の鎧兜にひだ飾りや縁どりや詰めものをほどこし、透明素材のひらひらした垂布がつく。精気と活力が炎上するしぶきを撒き散らし、兜の羽根飾りをジェット噴射しているかのように見えた。これ見よがしの壮麗さは、明らかに、着用者が指導的立場にあることを示している。同時に、その服装にあふれる野性味は、彼が伝統的な決まりに縛られる人物ではないことを物語る。

その一歩うしろにいる第二の人物は、違うスタイルだった。頼りになる剛直さと誠実さを表す、グリッドと呼ばれるディアスクの一種を着用している。アマラはふたりの顔を仔細に眺め、ザイオード人がカエアン人と聞いて反射的に思い浮かべる、受動的でパターン化された人格の徴候をさがした。ほんの一瞬、それが見えた気もしたが、たぶん想像力の産物だろう。ロボットじみているどころか、目の前にあるふたつの顔は、どぎまぎするくらい人間くさくて個性的だった。

グリュアール艦長がそれぞれを紹介した。調和局長官のアブラッツネ・コルダスク。グリッドを着ているほうはスヴェーテ・トリュップ。長官の引き立て役《フォイル》だという（この称号にアマラはとまどった。ただの使用人もしくは私設秘書なのか、彼自身も政府高官なのか、判断がつかない)。

コルダスクは全員とあたたかい握手を交わし、「じつにすばらしい機会です！」と、カエアン語で勢いよく挨拶した。「ザイオードから著名な客人をお迎えするとはめったにない栄誉ですよ！」

エストルーとボルグは渋い顔で長官を見やったが、アマラの反応ははるかにポジティブだった。くすくす笑い、コルダスクの常人離れした顔立ちにまた目を向ける。ハンサムな宇宙将校、グリュアール艦長の影がたちまち薄くなった。

カラン号に搭乗する男たちは、面白味のない唐変木ばかりだった。コルダスクはきっと楽しい人にちがいない。内心ひそかにアマラは期待を抱いた。

それから、あわてて気を引き締めた。もしかしたら、カエアン式お世辞の誘惑に屈しかけているのかもしれない。そもそも、コルダスクの歓迎の弁に皮肉以外のなにかを読みとるのはナイーブすぎるのではないか。

「訪問者に人道的に接していただけると信じています、長官」アマラはかたい口調で言った。

長官はショックを受けたというように両手を上げ、大声で野放図に笑い出した。「まさか、身の安全を心配しているわけじゃないですよね？　もしそうだとしたら、カエアン人のもてなしについてご存じないにもほどがある。マダム、あなたがたは名士なんですよ。有名人《セレブリティー》だ！」

「こう言ってはなんですが、われわれの目をずいぶん見くびっているようですね」それから三十分ほどして、アブラッネ・コルダスクが愛想よく言った。「外国人がカエアンで暮らしながら、そうと気づかれずにいることなど、事実上不可能ですよ。たとえどれほど言葉に堪能でも」

「カエアン製の衣類を身につけていても？」アマラがたずねた。

「カエアン製の衣類を身につけていれば、なおのことです！」長官は愉快そうに答えた。「服を着るのは、たんに自分をその中に入れるだけではありません」言葉を切り、芝居っけたっぷりに片手を上げて、「たとえば、ザイオードで外国人が、そうですね、上着をうしろまえに着たり、当人の職業や場所柄にまったく合わない衣裳を着ているのを想像してみてください。おたくのエージェントは、カエアン人のあいだでそのくらい目立っていた。われわれは最初から、その存在に気づいていました。そこから、あなたがたの船の位置を推定するのは簡単でした。あとは探知防止システムを突破し、惑星から惑星へと追尾してきたというわけです」

「だったらどうして、いままで放っておいたの？」アマラは不機嫌にたずねた。「すぐに全員を拘束すればよかったのに」

「なんのために？　あなたがたの行為にはなんの害もなかった。カエアンは開放的な社会です。だれでも好きなときに来て、好きなときに帰れる。ビザなど必要ありません」

「しかし、げんにいま、こうしてわれわれの身柄を押さえているじゃないですか」ボルグ二等航宙士が指摘した。

グリッドを着たトリュップが口を開き、「それは、カエアンについての誤った情報を持って帰国されるのが心配だからですよ」と、穏やかに、しかしきっぱりと言った。「わが国に対する恐怖と敵意が貴国で高まりつつあるとの報告を受けて、われわれは困惑し、そうした誤った印象を正したいと願っています。みなさんは社会学的な任務に就かれているわけですから、これは、ザイオードに蔓延しているらしい誤解を解く絶好のチャンスなのです」

「つまり、わたしたちに帰国を許すと？」アマラが驚いて訊き返した。

コルダスクが、ひらひらした上衣の垂布をはばたく翼のように揺らして手を叩き、「着きましたよ！」と興奮した口調で言った。

オープンカーに乗せられてインクサの目抜き通りを通過しながら、ザイオード人たちは市内見物の機会を得て、活気に満ちたエキゾチックな雰囲気を楽しんだ。ぎっしり並ぶバルコニー、空中庭園、すばらしい衣服をまとうおおぜいの人々。やがて、中心街から少し離れ、スタジアムほどの大きさの、楕円形をしたすり鉢もしくは盆地のような場所にやってきた。そこに宴席が用意されていた。巨大なテーブルに食べものが山と積まれ、甲羅のような黒いスーツを着た従僕たちが最後の準備にきびきびと立ち働いている。

そして、客たちもいた。ぜんぶで百人くらいか。装いの壮麗さは呆れるほど。進化が暴走した種《しゅ》を集めた新奇な動物園のようだった。ザイオード人たちは車を降り、場違いな気分を味わいながら、おずおずとすり鉢状のスタジアムへ入っていった。アマラは、自分のドレスがホストにどう見えるだろうと考え——それから、その考えにきっぱり蓋をした。わたしはザイオード人だ、と自分にきびしく言い聞かせる。外国人にどう思われようと、気にすることはない。

長テーブルに案内され、熱帯の動物に似せて花々や炎の衣裳で着飾った二十人ほどの招待客に紹介されたあと、彼らは席に着いた。アブラツネ・コルダスクがアマラの左側にすわり、しきりに食べものや飲みものをすすめてくる。エストルーとボルグ二等航宙士はアマラの右にしゃちほこばって並び、スヴェーテ・トリュップから礼儀正しく接待されている。アマラはくつろぐことを拒否し、非礼にならない最低限のものしか口にしなかった。ふたりの同僚と同じく、自分はカエアンの敵だと思っていたから、敵として扱われるものと思っていた。かわりに宴席で歓待されるというのは、どうにも落ち着かない。

「シラバブはいかがです?」コルダスクが香り高いゼリーのかたまりをとりわけてくれた。ちょっと食べてみると、はじめての味が口の中で溶けた。アマラは挑みかかるようにコルダスクのほうを向き、

「ザイオード人に対して、いつもこういう友好的な態度でいてくださるといいのに」と、疑り深げな口調で言った。

コルダスクはくすっと笑って、「それこそまさに、わたしが正したい誤解ですよ——あなたがたが抱いているその莫迦げた先入観。われわれのことを個性のない〝衣裳ロボット〟だと見なし、ザイオードを侵略して住民全員を奴隷化する気だと思っている」彼は声高に笑っ

た。「はっきり言って、まるで漫画ですね」

「ザイオードに対して攻撃的な意図はないと？」アマラが鋭くたずねた。

「もちろん、まったくありませんとも！」コルダスクは鼓膜が破れそうな大声で呵々大笑《かかたいしょう》した。「カエアンには他国の征服に乗り出す意図も、野望もありません。われわれの生き方に反することになる」

アマラは面食らって、ちょっと考え込んだ。「では、これまでにも、そんな野心を抱いたことは一度もなかったと？」

「ええ、もちろん」

「よくもぬけぬけと！」アマラはかっとなって叫んだ。

彼女がシラバブを拒んだのに気づき、コルダスクはテーブルの先に手を伸ばし、汁気たっぷりの肉料理の皿を引き寄せた。「いけますよ。どうぞ」

アマラは要らないと手を振った。

長官は肩をすくめ、思案をめぐらすように眉を上げた。「ご記憶のとおり、われわれは服飾芸術を文明の本質と見なしています。たしかに過去には、わが国の理想主義者が、この分野におけるカエアンのまぎれもない卓越性を全人類に広めようとしたこともあります。しかし、彼らの計画は、軍事的というよりむしろ伝道的な性質のものでした。巨大宇宙船の船団に贅沢な衣類を積んで、それによって未開の惑星を目覚めさせようとしたのです。そしてその企ても、ザイオードをはじめとする他国の敵意に直面し、放棄されました――といっても、いまだ多数の船が船倉に荷を満載したまま、格納庫に入っていることは事実ですが。思うに、こうした過去の計画が貴国の人々のあいだで噂になり、不安を生み出したのではないでしょうか」

アマラは、かたわらで助手がじっと聞き耳をたてているのに気づいた。「では、膨張主義的な傾向があることは認めるんですね」エストルーが平板な声で口をはさんだ。

トリュップが離れた席から答えた。「それはそうですが、あくまでも文化的な意味での膨張主義ですよ。銀河のどの国だろうと、自国の文化的価値を広めたいという衝動は非難されるべきものではありません」

「その文化的価値が自分たちの文化にとって有害となるような国家では、非難されますよ——わたしたちの場合がそのケースです」

コルダスクが陽気に両手を大きく動かした。「まあまあ。われわれはもう、自分たちの文化をザイオードに浸透させることなんか考えていませんよ——つまり、カエアン衣裳の卓越性がザイオードの人々におのずと明らかになるまでは。さきほど説明したとおり、伝道の熱はとうに冷めています。われわれを恐れる理由はなにもないのです——みなさんが抱いている誤解以外は」

「なるほど」ボルグ二等航宙士が口を出した。「しかし、はっきり言わせてもらえば——その証拠はどこにあります？　ザイオード総裁政府を納得させるには材料が必要です」

「まさしく！」コルダスクが満足げに相槌を打った。「よくぞたずねてくださいました。みなさんには、ぜひともご自分の目で、われわれの社会が平和で、国民性が温和であることをたしかめていただきたい。信頼の証として、カエアン宙域をどこでも好きなように航行し、社会学的調査を継続する自由をさしあげましょう」

アマラは驚きを隠せず、思わずエストルーに目をやった。「カラン号でどこへ行ってもかまわないと？　どの惑星を調べても？　だれに話しかけてもいいの——大学や文化人類学者や軍事施設から情報をもらっても？　監視の目もなしに？」

「ええ、まったく自由です」コルダスクが言った。「もっとも、軍事方面に関しては、わたしから白紙委任状をさしあげるわけにはいかない——各星域の軍司令官の裁量ですから」

「でも、すばらしいわ——その自由こそ、いちばん願っていたものですから」

「辺境宙域を隠れてこそこそ航行する必要など、最初からなかったんですよ」コルダスクが言った。「調査したいと言ってくれるだけでよかったのに。カエアンは、ザイオードよりずっとざっくばらんな社会なんです」

「ひとつだけ、いいですか」エストルーが口をはさんだ。「カエアン人は道理をわきまえていて無害だと強調されてますが、もしそれが事実なら、戦争の準備をする事態にまで立ち至ったザイオード人の誤解は、どこから生じたんでしょう。ザイオードの同胞は、カエアンのことを、無害とは正反対の国家だと考えている」

この質問には、スヴェーテ・トリュップが答えた。「社会学者なら、文化排斥の理論はご存じでしょう。異質の文化はたがいに排除し合う、そういう説でしたね？　実際、両国の緊張関係は、ひとえに不信と誤解の産物です。両国は、みなさんが昔から思ってきたのとは違って、たぶん、似たもの同士なんです。たとえば、みなさんは、わたしたちが衣服に一種の強迫観念を抱いていると信じている。それは事実ではありません」

アマラは眉を上げ、吹き出しそうになるのをこらえた。

「調査をつづければ、衣裳に対するわれわれの関心を過大に評価していたことがわかるはずですよ」コルダスクが、アマラの表情を見て口をはさんだ。「なんと言っても、これまでカエアンを研究したザイオード人は、ほんのわずかしかいない。どんな参考資料をお使いですか？」

「マット＝ヘルヴァーの『ツツィスト腕旅行記』がスタンダードです」アマラは受け身になって答えた。

「なるほど、マット＝ヘルヴァーですか。まちがいだらけの、とても楽しい本だ！　しかしまあ、マット＝ヘルヴァーも、こちらに腰を落ち着けてから、カエアンのことをもっとよく知るようになったと思いますが」

「カエアン社会の服飾第一主義に関する彼の記述はまちがいだと？」

「どんな文明にも、代表的な芸術様式があります。われわれの場合は、衣服です。しかし、一部の外国人の主張とは違って、宗教とはまったく関係がない。ただの実用心理学ですよ。われわれは、衣裳科学が人生に肯定的で前向きな姿勢をもたらす力があることを発見した。われわれから見れば、強迫観念にかられているのはあなたたちのほうです——人類の過去にとり憑かれて、自然がたまたま押しつけたたったひとつの形態から逃れられずにいる」

否認の言葉とは裏腹に、コルダスクはすでに、ザイオード人から見れば異様に映るほど熱心に、衣服の重要性を説いている。

「その強迫観念について考えてみましょうか」アマラが提案した。「強迫観念とは、他のものを排除して、あるひとつのものに不自然に執着することです。さて、わたしたちザイオード人は、創造性豊かな衣類にまったく反対しません。しかし、それと同様に、裸体にも反対しない。どちらも、どうでもいいことです。となると、強迫観念に支配されているのはどっちかしら？」裸体という言葉を聞いたとたん、コルダスクとトリュップが真っ赤になったのを見て、アマラはくすっと笑った。

「しかし、あなたがたは衣類をさげすみ、かわりに……卑しい生物学に夢中になっている。それが頽廃のもとですよ」

「頽廃などしていません」アマラが憤然と反駁した。

コルダスクが大ジョッキから発泡性の黄色い液体を長々と飲んだ。トリュップが議論を再開した。

「生まれ落ちた瞬間の人間は、いったいなんでしょう？　何者でもありません。心はニュートラルで、スイッチが入っていない。環境と相互作用するようになって、ようやく人生がはじまる。相互作用にはインターフェイスが必要です。それにふさわしい心理学的な道具で装わなければならない。そのため、みすぼらしい身なりの人々は、その多くが病的な内省に沈み、憂鬱な画一性に堕してゆく。それに対して、われらが服飾家の技術は、外部の現実と健康的な接触を保つことを助けてくれます」

「そう、われわれカエアン人は、服飾芸術のおかげで人生を楽しんでいる」コルダスクがうなずき、アマラに笑顔を向けた。「なのにみなさんは、われわれに個性がないと言う！ どうです、わたしが〝衣裳ロボット〟に見えますか？」

「いいえ、見えませんね」アマラは認めた。

コルダスクは身を乗り出し、じろじろと彼女を眺めまわした。「あなたに服飾家をひとり手配しましょう。服飾芸術の効用をご自身で体験されてはいかがです？ 豪奢なフープランドか、優美なペリスでも？ すぐに違いが実感できますよ」

「いいえ、せっかくですが」アマラはにべもなく申し出を断った。

一方、エストルーは、絵のように美しい衣裳に身を包んだ宴席の人々を眺めながら、コルダスクとトリュップの話は事実なんだろうかと考えていた。これまでずっと信じてきたとおり、カエアンは、社会的狂気の風変わりな症例なのか。それとも、現在のザイオードが失ってしまった特質をいまなお保持しているだけなのか。テーブルの向かい側、すこし離れた席にすわっているふたりの女性に目がとまった。ひとりはダイヤモンド形のパネル布を組み合わせたドレス姿。前身頃は結晶が爆発したように見え、頭には扇形《フォンタンジュ》の髪飾りをつけている。もうひとりは、ポロネーズと呼ばれるあっさりした細身のドレス。クリーム色の生地に縫いつけた真珠がくねくねしたラインを描いている。頭には過去から抜け出した巨大なオブジェ。

帆や艤装も完璧な、三本マストの帆船の本格的な模型が、ヘアスタイルがつくる複雑な波《ウエーヴ》やうねり《カール》を蹴立てて進んでいる。

エストルーの視線に気づいて、帆船ヘアの娘がこちらに笑みを向けた。体にぞくりと戦慄が走る。彼女の笑みは愛嬌と自負と凶暴さを同時に兼ね備え、エストルーの意に反して興奮をかきたてた。

アマラもまた、自分たちが巧妙なプロパガンダに影響されつつあるのを意識していた。ささやかだが背教的な疑念の種が心に忍び込み、それがザイオード的な教育の土台を浸食しつつある。カエアン人が服飾芸術から得ている——得ていると思っている——恩恵は、ほんとうに有害なのだろうか？　スタジアムにはぞくぞく人がつめかけて、場内は祭りの雰囲気だった。すり鉢状のスタジアムの床にはやわらかな苔が敷きつめられている。その上を恥じらいがちにそぞろ歩くひとりの若い女が目にとまった。フリムジーと呼ばれる半透明の衣裳を身につけていたが、このバージョンは鳥をモチーフにしているらしい。歩き方まで鳥っぽく、優雅かつ神経質で、いまにも驚いて空にぱっと舞い上がり、まわりの塔や段丘を越えて飛び去っていきそうに見える。

コルダスクが従僕を呼び寄せ、紫色の遠隔制御装置を受けとって、「けっきょく、服飾芸術は人生に文明の手ざわりを与えるだけのものです」と言った。「しかし、われわれが強迫観念にかられているというあなたがたの強迫観念に関する議論はこれまでにしましょう。カエアンを旅すれば、われわれが外見に誇りと関心を抱いていることがわかるはずです。かわりにいまは、ささやかなお楽しみを」

コルダスクの指がリモコンのボタンに触れると、スタジアムの中央がかすかに輝き、ぱっと生き返った。

それから一時間にわたって、ザイオード人たちの前で、豪華なショーがくりひろげられた。カエアン人がさまざまな分野で行っている探求の成果を万華鏡のように披露するドキュメンタリー。コルダスクが何度も強調したとおり、カエアン人が得意とするのは服飾分野だけではないということを、このショーを通じて見せるつもりらしい。ドラマあり、バレエあり、成層圏レースあり、スポーツあり、科学研究あり、ついていくのがやっとだった。コルダスクの説明では、いくつかは録画だが、その他はベラージュや他の近隣惑星からの実況中継だという。コルダスクはリモコンを使ってプログラムをくるくる切り換え、数百の中継先からの立体映像を見せた。

しかし、バランスのとれたカエアン像を見せようとするこの努力は、全体としては失敗に終わった。なぜなら、ザイオード人の目には、どのシーンでも、衣裳が度を超して大きな役割を演じているように見えたからだ。どんな活動にも、それにふさわしい衣裳がある。成層圏レーサーは輝く黄色い切子面でできた服を着て、燃える神殿から飛び出した神々のように見えた。新たな製造工程を完成させようとしている科学者は、もっと抽象的な意味でやはり神のごとく見えた。味もそっけもないシンプルなガウンに身を包み、生地の上では物理定数を表すいくつもの記号が金色に発光している。いちばん奇妙だったのは、理解不能の短いドラマだった。出てくる俳優たちは、人間的なものすべてを剝ぎとられた、銀と黒の機械のような衣裳に身を包んでいた。

カエアン人にとってはごくふつうのことらしく、だれも気にしていない。たぶん、そのせいだろう。コルダスクは、服飾芸術に関するプログラムも抜かさなかった。熟練した服飾家が鮮やかな名人芸を披露する短いシーン。結社《ソーダリティ》と呼ばれる半カルト的な服飾団体を紹介する番組もあり、歴史上のいくつかの結社に焦点を絞って、秘密組織めいた迷宮のようなその世界が興味深く描かれた。こうした結社は、歴史のいずれかの局面に深く浸透し、彼らが選んだ時代の気風や生活様式から歴史的人物にいたるまで、そっくり復活させることに成功していた。古くはエジプト時代にまで遡る、数千年にわたる時代衣裳の連続に、ザイオード人たちの目は釘づけにされた。

コルダスクが、カエアン衣裳の軍事的な有効性で話をしめくくったのは、もしかしたら婉曲的な警告だったかもしれない。

「われわれは軍事的な民族ではありませんが、どんな国にも自衛の備えは必要です」とコルダスクは言った。「カエアンのどの家の衣裳戸棚にも、兵士としての能力を増強するべくデザインされた軍服がしまわれています。この服には軍事訓練を受け入れやすくする働きもあり、わが国は、驚くほど短期間で膨大な数の軍隊を展開できるのです」

コルダスクの言葉を補強するように投影された姿を見て、アマラは心の中でくすっと笑った。それはまるで玩具の兵隊だった。しかも、大昔に廃れたタイプで、真っ赤なチュニックの胸に金の大きな縫いとりがあり、堅そうな革のズボンは両脚の外側に幅の広い縦縞が走り、黒いブーツはぴかぴか光っている。頭には、てっぺんが大きくふくらんだ円筒形の軍帽《シャコー》。灰緑色の雑嚢を背負い、いかにも高性能そうなエネルギー・ライフルを斜めに掛けて、ぜんまい仕掛けの人形みたいにぎくしゃくとぎこちない足どりで行進してくる。

しかし、兵士が近くに来ると、最初に抱いたコミカルな印象は消え失せた。兵士の顔には、でくのぼう的な凶暴さがある。勝利への不屈の意志を表す顔に、アマラは恐怖を感じた。こうした兵士が百万人集まり、無数の隊列を組んで行進しているところが頭に浮かぶ。恐ろしい光景だった。

兵士が立ち止まり、一連の教練の動作を機械のように正確に実演した。軍帽《シャコー》のてっぺんから透明なフェイスプレートが降りてきて、たちまち完全な宇宙ヘルメットに変わる。じっさい、軍服全体が、あらゆる条件下で使用できる宇宙服だった。

映像がフェイドアウトした。ショーは終わった。

「すばらしいショーでした」とアマラは讃辞を述べた。

コルダスクが席を立ち、両腕を大仰にさしのべた。「夜はこれから。楽しむ時間はまだまだたっぷりありますよ」

インクサに夕闇が迫っていた。無理やり見せられた新奇なショーのせいで、アマラの五感は過負荷に陥っていた。衣裳の豊かさと多様性は受け入れられる限界を超えている。体を動かしたくなって、アマラも立ち上がった。

するとそのとき、またしても記憶錯誤に襲われた。今度は、さっきよりずっと強烈だった。周囲の人々の明るい笑顔にかわって、色とりどりの巻いた布地の中からこちらをにらみつけている無数の仮面が見えた。人間らしさは消え失せ、かわりに理解不能で異質ななにかがそこにあった。無慈悲で邪悪なもの。

働きすぎね、とアマラは思った。一瞬、足もとがふらつき、たまたまそばにいたコルダスクに手が触れた。チュニックの縁《スカラップ》どりをした布の手ざわりは、妙にぞくぞくする感覚だった。

「素材はなに？」興味を引かれてたずねた。

「プロッシム。銀河で最高の生地です！」

アマラは大きく深呼吸した。頭がすっきりしたような気がする。まわりじゅうからおしゃべりと笑い声が聞こえてくる。目を上げて、すり鉢状のスタジアムを眺め、その向こうの、もっと大きなインクサのすり鉢を眺めた。闇のとばりがそのすべてを包もうとしている。

そのとき、いちばん高い段丘のてっぺんでとつぜん動きがあった。鳥の群れらしきものが夕空にさーっと舞い上がったかと思うと、スタジアムめがけて急降下してくる。敷かれた苔の上に着地する直前、ようやくそれが、いろんな種類の鳥の衣裳をまとった人間であることがわかった。さっきアマラが目にしたフリムジー姿の若い女性も混じっている。

あの姿を見たときに予想してもよかったのに、とアマラはひとりごちた。ひとり用の反重力ユニットだ。

鳥人たちはスタジアムのあちこちに舞い降りた。頭に金ぴかの冠《バルゾー》をかぶり、気どって歩くきらびやかな雄鶏の姿を模した華麗な羽毛の鳥人がひとり、テーブルに近づいてきた。伝令だと気づいたらしく、コルダスクがそちらに歩み寄って、なにごとかささやきかわした。

「インクサにいるザイオード人は、あなたがただけではないらしい」客のもとに戻ってくると、コルダスクは言った。「いま当地に住んでいるザイオード人ふたりが、このパーティーにやってきたそうです。みなさんもたぶん、会ってみたいでしょう」

「カエアンには、ザイオードからの国籍離脱者がおおぜいいるんですか？」ボルグ二等航宙士が驚いてたずねた。

「いや、ごくわずかですよ。しかし、それはたぶん、ツィスト腕とザイオード星団のあいだにほとんど交通がないせいでしょう」

エストルーが口をはさみ、「ザイオード人にとって、カエアンが暮らしにくいせいではない、と」

「ええ、もちろん。ここでの暮らしは楽なものですよ。どんなに変人でも、場違いに感じることはない」

「ただし――」とアマラが忍び笑いを洩らし、禁断の話題をまた持ち出そうとして思いとどまった。

新来の客たちが人混みをかきわけ、不安そうな面持ちでこちらにやってきた。ひとりは中背でわずかに太り気味。着ている服は、アマラが見るかぎり、ごくあたりまえの伝統的なスーツで、これならザイオードでもまったく目立ちそうにない。もうひとりは長身で痩せ気味、苦み走った細面のハンサムで、こちらはもっと粋なファッションだった。ラベンダー色の錦織りフロック・コートに、それとよく合う青いサテンのブルボン・ハット。帽子にはあやめ模様の真珠の縁どりつき。この服装はぴったり似合っていた。

ふたりはそれぞれ、ペデル・フォーバースとリアルト・マスト、ともにハーロスの出身だと自己紹介した。小太りのフォーバースは、たちまちアマラをとまどわせることになった。コルダスクとトリュップの双方が、不可解な敬意を込めて彼に挨拶したのである。いかにも有力者然としているが、フォーバースのふるまいにはどこかぼんやりと無造作なところがあり、視線はいつもあらぬかたに向けられている。

しかし、洒落者のマストのほうは、同国人に会えた喜びを大仰に表現した。

「ここにはいつから住んでいるの？」アマラはマストにたずねた。

「まだほんの二、三カ月ですよ」

「あら。どうしてこちらに？」

マストはこの質問に答えず、「あなたこそ、どうしてカエアンに？　公式訪問？」

彼女はちらりとコルダスクに目をやってから、あいまいにうなずいた。「調査旅行ね」

「だとしたら、両国の関係は改善されたんですね」

「かもしれないわ」

マストがこちらに寄ってきた。「なにかお役に立てるかも。カエアン社会のどまん中で暮らしているザイオード人はそう多くないし」

アマラは、国外で暮らす同胞全般に抱く疑念を隠せなかった。「なにが望みなの、帰国の手段？」挑みかかるように声を張り上げて、「それとも、おたずね者とか？」

マストは落ち着かない表情になり、わざとらしく笑い出した。ふたりはザイオード語でやりとりしていたが、コルダスクは、言葉がわかるともわからないとも明かさないまま、こちらにやってきた。「あいかわらず、不信と敵意に満ちた気分のようですね、ディア・レイディ。今宵は楽しんでいただけるといいんですが。さあ、これでリラックスできますよ」

そう言って、発泡性の黄色い液体を大きなゴブレットに注ぎ、アマラに手渡した。アマラは疑わしげににおいを嗅ぎ、そのままテーブルに置いた。

「害はありませんよ」ペデル・フォーバースが、そっぽを向いたまま、関心のなさそうな口調で言った。「マイルドな興奮性飲料。まあ、アルコールのようなものだ。飲んでみるといい」

アマラはひと息にゴブレットをあおった。液体は甘くて美味だった。かっと熱くなるような感覚が胃のあたりから広がった。かまうもんか、とアマラは思った。すでに気分がよくなっていた。

アマラはペデルのほうを向いて、「で、あなたのほうは？　やっぱり仕事をさがしてるの？」

「そいつにはかまわなくていい」マストが気やすい調子で口をはさんだ。「こいつはもう、ぜんぜんザイオード人じゃない。すっかりここの人間なんだ」

アマラはその差し出口に首を振り、「そうなの？」とペデルにたずねた。

ペデルは傲然と微笑み、「ええ、マダム」と礼儀正しく答えた。「ザイオードでは仕立屋でした。ここに来てみて、自分が生まれついてのカエアン人だったとわかりました」

「戦争になったら、どちらの側で戦うつもり？」

ペデルは答えず、その場を離れて飲みものをつくると、考え込むようにゆっくりとすすりはじめた。

「正直な話、あなたのほうがよほどここの人間に見えるけど」アマラは、優雅なフロック・コートを見ながら、マストに向かって言った。

「人は見かけによらないってね」マストはなめらかな口調で言った。「おれは根っからのザイオード人ですよ。ただし、メザックだったことは一度もない——おっと、これはカエアン語だった」

「カエアン語は上手なの？」

「達人というわけじゃないが、そうむずかしくもない。催眠学習の助けがあれば、日常会話の語彙は二、三日で簡単に覚えられますよ。でも、しばらくすると、母国語の響きが恋しくなる。おたくの船でなにか働き口はありませんかね」

「そうね、たしかめてみるわ」マストからゴブレットにもう一杯おかわりを注いでもらいながら、「これがなんのパーティーだか、いまだによくわからないんだけど」

以後の数時間で、この黄色い飲みものは大量に消費された。そして、ザイオード人たちも宴を純粋に楽しみはじめた。カエアン人はあけっぴろげなホストで、彼らのお祭り気分に巻き込まれずにいるのは不可能だった。とっぷり日が暮れると、壮大な花火がインクサの夜空一面に広がった。それからまた酒とダンスと宴会がつづく。都市全体が参加しているかのようなガーデン・パーティーだった。

エストルーはどうにか帆船ヘアの女の子を独占しつづけた。真夜中近くなって、ふたりはこっそりスタジアムを抜け出した。

少し離れたアパートメントに案内したあと、女はエストルーをひとり残してとなりの部屋へ入った。エストルーは鼻歌まじりに、ぼんやり窓の外を見つめていた。

やがて、女が静かな声で隣室から呼んだ。おずおず入っていくと、そこは広々とした閨房《けいぼう》だった。女はドレスを着がえて、部屋の奥に立っていた。

帆船はまだ頭の上にあるが、ポロネーズはこのあとに備えて脱ぎ去られていた。エストルーの視線は胴着《コサージ》を素通りして、スカートに釘づけになった。ウエストがきゅっと締まり、そこからスカートがドーム状に広がっている。女は笑みを浮かべて近づいてきた。女が動くと、そのスカートが実際は無数の葉の集まりであることがわかった。しかも、その一枚一枚が自由に動く。

アパートメントに招かれたときも、エストルーはとくに興奮していなかった。しかし、女が近づいてきて、スカートの葉むらが波打つように揺れると、なぜか抗しがたい情欲が湧き起こった。

カエアンの衣裳には、自分とアマラが知る以上のなにかがあると、エストルーはふいに気づいた。カエアンの仕立て屋は、性的魅力を放射するフォルムやラインや動きの基本要素を分析し、それにしたがってこのスカートをデザインした。これは、衣裳のかたちをした催淫剤だ。本能がひとりでに反応し、理性はなにもできない。

いや、成り行きに身をまかせる以外に、なんとかしたいと思ったわけではない。でも、いったいどうすればいいんだろう。カエアン人はどんなやりかたをするのか。きっと、服を脱ぐのは——女の服を脱がせるのは——最悪の選択肢だろう。

女がやってきて、ベッドのほうにひっぱった。女がベッドカバーの上にすわって両足を引き上げると、スカートが釣り鐘状にふくらんだ。フープに支えられているらしい。その奥にちらりと見えたものが、彼の血を湧きたたせた。スカートの下には——ペチコートがあった。ひだとレースの縁飾りが織りなす、無限に複雑なローズ・ピンクのペチコート。スカートと同じく、そこにも官能を刺激する服飾知識がフル活用されていた。エストルーの五感は、花の中に花が次々に開いてゆく無限連鎖のイメージに圧倒され、熱く激しく夢中にさせる花芯へと導かれていった。

女は甘美にしてみだらに見えた。猛り狂う海の波濤《はとう》のようにペチコートが乱れ渦を巻き、エストルーがベッドに倒れ込むと、カエアン流の愛技の手ほどきがはじまった。

リアルト・マストの夜は、エストルーの場合よりもいささか不運な出来事で幕を閉じた。近来になく飲み過ごした結果、思いがけない不意打ちをくらったのである。暴飲の原因は、まもなく——ひょっとしたら今夜にも——ペデルに見捨てられるとわかっていたからだ。ペデルの助けを借りずにカエアンで生き延びられる確率はゼロにひとしかったから、マストは必死になってカラン号での職を求めた。つまり、さんざんかき口説き、浴びるほど酒を飲んだ挙げ句、やっとのことでアマラ・コールから、あした船で会うという不承不承の約束をとりつけた。

カエアンは、マストにはまったく不向きだった。ここではけっして幸福になれない。だれに対しても影響力を行使できないという事実は、マストをかぎりなく消沈させた。だから、一隻のザイオード船がベラージュに着陸したと聞いたとき、結果がどうなろうと、同胞のもとに帰るための努力をしようと決意した。もしかしたら、この狂った社会から自由になれるかもしれないと思うと、興奮に酔いしれ、有頂天になった。

飲み歩くうち、レゲエ・エルフィスと名乗る妙な若者と知り合い、やがて相手の提案で近くの居酒屋へ席を移した。飲み友だちとして受け入れてもらって、マストはいい気分だった。渋みのある上等の柿ワインを差し向かいで飲みながら、マストはテーブル越しに相手を見やった。レゲエはオープン・ジャケットのズート・スーツを着ている。肩パッドがおそろしく大きく、翼のようにぴんと上に伸びて、妖精を思わせる尖った耳の高さまで届いていた。その衣裳は、若者の労咳《ろうがい》病みのような痩軀《そうく》や、かくかくしたすばやい動きを完璧に引きたてていた。それでいてレゲエは、若さに似合わず、驚くほど自信に満ちた態度だった。顔の表情筋が並はずれてよく動き、無駄に表現力豊かで、肌はぴんと張り、視線は落ち着きがないのと同時に、相当な集中力を示している。頭は無帽で、高々と盛られた髪はたっぷり油を塗ってうしろに撫でつけ、船のへさきのかたちに整えてある。

レゲエはマストと目を合わせ、謎めいた微笑を浮かべた。マストは視線をそらした。

「どうかな、この店？」レゲエがちょっとグラスを上げながらたずねた。表現力豊かな声だが、どこか不安定なところがある。「ザイオードにもこんな酒場がある？　どんなところなの？　ちゃんと楽しめる？　それとも、噂どおり、退屈で活気のない場所？」

「いやいや、ちゃんと楽しめるとも」マストはゆったり答えた。「といっても、違いはあるが」

彼は新しい友人にザイオードのことを話しはじめた。しかしほどなく、その物語は、カエアンでのいまの生活に関する自己憐憫に満ちた愚痴になっていった。「だれも注目してくれない」と哀れっぽく言う。「ここじゃ、おれはただのつまらない外国人だ。だれと会ってもそれを思い知らされる」

レゲエは、酒場の奥から聞こえてくる音楽のリズムに合わせて尖った肩をかくかく動かしながら、同時に両腕をかすかに前後に揺らしていた。「不幸なんだね」半分目を閉じ、つぶやくように言った。「どうにかする方法があるけど」前に身を乗り出し、「カエアンでは、だれだって、外国人でいる必要なんかない。カエアンは全人類のものなんだから」

「あいにく、ザイオード人のものじゃないよ」

「ぴったりの服を見つけるのは簡単だよ。位相を合わせて、ひとつになれる。必要なのはただ、正しい種類の……」レゲエの声はやさしく、妙にぞっとする響きがあった。

相手がなにを言っているか、マストはすぐに見当がついた。レゲエはたぶん、マストの服がカエアンの服飾家の手になるものではないと気づいたのだろう。しかし、マストはなにも言わなかった。カエアンの衣裳について思うところを口に出せば、侮辱ととられるかもしれない。

ため息をついて、椅子の背にもたれた。よりにもよって、どうしてカエアンのこんな酒場に流れ着く羽目になったのやら。夜更けのこの時刻でも、きらびやかな異装の客たちで席は半分埋まり、ありえないほど異国的な眺めだった。まるで夢みたいだ。ときどき、ほんとうに夢なんじゃないかと思うことがある。いまでもまだ信じられない。たとえば、リトル・プラネット号が堂々とツィスト腕に侵入し、一度も誰何《すいか》されることなく惑星ベラージュの田園地帯に無事着陸できたこと。そのあと、彼とペデルはてくてく歩いて、あっさりインクサまでやってくることができた。あの日からきょうにいたるまで、一度もだれからもとがめられたことがない。

ペデルが部屋を見つけ、ふたりして催眠学習で言葉を学んだ。しかしマストは、場違いすぎる四人服のかわりに、ペデルが調達してきたカエアンの衣類を着ることを頑なに拒み、

「おれはザイオード人だ」と頑固に言い張った。あまりに魅力的な服を着るのがこわくて、彼は何日も出かけず、部屋にこもって生活した。

そのころ、ペデルが辛抱強く接してくれたのは、たぶん、寄るべないマストの身の上に同情したからだろう。マストはとうとう妥協した。カエアン衣裳そのものを着る気はないが、ペデルがつくった衣裳なら着てもいい。

最初のうちペデルは、自分のつくった服がカエアンで着られるなんてありえない、ぜったい無理だと反対したが、やがて思い直し、この挑戦を受けて立った。ペデルは道具と布地を買った。プロの服飾家の門を叩いて教えを乞うた。そして、必死の努力で弱気を乗り越え、自身の最高傑作を完成させた。じつのところ、その結果は、カエアン衣裳としてはかろうじて水準をクリアする程度だったが、マストにはこのうえなくすばらしく思えた。

レゲエが唇をすぼめ、集中した顔で、指先を踊らせている。はるか遠くにいるようだが、それでもなお、彼がいまもマストに注意を向けているのがわかった。

「いいことがある」レゲエが言った。「今夜、ぼくの結社に連れていってあげるよ。うちは特別でね……ゲストとして入れてあげられる」手を伸ばして、マストの膝を励ますように叩いた。

柿ワインをもうふた瓶あけて、呂律《ろれつ》がまわらなくなったころ、マストは抵抗する気もなくなり、レゲエに連れられて、裏通りにある大きな屋敷に行った。すべての窓が鎧戸で閉ざされた一軒家だが、中に入ると、内向的な、寺院を思わせる満ち足りた雰囲気だった。レゲエのあとについて、屋敷の奥へと向かって、たくさんの部屋を通り抜けた。部屋を追うごとに、前の部屋よりもクッションと寝具が多くなり、堕落を示す芳香が強くなる。マストは入会儀式の進行をぼんやりとしか意識していなかった。ひそひそとささやかれる説明、探るようにちらちらこちらを向く視線、特別待遇の是非にまつわる慎重な空気。

「なあ」マストはある時点で言った。「おれは見学なんだから、儀式に参加したりとかしなくていいんだろ？」レゲエをかたわらに、内陣へ案内されてようやく、マストは素面《しらふ》にもどりはじめた。

内部の壁には一定の間隔を置いてアーチが設けられ、それぞれのアーチの向こうには衝立で目隠しした通路もしくは小さなアルコーヴがある。贅沢で放縦な空気だった。内陣のラベンダー色の壁はとんでもなくエロチックな壁画に飾られ、室内にはやわらかそうな赤紫の布を張った寝椅子《シェーズ・ロング》や大きな安楽椅子が置かれている。数人の会員が先に内陣に来ていた。女人禁制の結社だと見えて、全員、男性だった。彼らはいっせいにこちらを向き、新しく入ってきた仲間を友好的な笑顔で迎えた。軍服のような衣裳に身を包み、ハンサムで優秀そうな、堂々たる押し出しの男たちもいれば、嫌悪感を催すほど強烈に男性性をアピールしている者もいる。さらには、レゲエに似たタイプの、ほっそりした若い男たちのグループ。いまのいままで、マストがレゲエの中にあえて見ないようにしてきたユニセックス的な面が共通している。その中には、上衣《ダブレット》をわざと切り裂いて、フリルのついたシャツや下着をちらちら見せている者もいた。マストが知るかぎり、カエアンにおいて、切り裂かれた衣服は大胆どころか猥褻とさえ見なされるはずなのだが。

しかし、泥酔したマストの頭にも、自分が迷い込んだ結社の性格をまざまざと思い知らせたのは、男根礼拝式だった。ズボンや半ズボン《ブリーチズ》やタイツの前から角《つの》のかたちをしたペニス・サックが突き出し、鋭く反り返って、腹の前で屹立している。サックは、それが包み込んだ器官を盛大にアピールし、着用者の姿勢や性格まで変えている。

「うわ、勘弁してくれ」マストはうめき声をあげた。「悪いが、レゲエ、おれはこんな……」

「だいじょうぶ、百パーセント完璧な人なんていないよ」レゲエがかすれた声でささやいた。「引き出す必要があるだけさ。さあ。一度くらい自分を解放しても害はないよ」

マストは、カエアンの服飾家がたしかに〝引き出す〟方法を心得ているのを知ってショックを受けた。かたわらに立つ若者の直立したスリムなラインが、どういうわけかぞくっと身震いするような感覚をもたらす。そして、他の会員たちのペニス・サックに呼応するように、彼自身のズボンの中でなにかが雄々しく立ち上がるのを感じた。

「ぼくも着替えなきゃ、リアルト。いっしょに来て。あなたに合うものを見つくろってあげるから」ぎゅっと握った手をレゲエにひっぱられて、マストはアーチのひとつに向かって否応なく歩き出した。

夜更けのある時点で、アマラは今夜の恋人候補だったアブラッツネ・コルダスクとはぐれてしまったが、いつまでもがっかりしたままではいなかった。パーティーがお開きに近づくころ、まずまずの相手と深夜のインクサ探訪ツアーにくりだした。自分よりずっと年下で、ちょっと熱心すぎるきらいはあるものの、人前に出しても恥ずかしくないタイプ。何時間も前からずっとアマラにつきまとっていた。

相手はホロスクと名乗った。ぽっちゃりした顔には、カエアン人としては少々頼りない表情ながら、情熱とためらいが同時にあらわれている。体のシルエットは黒っぽいスーツでほとんど隠れていた。アマラが口にする一言一句が気になるらしく、ザイオードのことならどんな些細な話にでもぐいぐい食いついてきた。しつこく質問してくるのにはなにか裏があるんじゃないかと思ったものの、それがなんなのかは見当もつかない。

「で、あなたの仕事はなんなの、ホロスク？」彼女はたずねた。「政府関係？」

「ううん、民間企業だよ」ホロスクは説明した。「貿易関係の会社に勤めてる。うちは、このセクターの十五の惑星と取引があるんだ」声は小さく、ほとんど聞きとれないくらいだった。「ねえ、その、ザイオードでは……女性はほんとに……ええっと……」

ふたりは大きな広場を見下ろすテラスで、手すりにもたれて立っていた。眼下ではカラフルな噴水が躍っている。アマラはベラージュ時間に合わせた腕時計に目をやった。「もうこんな時間。そろそろ船にもどらないと」

「うち、すぐ近くなんだ」ホロスクが早口で言った。「寝る前に一杯どうかな」

「そうねえ……」あいまいな表情で、アマラは青年といっしょにテラスを降り、通りに出た。

ホロスクの住居は、ほんの二、三百メートル離れたアパートメント・ブロックにあった。ホロスクは見るからに興奮した様子で、鍵を不器用にがちゃがちゃさせてドアを開けた。アマラは、まんざらでもない気分と好奇心とに背中を押されて、部屋の中に入った。小さくてつつましいアパートメントだが、まずまず快適そうだ。ホロスクは飲みものをアマラに手渡すと、室内を神経質にうろうろしはじめた。

「すわったらどう。カーペットがすり切れて、穴が開いちゃうわよ」アマラは片手をさしのべてホロスクを招いた。

返事のかわりに、青年はいきなりアマラの前にひざまずいた。驚いたことに、丸顔が一面汗びっしょりになり、全身をこわばらせて震えている。性的な興奮がはやくもピークに達しているらしい。

「さあ!」目を大きく見開いて叫ぶ。「ザイオード女のことはぜんぶ聞いてる! ほんとなんだろ? あんたたちは——あんたたちは愛し合うとき——」ごくりと唾を呑み、のどをつまらせて、一瞬しゃべれなくなった。「ふ、服を脱がせる!!」と言って苦しげにあえいだ。

「ええ、もちろん」アマラは気軽に答えた。「ほかにどうするの?」

「おお、神よ、神よ!」ホロスクが感きわまったようにうめき、床の上で身もだえた。

あたしはカだしぬけにアマラは事情をさとり、吹き出しそうになるのを必死にこらえた。あたしはカエアン人の変態につかまったわけね——性的倒錯が行き着くところまで行った結果、服を脱ぐと想像するだけでエロチックな興奮にかられている。

こんなタイプは多いんだろうか？　いや、たぶん多くはない——ごく稀《まれ》だからこそ、こんな嗜好が世間に知られずに済んでいるのだ。もちろん、ザイオード女がインクサにやってきたというニュースに、彼らは猛り立ったわけだ。

ホロスクは必死に勇気をふるいおこしたようにアマラのスカートを両手でつかみ、カエアン版の下ネタをまくし立てた。

「ぼくを脱がせて」息を切らし、熱っぽく懇願する。「服を剝いで、むしりとって、裸にして！　一糸まとわぬ、生まれたままの姿をさらけださせて！　紐をほどいて、ボタンをはずして、ズボンを下ろして！　おお、服をぜんぶ脱がせて！」

くすくす笑いながら、アマラがその願いをかなえてやるあいだ、青年はあおむけに横たわり、失神寸前の状態でふるえていた。それから、彼の手をとってアマラの服を順番に脱がさせてやると、ホロスクは恍惚の嗚咽を洩らした。

13

複雑な神経系を持つすべての生物は、身体イメージを利用している。身体イメージとは自己像《セルフイメージ》であり、生物がみずからの物理的な実在について持つ知識の総体を意味している。この知識は、意識と、識閾下の知覚とのあいだに漂っている。身体イメージが遺伝子に由来するのか、それとも条件付けの産物なのかについては長く議論されてきた。この問題を解決するための実験として、みずから志願した被験者を完全な記憶喪失に導いたのち、動物やロボット・ウォルドーなど、違う身体イメージを植えつける試みがなされてきたが、決定的な結論はいまだに出ていない。ひとつには、被験者の身体をべつの身体に収容することが困難だということ。さらに、使用される薬剤がしばしば精神の錯乱を招くという理由もある。一部の被験者は、体を犬や熊と（ある例では蝶と）交換する〝夢〟を見ていたと報告している。

身体イメージの柔軟性は、あらゆる人類文化に共通する特徴である身体装飾を研究するうえでも、非常に興味深い。カエアンの事例では、とりわけこれが重要になる。カエアン衣裳は、枝分かれした身体イメージの増殖だろうか。カエアン人は、催眠術にかかった状態のとき、自分たちのことを、服装が示すようなエキゾチックで神秘的な存在だと想像しているのだろうか。この問題については、いまなお社会科学による究明が待たれる。

——リスト『文化概説』

ツツィスト腕には一千万以上の恒星がある。カエアンの支配宙域だけでもその数は百万に及ぶ。その百万の星系の中に、約百の居住惑星があり、交易と国民性の絆で結ばれている。カエアンの国民性は、多種多様な結社と、奇想天外な執着《フエティッシュ》、文化的な表象から成り、それがこれらの惑星を咲き乱れる花々のように飾りたてている。

ペデルはカエアン社会をなんの苦労もなく楽々と動きまわった。着ているスーツのおかげで、どこへ行っても最高の敬意をもって遇される。これが行方不明になったスーツだということはもちろん、フラショナール・スーツだと知られているのかどうかさえ定かでない。スタイルを重んじるこの国では、その種の質問がなされることはなかった。スーツが着用者を発見したのだ。だとすればペデルこそが頂点《アクメ》であり、まったき社会人である。重要なのはそれだけだった。

じっさい、重要なのはそれだけだった。カエアンの流儀にどっぷりはまるにつれて、非人間的な無関心がペデルを支配しはじめた。スーツはしばらく彼を甘やかしたあと、ふたたび旅へと送り出した。星から星へと放浪する旅は、偶然のようにして、いつもカエアンの一方の端へと向かった。

ケツコルの街で、ペデルはある日たまたま、六角形をした灰色の板石が敷かれた長い遊歩道をぶらぶら歩いていた。長くつながった石づくりの庇《ひさし》が屋根になり、遊歩道の先は、ジッグラトに似た段々の下り坂になっている。ペデルはその場所で、四人の兄弟の最初のひとりに出会った。すなわち、ほかに四着存在しているフラショナール・スーツの着用者のひとり。その人物はそこに佇《たたず》み、じっとペデルを見ていたのである。

ペデルは相手のスーツに目を凝らした。表面的なスタイルは、ペデルのスーツとそっくりに見えたかもしれない。しかし、思想的には大きくかけ離れているのがわかった。「パラダイムが違う」ペデルはそうひとりごちた。そのスーツは、不屈の意志を持つ男、まっすぐ前だけを見てけっしてあともどりしない男を表現していた。そのパラダイムにふさわしく、彼のスーツは、ペデルのスーツに欠けているひとつの付属物を備えていた。つばの広い、不吉な帽子。山は低く、てっぺんは平らだった。帽子の影になった男の両目は冷たく、灰色で、硬質だった。

ペデルは遊歩道を歩いていくと、男の目の前に立った。「ペデル・フォーバース」

「オーティス・ウェルド」と相手は答えた。その声は深く、無愛想で、金属的な響きがあった。「われわれは、きみをずっと待っていた。しかし、時間は重要ではない。森が育つには時間がかかる」

ペデルは無用の饒舌をいっさい排して、「ほかの者たちにはどこで会える？」

「ひとりはこのケッツコルに住んでいる。彼といっしょに船に乗り、残りの者たちと落ち合おう。会議が開かれる。すべての花弁がひとつに合わさったとき、植物全体が繁茂《はんも》する」

ふたりは街を歩き出した。ケツコルの都市計画はカエアンの他の都市とまるで違って、インカ風またはアステカ風と呼ばれる様式を偲ばせた。平べったい直方体の灰色の石材を組み上げて、三次元の迷路が築かれている。斜めの層をたがいに交差させて空間をつくり、それが街路や通廊になる。どこまでもくっきりとした輪郭と、建築素材のつややかなグレイが、決断力と意志力の印象を醸し出していた。頭上では、空が、澄みわたった水のような青を反射している。

ケツコルのこの特異な性格は、カエアン宙域のこちら端では典型的なものだった。たくさんの飛び地で、生物学的なフォルムではなく、布と染料という生きものを使って、思い思いに新しい進化がはじまっている——たとえて言えば、そんなふうに見える。いくつか例を挙げれば、パルコでは、涼しげなサフラン色のローブに身を包んだ人々が、穏やかに安らかに暮らしながら、よその土地ではだれも思いつかないような思索にふけっている。ファラドの住民は、あらゆる明るさと色合いの青しか身につけず、儀式的な戦争を戦っているが、その動機はたぶん、ザイオード人にはまったく理解できない。カブソロムの人々は、新しいタイプの、これまた謎めいた彫刻に夢中だった。そして、ここケツコルでは、ウェルド自身に象徴されるストイックな冷酷さが特徴をなしている。ベラージュのような気ままな享楽主義はどこにも見当たらない。あるのは受動性だった。そして、思いがけない方向へ伸びてゆく、熱病のような活動。だがその活動の中でさえ、ある種の不活動——活動をはじめることよりも、活動に屈すること——が手綱を握っていた。

ペデルはいま、ツツィスト腕の果ての、すぐ近くまで来ていた。

「このケツコルでは、プロッシムを着ている者がずいぶん目につく」ペデルは歩きながらウェルドに言った。「ほかの素材がほとんど排除されていると思えるほどに」

「たしかに。完璧な生地が手に入るのに、どうしてわざわざほかのものを着る？」

「ケツコルに住んでいるという仲間にはいつ会える？」

「わたしが所有する結社を訪ねてくるように手配しよう」

ペデルはとまどった。「結社は所有するものじゃないだろう」

「わたしは所有している」ウェルドが答えた。

「ということは、ひょっとして、きみは服飾芸術の唱導者？」

「職業にはしていない。ときどき、自分の楽しみのために実験するがね」

「きみの結社はあの中に？」

「そう」

ウェルドが導いたのは、涼しくて地味な建物だった。平べったい灰色の直方体《スラブ》が積み重なる中に埋もれている、平べったい灰色のスラブのひとつ。中は部屋がひとつだけで、スラブ自体と同じかたちをしていた。ペデルは、ドアフレームなど、押し出し成形された部分に素手で触れてはいけないことをすぐに学んだ。エッジがナイフのように鋭い。

結社のメンバーが二、三人、先に来て黙ってすわっていたが、ウェルドに対してなんの挨拶もしなかった。彼らのスーツは、ウェルドのスーツの仕上げを雑にしたように見えたが、生地だけは鉛の光沢があり、かなり上等そうだ。表情も厳しく、非情に見えたが、ウェルドとは違って無帽だった。

「わたしの結社にはユニークな特徴がある」ウェルドが言った。「それをお見せしよう」彼はメンバーのひとりを手招きし、上着の袖口を折り返してみせた。

「皮膚衣裳だよ」ウェルドは説明した。「衣服の布地とキューティクルを融合させて、表皮と交換した。いまやこの服は人体の一部――いや、より正確に言うと、人体が衣服の生物学的な中身になっている。この服は、脱がすことができない」

ペデルはプロッシムの金属光沢のある生地に手を触れ、それが男の手首の皮膚とつながっているところをたしかめて、手を離した。「正道を踏み外している」とペデルは横柄な口調で言った。スーツの男は、無表情に立ったままだった。「服飾芸術の本質は、人間がひとつの姿かたちに縛られないことにある。だれもが自分の服飾家によって、数千のパラダイムを提供される。きみの発明は、あらゆる生きものがひとつの姿しか持たなかった、カエアン文明以前の生物学的進化の形態に逆行している」

「そう、そのとおり。これは正道から逸脱している」ウェルドが同意した。「それでも、興味深い脇道だよ。この可能性が探求されないままになるのは忍びなかった」ウェルドは手を振って男を去らせ、近くのテーブルに置いてあったものを手にとり、「たしか、ベラージュ

・セクターの出身だったね？　こういうものを見たことがあるかい？」
ウェルドは円形の鏡をさしだした。一見、ごくありふれた鏡だが、光の加減か、表面が妙にゆらめくように見える。

しかし、覗き込むと、鏡は薄い光輝を放ちながら燃えているかのようだった。鏡に映る自分の顔を魅入られたように見つめる。顔貌《がんぼう》が微妙に変化しはじめている。ペデル自身の顔だが、いわくいいがたい異質な雰囲気が加わっている。

しかも、ペデルは目を見開いているのに、鏡像は目をつぶっている。やすらかな寝顔。

ペデルは説明のつかない不安にかられた。「どういう仕組みなんだ？」

ウェルドが珍しく、おもしろがるような笑みをかすかに浮かべた。「ふつうの鏡のようだが、じつは鏡じゃない。像は反射光によって結ばれたものではなく、裏板のマイクロコンピュータが再構成した映像だ。この装置には知性がある」

ペデルは鏡をひっくり返してみた。二、三本、かすかな線が見えるが、それ以外はなにもない。厚さもふつうの鏡と変わらない。もちろん、それはなんの手がかりにもならない。マイクロエレクトロニクスなら、人間の脳まるごとでも、もっと小さなスペースに収められる。

「知性のある鏡か」とペデルはつぶやいた。

「そのとおり。もちろん、機械知性だがね。人間の知性ほどリアルではない。しかし、たとえ機械でも、人間にはない特徴がある。この装置にできるのは経験することだけ。人間と違って、行動する必要はない」

「純粋に受動的ということか。受動的な知性。妙なコンセプトだな」

「たしかに。それでも、人がこれを覗くとき、見返してくる顔は、ふつうの鏡が映すそれとは違うことがある。たいした知性だよ」

ペデルは鏡をテーブルに置いた。このあたりの宙域では、似たような装置が普及しつつある。能動性はゼロで、周囲からの影響を吸収するだけの電子機器。この現象は象徴的だ。カエアン史の後半における植民は、それ以前の文化のネガフィルムのようなものを生み出した。ベラージュや似たような惑星で起きた文化的高揚は、消極的な受動性にとってかわられつつある。まるで――写真の比喩を重ねれば――人間の心が自分自身を普遍的な感光板にしようと思い定めたかのように。

ウェルドの上着にふと目がとまった。プロッシムは植物に由来する生地だが、繊維は細かすぎて肉眼では見えない――なのにとつぜん、想像の中で、それが見えるような気がした。ペデルは、顕微鏡的なサイズの緑の森に分け入ってゆく。生きた葉や、根毛の網目や、密生した微細な巻きひげが織りなす森がまわりじゅうに広がり、葉ずれの音を響かせて世界を埋めつくした。そして、はるか彼方から響くように、ウェルドの声が聞こえた。

「おお、ファマクサーが来た」

ウェルドに呼ばれてこの結社を訪れたのは、ペデルが目にする第三のフラショナール・スーツ着用者だった。ペデルはそちらに向かって進んだ。シダの葉をかき分け、茂みにおおわれた森の中を歩いているような気がした。それとも、森がペデルの神経に根毛を伸ばし、思考と知覚にとってかわろうとしているのか？　眩暈をともなう幻覚が消えた。「ごきげんよう、兄弟」ファマクサーがそっけない皮肉な口調で挨拶した。「オーティスにひどい目に遭わされていないといいが」

「いやいや、とてもよくしてもらっているよ」ペデルは答えた。

ファマクサーのスーツは、見たところ、かつて書物の装丁に使われていた羊皮紙または子牛皮紙のような質感だった。スーツが彼に付与している性質は、乾き、風の吹きすさぶ埃っぽい環境にあって、太陽と風に長年さらされてきた男。その態度が示すのは、強靭なシニシズムと、陽気な自信。それに、すぐには特定できない他のいくつかの性質。

フラショナールのプロッシム・スーツがその着用者たちを導き、数百光年の距離を旅させてきたことは、ペデルにとって不思議でもなんでもなかった。フラショナールの計画《マスタープラン》はどんなものなんだろうと、時折ちらっと考えるのをべつにすれば、自分の行動について疑問に思ったことは一度もない。朝、目を覚ました男が、自分はなぜ目覚めたのかと自問しないのと同じことだ。

日の出を迎える登山者のように、ペデルの心はフラショナールの非凡な才能の輝きに満たされていた。

三人はたがいに歩み寄った。三着のスーツのあいだで交わされるかすかな放射をペデルはぼんやり意識した。おそらく、どんな科学的検出装置でも探知できないほど希薄な放射だが、にもかかわらず、それは現実だった。

「ほかの者たちを集め、そして旅をしなくては」ファマクサーが言った。「時は来た」

「ああ、旅をしなければ」とペデルがうなずいた。

「なにかがおかしい」アマラは言った。「これじゃ、ぜんぜん意味がない」

「いい意味はあるはずですよ」エストルーが反論した。「まだ見つかってないだけで」

「この種の計算は、棚上げにしておくというわけにはいかないの。すくなくとも、科学的なやりかたをする気ならね」アマラは引かなかった。「社会学的な意味での減衰時間は、理論ではなく事実なんだから」

調査局の作戦室で行われた長い検討会も終盤にさしかかっていた。アマラは大量のデータが集まったことにご満悦だったが、そのデータをどう分析しても、望んでいる答えが出なかった。

アマラの仮説では、ソヴィャからもっとも遠いカエアンのこのあたりは、衣裳フェティシズムから相対的に自由なはずで、最初期に植民された惑星でも、いまではもっとノーマルな考え方になっていて当然だった。ところが、現地調査報告も、ひんぱんな寄港にさいして上陸したクルーの観察も、その予測とは正反対の実情を明白に示していた。各植民惑星におけるカエアン文化は、ソヴィャから離れるにつれて正常化する方向には向かっていない。それどころか、ソヴィャから遠ざかるほど、ますます奇妙に、ますます異常になっている。蓄積されたデータにアマラが適用した計算式は、〝減衰時間〟——文化的な力が当初の勢いを失って滅びるまでに要する時間――という社会学上の概念に基づいていた。移ろいやすい流行やファッションの減衰時間は、数週間から数ヵ月。カエアンを支配しているような強迫観念の場合は、物差しの反対側にあって、数世紀持続する。パラメーターはまちがっていないはずだ。計算によると、カエアン文化の〝半減期〟は当初の見込みよりさらに短い。カエアンは当然、カエアン特有の衣裳第一主義症候群からとっくに脱け出して、もっとザイオードに近い国家になっているはずだった。

「この国は病気なのよ」彼女は言った。「でも、いつまでも病気が治らない――それどころか、ますます病状が悪化しているのはなぜ？　その理由をつきとめないと」

「計算がまちがっているのでは？」だれかが果敢な問いを発した。

アマラが顔をしかめた。

エストルーがさっきまでの議論を引き継いで、「ソヴィヤ体験の持続力を過小評価していた可能性もありますね。たとえば、われわれの計算式は、身体イメージの完全な消去を許容していません」

「完全な消去？」アマラが憤然と訊き返した。

「ソヴィヤ人は、正常な身体イメージ――すなわち、個人および種の同一性保持のため、心の中に形成されるイメージ――が、べつのイメージによって上書きされうることを明白に示しています。つまり、ソヴィヤ人は、自分たちを大きなスペース・スーツであると見なしている。でも仮に、人間の身体イメージが、もともと、本能または遺伝にまったく起因しないとしたら？　永久に消去できるとしたら？　その場合、カエアン症候群はいつまでも安定し、減衰することはない」

「もっともらしい仮説ね」と、アマラは認めた。「だとしたら、カエアン現象は、生物学的な進化と同じく、一種の加速された進化のあらわれということになる。外見上のイメージという観点から見ると、カエアン人は無数の新しい種に分岐しつつあるのかもしれない。いわば、心理学的な進化ね」

エストルーはそれに勢いを得て、「そのとおりです。マット＝ヘルヴァーが指摘するように、それらのイメージに、集合無意識から引き出される元型のようなものがあるとしたら、可能性はますます強くなる。たとえば、狐タイプのスーツを着たカエアン人は、狐のような気分になるため、狐タイプの人間になってしまう。たしか、リストも『文化概説』で似たようなことを言っていた記憶が……」

「もっともらしい話だけど、それはまちがいよ」アマラが言った。「自然な身体イメージは、まぎれもなく、生まれついての遺伝的なもの。永久に消してしまうことなんかできない」

「腕や足は遺伝的なものですが、アレクセイ・ヴェレドニェフは、発見された当初、それについてなにも語ることがありませんでした」と技術主任が口をはさんだ。

アマラはいらだたしげに手を振って、「増殖よ。増殖の一語で、エストルーの仮説は粉砕できる。カエアンの服飾家たちは新しいことに積極的だから、あらゆる可能性を試す。百歩譲って基本イメージが消去されたとして、その再出現をなにが妨げているの？　若くてやり手の服飾家が、裸体はそれ自体エキサイティングなものだと発見するのに時間はかからないはずよ。ザイオード社会では、衣裳がどんどん薄くなり、とうとう裸を受け入れた。ところがカエアンでは、そうなることをなにかが妨げている。カエアンにおける裸体は、じじつエロチックなものなのに、口にするのも忌《い》まわしい、倒錯的なものと見なされている」

そう言ってから、アマラの顔が真っ赤になった。気恥ずかしさを隠すため、アマラは大型スクリーンのほうを向いて、じっと見つめるふりをした。「正常化に至る自然なプロセスを阻《はば》むものが、なにかあるのよ」

全員がスクリーンを見つめ、沈黙が流れた。だしぬけに、エストルーがまた口を開いた。

「こんなことより、議論すべきもっと重大な問題があるんじゃないですか？　カエアン宙域をいくら調べても、証拠が見つからなかったものがもうひとつある。ザイオードに対する侵略の意図です」

作戦室の全員が口々に賛同のつぶやきを洩らした。

「ええ、そのとおりね」アマラが眉をひそめ、納得していない顔でうなずいた。「その点については、アブラッネ・コルダスクの話は真実だったみたい」

「それを総裁政府にどう説明するか、その点を優先順位の第一にすべきではないでしょうか？　じっくり考えなくてはならない問題です。言うほど簡単じゃないかもしれない」

「あら。どうして？」

「戦争の準備ができてしまうと、戦争できないことを残念に思う人もいますからね」エストルーは言った。

「イライラはしてるよ」アレクセイが、まずまず理解できるザイオード語でおだやかに言った。「いつでも」

「かわいそうに」マストは同情するように応じた。「いやはや、おれもむかしはいっぱしの悪党気どりだったが、この船の科学者連中にくらべたら子供みたいなもんだ」

「でもまあ、なんとかやっていけてる」アレクセイが言った。「ほどほどの統合失調症状態を保つ薬を投与されてるからね。この種の体験を克服する方法は、それしかないんだって」

話しているときにも、アレクセイの顔はまったくの無表情だった。表情をつくるのに必要な筋肉や神経はすべて再建されているが、アレクセイがその使いかたを身につけるのは、今後もたぶん不可能だろう。

アレクセイは、他人といっしょに過ごす時間を苦労して耐え忍んでいる。そのことはマストも気がついていた。しかし、このソヴィャ人はきっとさびしいはずだ。マストは自分にそう言い聞かせた。

ふたりはカラン号の船殻のカーブに沿って伸びる船腹の通路を歩いていた。アレクセイの歩みはぎこちなく、すぐにふらつくので、マストは何度となく反射的に手を伸ばし、転ばないように支えてやった。もっとも、ソヴィャ人が実際にバランスを失うことはめったになかったが。

観測窓の前を通りかかると、アレクセイは呼吸を整えるように立ち止まった。郷愁に満ちた焦がれるような目で彼が真空の宇宙空間を見つめるあいだ、マストは気まずい思いでかたわらに立っていた。

それからまた歩き出したアレクセイとともに、マストは船腹の通路から折れ、アマラ・コールの社会学局にやってきた。マストは少なくとも一日一度、ここを訪れることにしていた。扉の向こうの会議室からは活発な議論の声がかすかに洩れてくる。マストが不作法にドアを押し開けて中に入っても、だれも目をくれなかった。アレクセイがそのあとにつづいてよろよろと入ってきた。

チームはふたつのグループに分かれていた。片方は部屋の奥でアマラを囲み、コンピュータ端末を使ってせわしなくなにか計算している。残りはとくになにをするでもなく、専門用語を使ってだらだらしゃべり、マストをいらつかせた。

一分か二分、マストは理解不能のぺちゃくちゃに我慢強く耳を傾けていたが、それまでじっと鏡を見ていたエストルーが、急に議論をさえぎり、

「どうやら、これこそ、われわれの探し求めている手がかりのようです」と宣言した。

マストはそちらに歩み寄った。鏡は卵形で、金細工のフレームにおさまっている。表面がほんの少し明るすぎる以外、変わったところはないように見えた。

「はあ？　その鏡が？」とだれかがたずねた。

エストルーがくすっと笑って、「ええ、ただの鏡、ガラス板の裏に銀メッキしたふつうの

反射体に見える。でも、そうじゃない。この鏡を覗くと、鏡が見つめ返してくる」

手の中で鏡をひっくり返しながら、エストルーは説明した。「このガラスはふつうのシリカ・ガラスじゃない。ホログラム・ガラスです。また、ガラスの裏側もふつうの水銀塗装ではなく、同じ厚さのマイクロコンピュータ板になっている。ホログラム・ガラスはあらゆる入射光を吸収して、それをコンピュータに伝え、知覚処理を経て、鏡に映る像をデジタル化する。そして最終的に――数ナノ秒後に――デジタル再構成されたイメージがホログラム・ガラスに映され、蛍光で表示される」

「だからどうした？」

「そのとおり」もうひとりがそれに加わり、「簡単に実現できることをわざわざやこしくやっているだけじゃないか」

「ふつうの鏡と違うのは、機械知性がある点です。もちろん、極度に受動的な知性ですけどね。そもそも出力手段がない。経験したことを映し出す心を持った鏡です。だから、見られている自分を見ていることになる――考えれば考えるほど、見かけほど単純な装置じゃないことがわかる」またくすっと笑って、「言わばこれは、広い心《オープン・マインド》を持つ鏡なんですよ」

マストがエストルーの肩ごしに装置をのぞきこんだ。「でも、実際問題、なんの役に立つんだい？」

「いや、なんにも。ただの飾り、いかにもカエアン的なおもちゃですね。ただし、多少のおまけがある。この鏡はときどき〝映った〟像を変化させることがある。たまにはかなり激しく。どうしてそんなことになるのか知らずに体験すると、ぎょっとするような効果です。しかしその場合も、鏡がゼロからなにかをつくったり、プラスしたりするわけじゃない。隠れている性質をひっぱりだし、人間の目が見過ごしがちなものを強調するんです」

他の発言者たちが近づいてきて、鏡を見つめた。「で、この鏡にカエアンとどういう関係が？」

エストルーは鏡を持つ手に力を込め、夢見るような目をして言った。「もしカエアンが、みずからこういう鏡になろうとしているとしたら……個々の人間としての意識を捨てようとしているとしたら……」しどろもどろになりかけているのに気づいて、エストルーは頭を振った。

マストが嘲るような笑い声をあげた。

そのとき、エストルーはふらふら近くを歩いているアレクセイ・ヴェレドニェフに目をとめた。だしぬけに冷酷な表情がエストルーの顔をよぎった。

「やあ、アレクセイ、ひとつ自分を見てみないか」

「いや、鏡は好きじゃない――」アレクセイはしかし、顔の前に突き出されたゆらめく卵形の表面を避けられなかった。しばらく、無表情のまま凍りつき、それから顔をそむけて、苦しげな悲鳴を洩らした。

「どうした、アレクセイ？」マストが心配そうに声をかけた。しかし、ソヴィヤ人は全員に背を向けて、よろよろと会議室を出ていった。マストはそのあとを追いかけようとして、思い直した。

「ずいぶん残酷な真似をするじゃないか」と、エストルーに向かって非難するように言う。

「どうってことないでしょう。ああいうショックも治療のうちですよ。それに、興味深い結果が出た。さっき鏡に映ったものがちらっと見えたんです」

「ほう？　で、鏡の中になにが見えた？」

「金属の宇宙ヘルメット。ヴェレドニェフの顔なんか、まったく映ってなかった」

エストルーの同僚たちは、気まずい空気を察知してか、そっぽを向いてカエアン衣裳を調べはじめた。いま可動式ラックに吊されているのは、前回の寄港地での収穫だ。このところ、カラン号は寄港のたびにカエアン製の衣料品を調達している。これだけ在庫があれば、もういつでも店が開けるな、とマストは思った。

「最近、手に入るのは、みんなプロッシム製だ」社会学者のひとりが、外套《タバード》の生地に手を触れながら言った。「このあたりのカエアン人は、ほかの生地に洟《はな》もひっかけないらしい」

話題が変わったのが自分の行動のせいだとも知らぬげに、エストルーが話に加わった。

「カエアン人はむかしからずっとプロッシムを尊重してきた。すばらしい素材ですよ」

「しかし、ツィスト史をさらに遡ると、スタイルと同じくらい、生地にも多様性がある」

「コストの問題です。プロッシムは用途がとても広く、加工法しだいでどんな手ざわりにもなり、他のどんな生地のかわりにも使える。ただし、プロッシムはたいへんなコストがかかる。噂によれば、ある秘密の植物から採れるもので、その植物の生育地は、プロッシムを卸している商人しか知らないとか。このあたりでプロッシムがありふれているのは、おそらく、ただたんに、原産地が近いからでしょう」

　彼は〝光のスーツ〟と呼ばれているタイプのスーツをとりだした。体にぴったりフィットする三つ揃いで、ズボン、ズアーヴ・ジャケット（ズアーヴ兵と呼ばれるフランス軍歩兵の服装を模した丈の短い上衣）、二本の短い角《つの》が左右に突き出した袋状の帽子から成る。スーツは人造宝石やゴールドでパイピングされ、まばゆい光線を発しているみたいに光り輝いている。

「着てみたらどうだい、ブランコ？」エストルーはスーツを同僚にさしだした。「どんなふうに見えるか、ためしてみてくれ」

　驚いたことに、ザイオード人たちは調達したカエアン衣裳をほとんど試着したことがなかった。ブランコは肩をすくめて、「いいとも」と言うと、着ていた服をさっさと脱ぎ、なめらかな動きでスーツを着た。

　とてもスマートに見えると、まわりの意見が一致した。スーツを着たとたん、ブランコの背すじが自然とまっすぐになり、肩が張った。瞳が澄みわたり、輝いているように見える。

「たしかに一定の効果があるね」エストルーがブランコに向かって、考え込むように言った。

「まさかこんなに――体つきがよくなったというか。どんな感じ？」

「悪くない」ブランコが新たな自信に満ちた声で答えた。「上々だよ。まるで――」彼の目には遠くまで見透《みとお》すような光が宿っていた。「まるで、どんな秘密でも見抜けそうな――」

ブランコは、軽々としたすばやい動きで、二、三歩、踊るようにうしろに下がった。明るい部分が残像になる故障したヴィドプレートのように、スーツのきらめく宝石や輝くゴールドの細工が、空中に光の飾り格子を残すように見えた。ブランコの動きで、周囲の空間が光輝に満たされた。

会議室の奥から、アマラが部下を引き連れて大股にやってきた。「自分の身体イメージ理論を自分で粉砕したようね、エストルー」と朗々たる声で言う。「そのスーツ、ブランコにぴったり合ってるじゃないの。つまり、基本イメージがカエアンでも健在だという証拠」ブランコをじろりとにらんで、「そんなガラクタはさっさと脱ぎなさい、ブランコ。クルーが破壊活動分子になるのは願い下げですからね」

ブランコはおとなしくスーツを脱いだ。

「お説ごもっともですね」エストルーが認めた。

「もちろんよ。あらゆる衣服の背後には、裸の人間という暗黙の前提がある。それがなかったら、体を飾るものなんかすべて無駄よ。いまから証明してみせてあげる——賭けてもいいけど、こういう服はヴェレドニェフにはなんの心理的影響も及ぼさない。基本イメージが彼の中で休眠しているから。彼はどこ？　さっき、あなたといっしょにいるのを見た気がするけど」

「出ていきました」とエストルー。「でも、その点はもう確認しましたよ。おっしゃるとおりです。彼はカエアンの衣類には——どんな種類の衣類にも——反応しません。スペース・

スーツ以外は」ため息をつき、「ところで、そちらの計算の結果は？」

「上々よ」

アマラは会議室の全員を呼び集めた。「みなさん、注目してください。これは全員に聞いてほしいの」

全員がまわりを囲んで車座になると、アマラは作戦室後方の大型スクリーンの下で講義をはじめた。現在、画面にはゆるやかにカーブしたツィスト腕が映っていた。居住惑星は明るく目立つブルーの点、残りの惑星はぼうっとした暗い点で表示されている。

「われわれが採用したきわめて信頼性の高いパラメーターが示すところによれば、現在のカエアンは、理論的に見て、ありえない状態です」アマラは断言した。「ゆえに、われわれが気づいていない他の要素が存在するはず。そこでまず第一に、問題を構造的な観点から整理してみましょう」

アマラは画面に小首を傾げ、コンソールに指を走らせた。指示にしたがって映像が変形しはじめる。矢印で示された進路がブルーの点同士をつなぎ、やがてそれらの点が位置を変え、多くが合体してひとつになり、映像は単純化された模式図になった。

「そう、これは、カエアン宙域の居住惑星群を、文化的影響のネットワークとして表したものです」アマラは説明した。「では次に、それぞれの影響を特定します。ソヴィヤの方向からの異常性は、このように伝わるはずでした」

ネットワークはおおむね菱形をしていた。左の頂点に赤い染《し》みがあらわれ、つながったルートづたいに広がってゆく。ネットワークの中央まで来ると赤い染みは薄れはじめ、菱形の右、全体の四分の一くらいの一画には、もとの白――社会学的な正常性をあらわす色――が残された。アマラは指示棒の先でグラフのその部分を叩き、論点を強調した。

そして、勝ち誇ったような顔でメンバーのほうを向いた。

「ところが、わたしたちが実際に見出した文化状況は、正常化に向かうどころか、服飾芸術がさらに繁栄し、予想外の新たな特徴まで発達させていた。この現象を説明する状況はひとつだけ。わたしたちの当初のカエアン分析は、半分しか正しくなかったのです。すなわち、ソヴィヤ方向からの影響力が、反対方向から来た第二の影響力によって強化されている。同種の文化相関図を使って、この第二の影響力の源の位置を大まかに推定しました」

アマラがまたコンソールに手を伸ばした。緑色の染みが菱形の右側、白く残されている部分の頂点にあらわれると、それが中央に向かって広がり、赤の染みとぶつかって混じり合い、黄色がかったオレンジからくすんだ赤紫まで、さまざまな色彩のグラデーションをつくりだした。

「この影響力の源として有力な惑星も見つかりました。セレネです。ツイスト腕における最後のカエアン惑星であり、たまたまザイオードからもっとも遠い惑星でもあります。というわけで、みなさん、全速力でセレネを目指すことにしましょう」

アマラの下で計算に手を貸していなかったメンバーは、大型スクリーン上の図を魅入られたように見つめていた。アマラのロジックは説得力が高く、疑問の余地はほとんどなかった。

驚くべき仮説だが、事実を矛盾なく説明している。

「その惑星にはなにがあると？」エストルーがたずねた。「もうひとつのソヴィヤじゃないでしょうね？　それだと話が出来すぎなのでは？」

「いいえ」アマラが重々しい口調で言った。「どちらの原点も、ともにソヴィヤに起源があるはずよ。たぶん、ことの起こりはこうね。はるか昔、ソヴィヤを出発したふたつの植民団が、ふたつの別々の惑星に入植した。ひとつはソヴィヤのすぐ近く、もうひとつははるか遠く。後者はセレネかもしれないし、あるいはセレネ近くの、すでに放棄された惑星かもしれない。そして、このふたつの植民惑星は、接触がないまま、それぞれ独自に発展していった。社会が別々のかたちに分岐する理由なんて、いくらでも思いつく——もともとソヴィヤ文化の別々の系統に属していたのかもしれないし、当時のセレネの気象条件が違っていたのかもしれない。ともかく、このふたつの文化がとうとう出会って、相互に影響力を強め合うひとつの社会が生まれた」

ブランコが立ち上がり、口を開いた。「じつにおもしろい話ですが、セレネへ行く件についてはどうですかね。われわれはすでに長居をしすぎたのでは。もっとも重要な事実、すなわち、カエアンはザイオードにとって軍事的脅威ではないという事実は、しばらく前に立証されています。この知らせを携《たずさ》えて、一刻も早く帰国すべきではないでしょうか」

賛同のささやきが広がった。「ウィルス船長も同意見です」エストルーがそう言って、問いかけるように眉を上げた。

アマラは、チームワークを壊しそうな決定的対立の萌芽を感じとり、唇を舐めた。

「本船クルーのあいだで意見の相違があることはよく承知しています」きっぱりした口調で言った。「総裁政府から与えられた特別権限により、わたしはすでに、即時帰国の提案を却下しました。調査研究を完遂するまで、本船は帰国しま**せん**。この問題に関する議論はこれまでとします」

これでみんな黙るはずよ、とアマラは心の中で言った。

エストルーは、アマラがコンピュータ内蔵のあの鏡を覗いたことがあったかどうか思い出そうとしていた。鏡はアマラのどんな顔を映すだろう。

鏡よ鏡、鏡さん。エストルーは心の中でつぶやいた。この宇宙でいちばんきれい《フェア》なのはだれ?

14

ザイオードへの帰還が望ましいかどうか、自分でも決めかねている乗員のひとりが、リアルト・マストだった。尋問じみた面接でアマラに根掘り葉掘り身の上を訊かれて、マストは洗いざらいしゃべってしまった。リドライド送りの判決を受けたことから、それにつづく脱獄、ペデル・フォーバース着用になるカエアン製スーツの驚くべき性質まで、なにもかも。アマラは尊大な態度でそれに耳を傾けたが、明らかに話半分に聞いているらしく、なんの感想も口にしなかった。

以来、マストは、なんとかアマラを口説き落として味方につけようとがんばっていた。彼女にザイオード当局と交渉してもらえば、〝愛国的義務の遂行〟を理由とする特赦または大幅な減刑を勝ちとれるかもしれない。しかし、楽観的な展望を気軽に口にするものの、マストの働きに点数をつける段になると、アマラはおよそ気前がいいとは言えなかった。

「じっさい、まだ大したことはしてないじゃないの」まもなくセレネに着陸しようとするとき、またぞろその話を持ち出したマストに、アマラは冷たく言った。

「カードックでは、データの整理に手を貸したじゃないですか」マストはおずおずと言った。

「おたくの通訳が慣用句をまるで理解できずに困っていたときに」

「あれくらいじゃ、とてもリドライド二十年の刑は消えない」

マストはだんだんむしゃくしゃしてきた。「あんな野蛮な刑罰のことは口にしないでくれ。判決のことばっかり言ってないで、功績で判断してほしいね。それにくらべたら、罪状なんてちっぽけなもんだ」

「罪の重さはもう法廷で決着がついてる」アマラがとりすまして言った。「それについて議論するつもりはありません。あなたが求めているのは再審理じゃなくて免罪なんだから」

性悪女め。マストは心の中で毒づいて歩き出した。あんな女、いっそ……と考えたがその先がつづかなかった。どんなに想像力を働かせても、この船の事実上の大ボスを懲らしめる方法が思いつかない。

ベラージュのカエアン調和省長官から授かった〝無制限〟の航行許可証を送信しながら、カラン号はヨモンド市の宙港複合体に着陸した。一時間後、アマラの部下は一時滞在の準備に追われていた。マストは鬱々としたまま、なにか役に立てることがないかと乗降口のあたりをうろついた。

だれも彼に目をくれなかった。毎度のこと。マストは訓練された社会学者ではない。「こういう仕事はプロにまかせておけって。なあ」以前、あるチームに張りついていたとき、班員のひとりがむかつく態度で偉そうにそうのたまったものだ。

乗降口の扉が開くなり、マストはひとりでヨモンド探険に出発した。カエアンの他の宇宙港と同様、ここでもややこしい手続きはいっさいなく、係官さえ見当たらない。宙港を出る道がそのまま市街へ通じている。

かつてのセレネが、気象上あるいは地質学上の問題をなにか抱えていたとしても、その問題ははるか昔に解決したらしい。空気はあたたかく、かぐわしかった。しかし、この街の雰囲気、なだめるような穏やかさには、どこかふつうと違うところがあり、それが気にかかった。空は澄んだ紫の薄暮に染まっている。そよ風にラベンダーの香りが運ばれてきた。さえずりのような奇妙な音が、あらゆる方角から聞こえる。都市のスカイラインをつくる、無数のねじれた塔や奇怪な空中斜路から反響してくる。

マストは、セレネの太陽をさがした。それは——いや、それらと言うべきか——南の地平線近くに見つかった。セレネの太陽は二重星で、大きいほうは暗赤色、小さいほうは青白色、どちらも輪郭は不鮮明でぼんやりしている。だとすれば、セレネにはたぶん、数世紀つづく季節がある。二重星をめぐる居住可能な惑星は、たいてい長大な軌道を持っている。

いまはどの季節だろう? 春か、夏か、それとも秋か? おそらく、冬じゃないだろう。

都市の外は森が広がっていた。ねじれた塔の建ち並ぶ先に、オリーブグリーンの葉が、黒っぽい海草のようにゆらゆらしているのが見える。銀とライラック色、金と赤紫色《マルベリー》など鮮やかな羽毛の鳥たちが、その森から飛び立って、空を舞い、滑空し、飛びまわり、まるで都市全体が、屋根のない広大な禽舎《きんしゃ》のようだった。鳥のサイズは大小さまざま。いちばん大型の鳥は、もしや人間では——とマストが思わず目を凝らしたほどだった。逆に、いちばん小さいのは紫とピンクのハチドリで、あちらの花からこちらの花へと移り気に飛びまわり、謎のメッセージのありかを示すように首を前に伸ばしては、湾曲した長いくちばしで蘭の蜜を吸っている。

ヨモンドは、薄いライラック色の平坦なフロアに建っている。ねじれた塔の群れや多数の空中斜路——一見、ろくな支えもなく空中にぶら下がっているように見える、曲がりくねった通路——が、オープンプランの骨組みになっている。この街は巨大な博覧会場そっくりだ、とマストは思った。ぐるぐる滑り台にローラーコースター、客引き、あちこちで開かれている野外ステージ・ショー。その視覚効果は、困惑するくらい予想外のものだった。見たところばらばらで種々雑多な活動に、なんの意味も見出せない。お祭りの最中？　それとも、風変わりに見えて、これがふつうの日常なのか？　莫迦《ばか》みたいにニヤニヤしている、顔の大きなしし鼻の男がブロックハウスの裏から出てきて、こちらに近づいてきた。その若者の身なりがマストの目を引いた。ぶかっこうな鋼鉄張りのブーツと、裾の広がったピンク色のズボン。ひらひらのシャツの上から幅の広い青のサスペンダーをしてズボンを吊っている。田舎者の蛮行という印象の仕上げが、頭に載せたお粗末な破れた麦わら帽子だった。

若者は前かがみになり、両手の親指をサスペンダーにひっかけ、ぶざまにドタドタ歩いてくると、マストの行く手をふさぐように、軽く膝を曲げて立ち止まった。

「は！　ずいぶん気どってんなあ。おらよ、来やがれ！　こぶしをかためろ！」マストの耳にさえ、若者の訛りは粗野に聞こえた。若者はでかいこぶしを振り上げ、遊びとも本気ともつかない態度で殴りかかってきた。マストは驚きつつ、とっさに両腕を顔の前に上げて防御の姿勢をとった。

しかし、暴漢は急に動きをとめた。ひとりの女が、すこし離れたところにあるねじれた塔に向かって、街のフロアを歩いている。柳のように揺れるその動きと、ゆったりしたパゴダ袖のついた丈の長い優美なローブとが相俟《あいま》って、風に折れそうに見える。薄物のベールが風に吹かれて顔があらわになり、夢見るような、遠くを見るような表情が垣間見えた。

暴漢は麦わら帽子をとってズボンの尻ポケットにつっこむと、もう片方の尻ポケットからべつのかぶりものをひっぱりだした。簡略化した布製の兜みたいなもので、控え目な羽毛飾りがつき、凝った金の透かし細工で飾られている。それをかぶり、慎重に整えると、たちまち若者の全身に驚くべき変化が生じた。もはや、愚鈍そうにも、けんかっ早くも見えない。目に知性の光が灯り、背中が伸び、顔まで一変した。新しい男になっていた。

同時に、若者はシャツのフリルをひっぱって延ばし、まったく違うタイプの衣裳に変えてしまった。これ見よがしのズボン吊りと偉そうなウエストバンドが見えなくなり、シャツは薄紫《ヘリオトロープ》と青《シアン》のストライプに彩られた上品なダブレットに変貌した。へりにレースの縁飾り、胴は銀とコバルトの撚《よ》り糸のパール編み。こうした新しい色味と合わさると、ズボンのピンクは暗い紅の色調を帯び、デザインも、もはや野卑どころかエレガントそのものに見えた。

こうして宮廷風の優雅さと完璧な立居振る舞いを身につけた元無頼漢は、さっきの女性のもとに歩み寄り、なにか話しかけながら派手な身ぶりで一礼した。マストのことなど、すっかり忘れてしまったようだ。

マストは、屋外に出ているまばらなヨモンド市民たちに混じって歩き、ふと足を止めて、一段高いステージで行われている催しを眺めた。激しい音楽に合わせて、若者たちがかくかくした儀式的なダンスを踊っている。ぴったりフィットした衣裳はバロック風の渦巻模様や金銀のアラベスク模様、きらめく宝石細工でまばゆく輝いている。と、そのとき、ダンサーたちがとつぜん踊りをやめて、頭上で両手を打ち鳴らした。ステージ——実際は、骨組みだけの大きな箱の、床にあたる部分——が地上から持ち上がり、速度を上げながら垂直に上昇してゆく。見上げると、塔や空中斜路のあいだに張りめぐらされたエネルギー・ビームに誘導されて、似たような箱がいくつもヨモンド上空を移動し、迷路のような意味のない模様を描いている。箱の中では、それぞれ違う、同様に謎めいた場面が展開されている。

そう遠くないところで、赤と金の、熱帯の鳥の羽毛をまとった女が、かん高い喜びの叫びをあげたかと思うと、背後に炎を噴き出しながら空に舞い上がった。ロケットのようにすっ飛んでいく彼女の軌跡をマストは目で追い、はるか向こう側に落ちるのを見届けて、彼女が無事に着陸したことを祈った。

ヨモンドの中心部には、大きな広場があった。そこに着いたとき、マストはタイミングよく、ばらばらの群衆がつかのま結晶化する場面を目撃した。そこにいた全員が、同じ方向に顔を向けて、波のように動き出したのである。男女問わず、すべての顔が、一瞬、まったく同じ表情になり、その集団が、部族の踊りのようなステップを踏みはじめた。前……うしろ……前……うしろ……。

それから、はじまったときと同様、なんのきっかけもなく、とつぜん呪文が解け、人々はまたそれぞれの道を歩き出したり、もっと少人数のグループとともに理解不能の活動をしたりしはじめた。

この惑星では、マストがいままでに訪れたカエアン宙域のどの世界とくらべても、人間性が従来の枠から大きく逸脱し、二度と引き返せない新たな方角へと向かいはじめている。人々はもう、ザイオード的な意味での人間ではなくなっていた。多数の役柄のゆるやかな集合体、またはランダムに役柄を変える舞台俳優の集まりであって、もはや日常生活の中で、意識の命令を受けてはいないように見える。

衣裳ロボット。

アマラはどう考えるだろう、とマストは思った。

フラショナールがどんな心理学特性をもとに五着のプロッシム・スーツをデザインしたのか、ペデルには推測もできなかった。人間の性質を描こうとして、ふつうの心理学者が思いつくようなものではない。というのも、そうした性質なら、五着のスーツは、そのすべてを内包していたからである。

そこにはペデル自身の都会的な洗練があり、オーティス・ウェルドの不屈の意志力があり、ファマクサーの辛辣な非情さとアイロニーがあった。サイ・アモローサ・キャレンドールのスポーツマンらしい快活さがあり、ポロッチェ・タム・トライスの遠慮深い落ち着きがあった。しかもそれは、いちばん目につきやすい特徴でしかない。ほかにもたくさんある。スーツの一着一着が、はっきり定義できない無数の性質から成るシンフォニーだった。それらの性質は、ふつうに考える人間性とはかけ離れた、まったくべつの意味の人間性にしたがって選ばれたものだ。同時に、それと同じくらい常識からはずれた、人間の能力の新しい定義にもなっている。

トルコ石の窓から薄紫の光が射す部屋の中で、五人の男たちは、それぞれ五角形の各辺を占めるようなかたちで、たがいに向き合って、儀式的に佇んでいた。ペデルは五人のあいだのつながり《コミュニオン》を感じた。それは、体内のさまざまな臓器のあいだにあるようなつながりだった。

「旅は、あともう一度だけ」とトライスが言った。「そのあとは、輝ける新しい宇宙がはじまる」

「どうやって旅をする？」

「ある収穫者を知っている」オーティス・ウェルドが言った。「彼に連れていってもらおう。彼なら場所を知っている」

「収穫者たちは商売上の秘密を大切にする。交渉して同乗させてもらうのは不可能だろう」ペデルが指摘した。

「われわれが相手なら、拒否はできない。彼の船の場所はわたしが知っている。彼がわれわれを目的地に運ぶ」

「じゃあ、なにをぐずぐずしてる？」キャレンドールが気軽に言った。「いますぐ乗りにいこう」

全員が声を合わせ、「そうだ。出発しよう」

五人は、オーティス・ウェルドを先頭に、建物を出た。


リアルト・マストは、散策の途中でひと息入れていたとき、ペデルの姿を目にとめた。見たところそっくり同じスーツを着た四人の連れといっしょに歩いている。

マストは、金泥に飾られた屋台で甘い金色のパンを買い、紫色をした黒スグリのジュースでそれを胃袋に流し込んでいるところだった。海賊の衣裳を着て黒い眼帯をかけた売り子は、食べものを渡す段になって、いきなり値段を二倍に釣り上げ、古代語風の方言でなにかまくしたてながら、洒落たエネルギー・ピストルをこれ見よがしにちらつかせたが、マストは文句も言わず、言い値を支払った。

ペデルは赤紫のアーケードの中に姿を消そうとしていた。マストはパンの残りをあわてて飲みくだすとペデルの名を呼びながら、あとを追って走り出した。

「こんなところでなにしてるんだ、ペデル？」

ペデルは立ち止まり、先を行く仲間の背中にちらりと目をやった。マストに気づいても、まったく驚いたようすはなかった。「きみは旅によって精神の幅を広げているんだね、リアルト。いいことだよ」ペデルは言った。「でも、ほんとに、もっとちゃんとした服を着たほうがいい」

「なんだと？ これはあんたがおれに仕立ててくれたフロック・コートだぜ、ペデル。忘れたのか？ この格子縞のズボンもあんたの作品だ」マストは腰に両手をあてて、着ているものをよく見せた。

「安っぽいボロ切れだ。きみにはもっと上等なものがふさわしい。フラショナール作の衣裳のようなものを着るべきだ。きっとそうなる。さて、もう行かないと。われわれには仕事がある。しかし、戻ってきたら、なにかもっといい衣裳をぼくが用意するよ」

「仕事の集まりなのか、ペデル？ どこへ行くんだ？」マストは、ペデルの足を止められるような話題をさがして必死に考えた。「アマラ・コールは、この惑星がカエアン文明の源だと考えてる」

ペデルは微笑した。「それは違うよ、リアルト。源はもっと遠くにある。秘密の、聖なる場所」

「ほう？」マストは興奮に目を大きく見開いた。「くわしく教えてくれ！」

だが、ペデルは質問を無視して歩き去った。

マストは茫然と立ちつくし、途方に暮れた。ざわめきに満ちたこの都市の奇妙さが、澄みきった紫色の空や集団的狂気とともに、その衝撃を新たにした。ここでなにかが起きている。でも、いったいなにが？

用心深く距離を置いて、マストは服飾家五人組のあとを追いはじめた。

「ほんとにたしかなの？」アマラは眉をひそめ、疑わしげにマストを見つめた。

もっとも、ヨモンドが狂気の都市だという説は、アマラ自身、密偵《プローブ》たちからの予備報告によって是認できる立場だった。

「ペデル・フォーバースがそう言ったんだよ」マストが答えた。「あんたの理論と完全に一致してるじゃないか。それに、やつはここでなにをしてる？　どんな計画がある？　前に言ったとおり、ペデルが着ているスーツには、えらく妙なところがある。カエアン人は、なぜわざわざカイアまで行って貨物を回収しようとしたのか？　まちがいない、彼らはあのスーツをさがしてたんだ。そして、ここにはあの五人がいる。全員そろって行動している」

カラン号までほとんどずっと走って戻ってきたので、まだ息が切れていた。マストはあのあと、ペデルたち五人を尾行して市外の森へと赴き、彼らが巨大シダのあいだに隠された中古の貨物宇宙船に入るのを見届けた。近くにはカモフラージュされた倉庫もあり、中には糸状の植物繊維がぎっしり詰まっていた。マストの心の中で、パズルのピースがすべてぱちっとはまった。ペデルは、あのスーツをはじめて身につけた瞬間から、謎めいた探求の旅をつづけねばならない運命だったのだ。

「可能性はあるわね」アマラが考えをめぐらすように言った。「昔から、多くの文化には、それぞれ、聖なる場所がある——聖なる森とか、聖なる都市とか、中には聖なる大陸まで。

場所は秘密にされていて、ふだんは外国人はもちろん、その国の人たちさえ訪問を禁じられている。だから、秘密にされている聖なる惑星があってもおかしくない」

「ペデルは、ほかにも妙なことを言っていた」

「なんて？」

「帰ってきたら、おれにフラショナール作の衣裳を着せてやる、と。フラショナールは歴史上の人物で、カエアン史上最高の服飾家だ」

「問題のスーツはきっと、一種のトーテム表象ですね」エストルーが口をはさんだ。「それを着ると、秘密の森へ入っていけるとか」

アマラがうなずいた。「おそらくそのスーツは、秘密の惑星で行われる、擬似宗教的な儀式の一部なのよ。手の届くところにいたのに、それに気づかなかったなんて！」アマラは、ベラージュの宴会でペデル・フォーバースと同席したときのことを思い出し、彼が着ていたスーツになにか妙なところがあったかどうか考えてみた。あれは、どうということもない、ごくふつうのスーツだった。

「ともかく、ほかがぜんぶあてはずれでも、プロッシムの原産地だけは発見できるかもしれない」マストが言った。「でも、なにか発見するつもりなら、すぐに出発しないと。あんまり急いで戻ってきたんで、こっちは倒れそうなんだ。さっさとしないと、フォーバースの船を見失うぜ」

アマラがエストルーに向かってぱちんと指を鳴らした。「彼の言うとおりよ。ウィルス船長に連絡して。あと、大至急プローブたちを呼びもどして」

数分後、カラン号はあわただしく離昇した。センサーでしばらく宇宙空間を探査した結果、出航したばかりの中古貨物船が見つかった。その船は探知防止装置をフル稼働させていた。ザイオードの調査船は、相手をロックオンすると、センサーのレンジからぎりぎりはずれない距離を置き、獲物のあとを追って航行しはじめた。

15

収穫船の船主兼船長は、めったに口を開かない寡黙な男だった。殻のように全身を包むプロッシム製の衣服は、青紫と赤紫の細かいストライプ。その中にある渦巻模様が強いモアレ効果を生み、船長が動くたびに目が混乱した。ときおり、姿が消えたように見え、船長不在のからっぽの船に乗っている気分になる。

二日後、船は居住宇宙の境界を越えた、かなり先までやってきた。その間、フラショナール・スーツを着た五人の男は思い思いに時間を過ごしていた。音の響く錆《さ》びた貨物船の中をぶらぶら歩いたり、ひとつのテーブルのまわりに黙っていっしょにすわったり。それは内省の時間であり、精神の空白を混乱した白昼夢で満たしながら、各人が他者に対して心を閉ざしていた。船長はブリッジにこもり、たまに勇気を出して談話室に入ってきて、紫色のロブスターそっくりの姿で乗客たちといっしょのテーブルにすわっても、畏怖で口もきけないありさまだった。

この六人以外、船内にはだれもいなかった。収穫機は下の巨大な船倉に鎮座しているが、ふだんそれを操作しているクルーは、セレネに置き去りにされた。船長は、五人の乗客が、なぜ収穫者ギルドの富の源へと向かっているのか、それさえ知らなかった。目的が富の略奪にあるとは思わなかった――こんなに完璧な服装をした男たちが、どうしてほかのなにかを欲しがるだろう。この裏切りが知れたら――いつかかならずそうなる――命がないことはわかっていたが、船長はなぜか、五人の意志に抗《あらが》おうという気にならなかった。たとえそれが、収穫者ギルドを裏切って、最高機密を洩らすことを意味するとしても。

貨物船は輝く太陽が集まる星雲を抜け、そのうしろに隠れていた不毛の宙域を見つけ出した。たなびく宇宙塵《じん》の集まりと、まばらに散在する星々。数少ない惑星は、岩石群の不定形の集積と大差ない。この宙域は、あまりにも辺鄙《へんぴ》で、あまりにも資源に乏しいため、ふつうはだれの注意も引かない。しかし、ここにもまた、他の多くの魅力に乏しい宙域と同じく、宇宙の驚異が隠されていた。収穫船は、暗い太陽のまわりをまわる、ひとつしかない小さな惑星に着陸した。もっと恵まれた星系なら、たぶん衛星になっていただろう。そこには、わずかな水と、おだやかな大気と、とくに珍しくない地質があった。そして、数十億年にわたって孤独に存在してきたこの惑星にも、進化の力は及んでいた。

ペデル・フォーバースは、ヨモンドでリアルト・マストと立ち話をしたとき、彼の脳から、アマラ・コールの発見と仮説にまつわる知識を一瞬で吸収していた。カエアン文化のユニークな特質の起源が、ソヴィヤと呼ばれる惑星と、そこに存在する風変わりな文化にあるというのは、ペデルがはじめて知る事実だった。そしてまた、カエアン宙域の反対の端に、この第一の文化を補完するもうひとつの文化的起源があるというアマラの新しい仮説にも同時に接した。あの女性社会学者はじつに聡明だ。そう思ってペデルはひとり笑みを浮かべた。真実まであと一歩のところに来ている。カエアンは実際、磁場の両極にひっぱられるようにして、ほぼ等しいふたつの力によって引き伸ばされている。一方は、古代のプロトタイプ、カエアン人の先祖にあたる巨大スーツの宇宙居住者たちの故郷ソヴィヤ。そしてもう一方は、ペデルたちがまもなく到着する、薄暗くて資源に恵まれない、貧しい世界。

しかし、ある重要な一点で、アマラはまちがっている。この惑星は、いまだかつて、ソヴィヤと接触を持ったことは一度もない。そこは、ただたんに、驚異の生地《きじ》プロッシムの原生地というだけだった。

貨物船は逆推進をかけながら、静かな光に満たされた平原へとゆっくり降下していった。ペデルは観測バブルの中に立ち、その平原にどこまでも広がる、暗緑色の粗末なカーペットのようなプロッシム植物の群生を見下ろした。ところどころ、絨毯《じゅうたん》がすりきれたように、地面の岩がむきだしになっている。

あまりぱっとしないこの緑のマットを見ているだけでは、この植物に知性があるとはとても思えない。

知性のありようとしては、たしかに変わっている。一般的な意味で知性があるとは言いがたい。それでも――知性がある。

自然はふつう、被造物に、ふたつの対立した属性を与える。電気のプラスとマイナス、磁極の北と南、物質と反物質、引力と斥力、男性と女性。

知性についても、このパターンにしたがって、自然はふたつの基本的なタイプをつくった。すなわち、能動的な知性と受動的な知性。

人類の意識は能動的だ。人間は考え、動きまわり、想像する。知覚自体も、人間の脳の中でそれが生じるときは、ひとつの行為となる。つまり、人間にとって、知覚するということは、感じたことの上に精神的な構造物を築くことを意味する。人間がみずからの意識を、自然の力に許された唯一の意識だと見なしたのは無理もない。というのも、動物の神経系が生み出す行動には選択の余地がない。人間タイプの神経系を欠いた知性、つまり、思考力や行動力を欠いた知性というのは、形容矛盾に見えるだろう。この不可解な欠如を埋め合わせる、どんな性質がありうるだろうか。人間は、たとえ受動的な知性に出会ったとしても、ほぼ確実に、それと気づかない。ちょうど、プロッシムの原料となるこの植物がそのような知性を構成していることに、これまで人類のだれひとりとして気づかなかったように。

プロッシムには、行動力がまったくない。概念をつくりだす能力さえない。プロッシムの繊維質の植物意識は、認識という行為ではなく、まるで違うタイプの化学的精神的反応によって外界を知覚している。その反応は、入ってくるデータを無差別にそのまま受動的に受け入れることとしか許さない。プロッシムは、知覚したものについて、それ以上なにも考えない。変更も、それ以上の建設的プロセスもなく、宇宙をただ単純に体験する、夢見る鏡だった。四方八方から降り注ぐ放射線を聴く隠れた耳として、永劫《えいごう》の昔から、プロッシム植物はそうやって受けとってきた情報の中でぬくぬくと過ごしてきた。プロッシム植物は天体の運動を記録し、恒星エネルギーの変動を記録し、電波使用文明のかすかな交信を記録し、人類には知覚できない素粒子たちのダンスが宇宙を別のレベルで活気づかせるのを記録した。宇宙線や電子などの電磁スペクトルはもちろん、もっと微弱なニュートリノ・フラックスやタキオン・フラックス、人類にはまったく知られていない、ほとんど精神的な負荷を持つさらにかすかな放射線までも受けとめた。

プロッシム植物は、この惑星上に生息する近縁の植物やバクテリアを除けば、他の生命体のことをほとんどなにも知らなかった。それは、かつて一度も思考をかたちづくったことがなかった。記憶は持っていたし、その中では、ある種の選択的な序列化が生じていたが、序列の規則を決めるのは受け入れた情報自体であり、それを知覚する知性のほうは、あいかわらず受動性を保っていた。想像される概念に対して、決定的なブレークスルーを遂げることはできなかった。まして、意図的な行動というアイデアに到達することなどとうていありえなかった。

ところが、稀な偶然によって、そのアイデアが受動的知性にもたらされた。

創造の歴史におそらく二度とはないだろう、十億分の一の偶然だった。その発端は、プロッシム植物の惑星にカエアン人探険家の船が着陸したことだ。衣裳第一主義文明の申し子たるカエアン人は、たちまち、プロッシム植物が持つ、布地原料としての可能性に気づいた。それから数年のうちに、新素材プロッシムは数百万の衣裳となって人々の体を飾り、ツツィスト腕の全居住宙域で着られるようになっていった。

彼ら衣裳フェティシストたちに着られることがなかったら、プロッシム植物はおそらく、宇宙に能動的知性が存在することにも気づかなかっただろう。プロッシム植物は個体性を持たないが——個体意識は能動的知性特有の性質だ——その体を構成する顕微鏡的繊維は、精神の媒体としても優秀だった。収穫されて、数百光年彼方へ運ばれたあとも、それは依然として経験することが可能だった。加工され、衣裳に織り上げられても、それは着用者の神経系を映す無言の鏡として働き、しかも銀河の深淵の彼方にある親株との精神感応《ラポール》を維持していた。

プロッシム生地の衣裳が包含する人間の営為はどんどん広がり、それにつれてプロッシムの森はますます人間の活動に引き込まれていった。遠く離れた場所からでも、行動、思考、競争の本質を手当たり次第に経験し、そして、みずからが進化に裏切られていることをぼんやりと理解しはじめた。

そしてこのとき、ひとつの革命、ひとつの量子飛躍が、プロッシム植物の知覚に生じた。それは、ひとつの計画を練り上げた。

知的活動という新世界が磁石のようにそれを引き寄せ、カエアン哲学の第一目標が自動的にその目的となった。すなわち、意識生活のあらゆる領域を開拓すること。プロッシム植物のような存在様式にとっては、すべてが経験の材料だった。生きることは、たまたま知覚域に入ってくるものすべてを区別なく経験することだった。新たに開かれた驚くべき新奇な宇宙のあらゆる隅、あらゆる物陰にそれは入り込んでいった。

しかし、この新しい知性は、人間と分かち合うことによって——人間の衣服となり、最終的に着用者を支配することによって——言わば代理的にしか獲得できないものだった。いちばん最初の段階で、人間の論証能力を代理的に用いてこの認識に到達したのと同じ構造だ。そこで、プロッシム植物は、二重知性をつくり出すしかないと決意した。能動的で同時に受動的な知性——つまり、人類とプロッシム植物が両極をなす、相補的なシステムである。

そのシステムの中で、近い将来、プロッシムは支配する側のパートナーとなる。

それには、全人類の衣類となることが条件だ。それも、ただの服では足りない。必要なのは、人類すべてを包含する芸術的天分によって造られた全体スーツだ。そんなスーツが五着あれば、人類のポテンシャルの全領域をカバーできる。プロッシム植物はそう判断した。

あとひとつだけ、準備が必要だった。プロッシム植物にもたらされるべき性質を調整するために、五着のスーツはそれぞれふさわしい着用者を見つけて根を下ろし、成熟しなければならない。社会のあちこちを動きまわり、無数の状況と相互作用し、経験をフル充電した状態で、源の惑星に帰還する必要がある。

これこそが、服飾史上最高の天才、偉大なるフラショナールを通じて実現した戦略だった。

かくして、いかなる知的種族にもかつて降りかかったことのない、もっとも異様な運命が、いま、その頂点に達しかけていた。目的地めざして船が降下するにつれ、ペデルの脳には、その構図がどんどん鮮明に見えてきた。それらの情報は、プロッシムの密林をとりまく電磁的な精神フィールドから放射され、フラショナール・スーツを通じて心に中継されてくる。収獲船がかすかな軋《きし》みとともにプロッシムの緑のマットに沈み込んだ。しばらくして、下方からガチャンという金属音が響き、船倉の扉が開いたのがわかった。

観測バブルの出入口が虹彩のように開いた。通路には他の四人が立ち、ペデルを待っていた。オーティス・ウェルド、ファマクサー、サイ・アモローサ・キャレンドール、ポロッチェ・タム・トライス。彼らはひとりずつ順番に顔を見せた。紫の兜をかぶり、こわばった表情で成り行きを見守っている船長の顔さえちらりと見えた。もっとも、船長には状況はほとんどわかっていない。

「さあ、外に出よう」ウェルドがペデルに向かって言った。

「もちろん」

ペデルは四人とともに長い廊下を歩き、鉄の階段を降りて船倉に入った。

船倉の扉は斜路となって、繁茂する緑の中へまっすぐつづいていた。五人は、広々とした船倉の左右に整然と並ぶ収穫機のあいだを通って荷役口にやってくると、そのへりでしばし立ち止まった。薄暗い、妙に半透明の光が風景を包んでいる。葉やシダや藻のようなものから成るプロッシムの絨毯が、はるかな地平線までどこまでも広がっていた。大地にはほとんど起伏がなく、平原はどこまでも平らで、キャベツの緑色だった。見上げると、空は暗い紫で、星々がきらめいている。星々がまばらに散らばるこの宙域をカエアン宙域とへだてる星群《スター・バンク》が、中天のはずれで、銀色の雲のように輝いているのも見えた。

荷役口のへりに立ち、じっと風景を見つめている船長をあとに残して、五人の洒落者は船を出発した。プロッシム植物は地面から数メートルの高さまで伸び、岩がちの土壌に深く根を下ろし、足の下で弾むカーペットになっている。ペデルは足もとを見下ろした。ラベンダー色をしたプロッシム・レザー製のスリムな靴が、シダのような表面を踏んでいる。はるかな空の高みから巨大な森を俯瞰しているような気がした。さらさらと鳴る葉はそそりたつ巨木に見え、ぜんまいや茎は、無数の小さな花とともに、果てしなく深い緑の森を擁する百万の小さな国々を隠している。

五人は無言で何分か歩き、船からかなり離れたところまでやってきた。そしてとつぜん、いっせいに立ち止まった。まるで夢の中のようなゆっくりした動きで、マットのような植物の上に身を横たえた。ほんの一瞬、ペデルは晴れた日の午後、牧場の草原に寝そべっているような気分になった。

それから、プロッシム植物が彼を受け入れるために、まるで扉を開いてくれたように見えた。ペデルはその中へ沈みはじめた。もっともそれは、彼自身の体重のなせるわざだろう。自分の意志でどうこうできるような動きではなかった。

頭を動かして上を見ると、おおいかぶさるシダの葉で太陽がすっかり隠されていた。近くで見ると、プロッシム植物の緑はてかてかした光沢を帯びて真珠貝のような虹色に分かれ、茎をおおう小さな花々は微小な宝石のように輝いていた。ほんの一メートル離れるとごくふつうに見える植物が、実際には驚くほどさまざまな構造を含んでいる。プロッシム繊維そのものが紡ぎ出される無数の莢《さや》。小さなキノコに似た胞子床。それぞれのぜんまいや葉は、驚くほど多様で繊細なかたち——螺旋《らせん》、渦、精巧な網目模様などなど——をした、触角のような数千の小葉や棘からできている。

触角。ペデルはぼんやり思った。これはぜんぶ触角だ。しかし、このときにはもう、思考はほとんどかたちをなさなくなっていた。彼は衣裳を脱ぎはじめた、意志とは関係なく手が動き、ぎくしゃくした動きでそそくさとスーツを脱ぎ捨てると、慣性に支配されたかのように、下着まですべて脱いでしまった。

全裸になると、プロッシムのミニチュアの森から無理やり自分を引き離して立ち上がった。周囲の緑の平原に、数十メートルずつ間隔を置いて、他の四人の洒落者が同じように立ち上がるのが見えた。五人はよるべない子供のようにまわりを見渡し、自分たちの裸体を見つめ、恐怖そのものの表情を浮かべた。

男たちはひとりずつ気を失って、植物のマットの上に倒れた。カエアン人は、すべての衣裳を奪われると活動できない——とうてい受け入れがたい、考えられない蛮行なのだ。ペデル自身も感覚が揺らぎ、よろめいた。しかし、けっきょく彼は生まれつきのカエアン人ではなかったから、意識を失うにはいたらなかった。いちばん近くにいた仲間、ポロッチェ・タム・トライスのもとにふらふらと近づき、かたわらに膝をついて、裸の男の脈を調べた。死んでいた。精神的なショックによる心停止だろうと、ペデルは推定した。

他の男たちを順番にチェックした。オーティス・ウェルドとサイ・アモローサ・キャレンドールはやはりこときれていた。ファマクサーは、最初のうち、まだかすかに息があったが、それからまもなく絶命した。

プロッシムの平原に風が吹きわたり、葉を揺らして、翡翠《ひすい》色の植物のおもてにどこまでもさざ波が広がっていった。ペデルはぼうっとしたまま、自分がどこにいるのかもろくに意識せず、あてもなく悄然《しょうぜん》と歩いた。収穫船へ帰るとか、スーツをとりもどすとかの選択肢は、頭に浮かびもしなかった。もっとも、スーツはどのみち、からみあうプロッシム植物の大海原に没していたのだが。そんなふうにして、いったいどのくらいのあいださまよい歩いたのか、自分でもわからない。空に浮かぶ暗い太陽はろくに動いていないような気がしたが、それでも、歴史的に重大なある出来事を目撃するにはじゅうぶんな時間だった。その出来事は、プロッシム植物が環境に適応する術を学んだことを意味していた。

少なくとも、遺伝的な観点からすると、プロッシムはもはや、完全に無力というわけではない。

自身の成長と、どのように成長するかをコントロールすることができた。

五着のフラショナール・スーツを型にして、新たな作物がめざましいスピードで成長した。無数の莢がはじけて繊維を生み出すのはいつものとおりだが、その繊維は、新たなテンプレートにしたがってプロッシム植物に組み込まれ、新たなかたちに織り上げられた。すなわち、スーツ。基本となるプロッシム繊維の生産が加速し、数百数千のスーツが、揃いの下着やアクセサリーとともに、平原のあらゆる場所でいっせいに実りはじめた。スーツはまだ成長途中だったが、ペデルの熟練した目は、すでに五つの基本タイプをはっきり識別していた。この惑星の観点からすると、それらが人類全体を表すものとなる。

すべては終わった。

なにもかもが――スーツに出会う前にペデルが知っていた全世界が――終わった。すでに、新しい世界がはじまっている。

ペデルの上に影が落ち、冷たく輝く陽光を陰らせた。見上げると、一隻の船が、はるかな高みから平原に向かって降下してくるところだった。

そのシルエットは、ザイオードの宇宙船だった。

16

「じゃあ、もう一度おさらいするわよ」アマラが唇を歪めて言った。「あなたの話だと、プロッシム繊維の原料は——外に広がっているあの植物は——知性を持ち、着ている服を通じて人間を支配する力がある。そういうこと？」

「ああ」ペデルがつぶやくように答えた。

毛布一枚に裸体をくるんで椅子にすわり、ペデルはぶるぶる震えていた。三十分前、半ば錯乱状態でプロッシムの平原をさまよい歩いているところを発見されたばかりだった。

いまのペデルは、長い長い不可解な悪夢からようやくゆっくり醒めはじめている状態だった。熱に浮かされたような説明はとりとめがなく、救助したカラン号クルーたちは途方に暮れたが、その主張を無視するわけにもいかなかった。

むしろ、注目せざるを得なかった。というのも、カラン号のまわりには、フラショナール・スーツの大海原が果てもなく広がっていたのである。とても信じられないが、否定できない事実だった。

「知性があるんだよ」ペデルがくりかえした。「でも、純粋に受動的な知性だ。たとえば、あれとコミュニケーションをとるのは不可能だ。カエアン宙域で売ってるコンピュータつきの鏡とかみたいなもので、受動的な機能しかない。実際、ああいう鏡が存在するのは、植物知性の影響力のおかげなんだ」

調査局の主任がアマラを引き継いだ。「きみの着ていたスーツが基本パターンとなり、プロッシム植物がそれをもとにして何百万もの複製を有機的に生み出せる、と？」

「何億、何兆」ペデルは運命論的な口調で言った。「いずれこの惑星全体が、無限に実りつづけるスーツ畑になる。そして最後は、銀河のすべての人間があのスーツを着る。そのときが世界の終わりだ」

「スーツは、自分が成熟するために、着用者としてきみを利用したと？」

ペデルがうなずいた。

主任はちらっとアマラに目をやってから、「どうして手を貸した？」とペデルに向かって詰問した。「とくに、ここに着陸したとき——どうしてそれと戦って、スーツを破壊しなかった？　あんたはいまもまだザイオード人なんだろう？　いま起きていることを望んでいるのか？」

「これだけ言ってもわかってもらえないのか？　ぼくはプロッシム植物の代理人だったんだ！　自我も、自分の意志もなかった！」

「そこがわからないんだけど」アマラが言った。「その植物知性が純粋に受動的で、行動に必要な心理特性を欠いているのなら、どうして人間の心をコントロールできるの？」

エストルーは、ペデルの言いたいことをもっと明確に理解した。「ほら、例の鏡と同じでですよ、アマラ。あの鏡は人間の姿を映すだけ——でも、映る姿を変えてしまうことがある」

「その植物がなにも行動しないんだとしたら、どうやってそんなことができるわけ？」とアマラが反駁した。

「プロッシム精神の働きは、比較と対照だけなんだ」ペデルが言った。「ひとつの情報をべつの情報と比較する。考えてみてくれ。わかるだろ。そこから多くの興味深い効果が得られる」

しばし全員が黙り込んだ。会議室のいちばん大きなスクリーンには、カエアン貨物船の姿があった。ぽつんと静かに立つ船のまわりに緑の平原が広がり、うまずたゆまず成長をつづけるスーツたちがほうぼうに点々と散らばっている。エストルーが身ぶりで船を示し、「これからどうなるんだい？」とペデルにたずねた。「船はスーツを収穫してカエアンへ持ち帰る？」

「船には、その作業をするクルーがいない。いまのところは。でも、あと一、二時間で必要なものはすべて手に入るよ」

「どこから？」

「このカラン号から」ペデルが言った。「あんたたちが最初の収穫を刈り入れる人間になる」不意に毛布を落として立ち上がり、ぎらぎらした目であたりを見まわした。「新秩序の最初のメンバーだ！　完成された人類！　宇宙的エレガンス！　服飾の栄光に輝く銀河！」

そして、その場にくずおれた。社会学者たちはあわてて駆け寄り、ペデルを抱きかかえて椅子にすわらせると、もういちど毛布でしっかりくるんだ。

アマラが、エストルーをわきへひっぱっていって、小声でたずねた。「率直な意見が聞きたいんだけど、あの狂人の話になにか意味があると思う？」

エストルーが力強くうなずいた。「ええ、ぼくは正面から真剣に受けとめるべきだと思いますね」

「でも、あの話だと、まるで――モンスターよ。そんなものが実在する？」

エストルーは眉間にしわを寄せて考え込んだ。「ブルドンの『精神の虚数』を覚えてませんか？　知覚や意図は物理空間における正のベクトルに似ていると指摘しています。マイナス1の平方根を演算子として用いることで、ブルドンは負の精神ベクトルを理論的に記述してみせました。彼の主張では、負の次元は精神に内在するもので、正の要素もその鏡像がなければ存在しえない。受動的知性という概念に近い考えかたです」

「フォーバースがブルドンを読んだっていう可能性はあるかしら？」

「まさか。数学と心理学の両方に熟達していないと無理でしょう。でも、さっきしゃべっていたようなことを自分の頭で考えたとも思えませんね」

「ひょっとしたら、精神が歪んで、ある種の神話的解釈やたとえ話を文字どおりの真実と受けとめてしまったのかも」アマラが半信半疑の口調で推測を述べた。

「じゃあ、あのスーツ群は？」

「カエアンの新規産業じゃないかしら——遺伝子操作による縫製システムとか」

「しかし、外には死体が四つありますよ」

主任が近づいてきて、議論に加わった。「フォーバースの話が真実であることを前提に行動すべきだという点は、わたしも賛成です。筋は通ってますよ。カエアンのこの突端でわれわれがこれまでに見てきたことは、あの話でかなり説明がつく」

と、そのとき、ペデルが唐突に口を開き、だれにともなくしゃべりだした。「抵抗不能だ。異星種属文明の申し子、フラショナール・スーツを着た衣裳ロボットたちが、数百万人単位でたちまち深淵《ガルフ》を越えて……」

「いったいなんの話？」アマラがたずねた。

「ザイオード侵略の話ですよ」エストルーが感情の欠けたそっけない声で答えた。「ぼくらはみんなだまされていた——カエアン人自身もだまされてたんです。いままさに侵略が進行している——あるいは、まもなくはじまるでしょう。カエアン人の仕業にしか見えない侵略が。しかしじつは、カエアン人はただの代理でしかない。フォーバースの話を聞いたでしょう。プロッシム知性は、全人類の衣服になるつもりなんです」

「外国人を信用しちゃいけないって、わかってたはずなのに」アマラが後悔のうめき声をあげた。

「ある意味、ものすごく壮大な話ですね」エストルーが思いをめぐらすように言った。「物理的な侵略とか伝染性の病原菌を使った侵略ならいくらでも前例がある。でもこれは、心理学的な侵略だ。人類の全面的な改造ですからね」

「わたしはけっこう。いまのままの自分が好きなの」

エストルーは皮肉な笑みを浮かべて、「客観的に考えてみてください、アマラ。他家受精は、ふつうはいいことだとされてるじゃないですか。これは、文字どおり対極にある生命体同士の、精神的な異種交配だ。とても信じられないような結果が出てくるはず。もしかしたら、カエアン人は、自分たちがなにを相手にしているのか知っているのかもしれない」

アマラは鋭い軽蔑の視線をエストルーに投げてから、スクリーンのほうを向いた。「軽薄にもほどがあるわね。さいわい、わたしたちはその恐怖をつぼみのうちに摘みとれる立場にある。プロッシム植物を根絶やしにするのはもちろん無理でしょう。なにしろ、この惑星全体に生息してるんだから。でも、フォーバースの話をわたしが正しく理解しているとすれば、侵略計画は、プロッシム植物がいま育てているあのスーツ群に依存している。いまのところ、スーツはそこに見える分だけ。それを破壊してしまえば、ザイオードは安全になる——ともかく、当分のあいだは」

「この船にたいした兵器はありませんよ」

「手作業でやれるでしょ。携帯用の原子火炎放射器があるじゃないの」

その言葉を聞きつけて、ペデル・フォーバースが弱々しく笑い出した。「でも、そんなことは無理だ！　やれるもんか！」

フォーバースの言葉の意味は、ウィルス船長がふたりのクルーをプロッシム植物の焼却に派遣すると、ほとんどすぐに明らかになった。

ふたりは円盤形《ディスク》の反重力プラットフォームに乗り、平原をかすめて滑空していった。片方がディスクを操縦し、もう片方は肩のハーネスから望遠鏡そっくりの火炎放射器を吊して小脇に抱え、ともに銀色の耐熱軽金属製防護スーツとバイザーに身をかためている。

社会学チームは、カラン号から遠ざかってゆくふたりを見守り、火炎が放たれるのを待ち受けた。しかし、いつまで待ってもなにも起きなかった。やがて、不可解な遅延のあと、反重力ディスクは平原に着地した。ふたりの男は防護スーツを脱ぎ捨て、緑のプロッシムの上に全裸で立った。

「いったいなにをしてるの？」アマラがかん高い声で叫んだ。「気でも違ったの？」

ペデルが莫迦みたいにくすくす笑っている。ふたりのクルーは、ウィルス船長がヘッドセットごしに送る命令をすべて無視して、緑の平原にかがみこんだ。一、二分のあいだ、ふたりはプロッシム植物の葉が生い茂る中を歩きまわり、なにかをさがしたり摘みとったりしていたが、まもなく、熟したばかりの衣裳一式——下着とワイシャツ、上着とチョッキ、ズボン、ネクタイとクラヴァット——の採集を完了し、一心不乱の面持ちでそれらを慎重に身につけはじめた。

すべてを着込むと、ふたりは緑の平原にまっすぐ背すじを伸ばして立ち、たがいにうなずきを交わしてから反重力ディスクに乗り、火炎放射器は地面に放り出したまま、船のほうに戻ってくると、外部スキャナーの画面の中央に着地した。

ふたりは変容していた。カラン号の正面に降り立つと、手足を屈伸して船内の人々に自分を見せ、ファッション・ショーのモデルみたいに軽やかな足どりであたりを歩きはじめた。

「無理だと言っただろ」ペデルが笑いすぎて息の切れた声で言った。「もうあきらめて、降参しろ——どうせ最後はそうなるんだから。影響を感じないかい？」

エストルーは、この堕落したザイオード人の顔をぶん殴りたくなった。「どういう意味だ？」

「あのスーツは、精神エネルギーのフィールドをつくる。それがあんたたちにも影響をおよぼしはじめる。たとえ船殻に守られていてもね」

「なにも感じない」

「スーツを着たお仲間を見ても？」

エストルーは楽しげに歩いている画面のふたりをじっと見つめた。「どうかな……」

「よし、じゃあ、外部カメラの焦点を向こうの平原に合わせて、あそこに生えているスーツをいくつかアップにしてみろ。そうすれば、もっとはっきりわかる……」ペデルは立ち上がり、よろよろと制御卓に歩み寄った。画面がズームし、ぼやけ、めまぐるしく動き、やがて驚くほど鮮明に、スーツ群の拡大画像が映し出された。

リアルト・マストがいきなり飛び出してきて、ペデルを制御卓から突き飛ばし、大急ぎでカメラのアングルを変えた。「こいつに好き勝手させちゃだめだ」と警告する。

ペデルは鼻で笑った。「ほらね、彼にはわかってる。そうだろ、リアルト？　あの衣裳に対して身を守るすべはない。着てくれと向こうから呼びかけてくる――あのスーツは完璧すぎて、人間の心はその呼びかけに抵抗できない。プロッシム植物は自分でつくりだした衣裳を見せるだけで、精神エネルギーによって人類を征服できる」

「だったら、たしかになにかを感じた」エストルーがそう宣言し、同意を求めてまわりの顔を見まわした。

「なのにザイオード人は、服飾芸術が妄想だと言うんだからね！」ペデルは嘲るように言った。

ブランコがけんか腰でペデルに詰め寄り、「おまえはどっちの味方なんだ？」と怒鳴った。それからアマラのほうを向いて、「どうですか、マダム？　もしかして、あの衣裳は女性には効かないとか？」

「わたしもなにかを感じた」アマラは静かに認めた。

「プロッシム植物は男性優位主義者《メイル・ショーヴィニスト》の気があってね」ペデルが皮肉っぽく言った。「男性の心理特性のほうが女性のそれよりも能動的だから、男性用衣裳だけを使って、人類全体を描写することにしたんだよ。女性の衣裳は付属物と見なしている。でも、性に無関心というわけじゃない――その反対だ」ブランコに向かって、「あのスーツを着てみれば、どんな女もきみに抵抗できなくなるよ」

沈黙が会議室を支配した。

「で?」アマラがむっつりと言った。「だれか、なにか名案はないの?」

「おまえならやれる、アレクセイ」マストが熱を込めて言った。「やれるのはおまえだけなんだ」

「なにを求められているのかさっぱりわからない」ソヴィヤ人が答えた。「ほかの人にできないという、その理由もわからない」

マストはため息をついた。「ああ、わからないだろうな。しかし、あの植物がおれたちにとって脅威だということはわかるだろ」

「まあね」

「あの植物を破壊するまで、おれたちは出発できないんだ」

マストは、アレクセイ・ヴェルドニェフ専用の、ひどく窮屈な個室にいた。壁はアレクセイ自身の手でメタリック・グレイに塗装されている。家具は三つだけ。テーブル、アレクセイがいますわっている硬い椅子、金属製の小さな寝台。アレクセイの顔はいつものようにむっつりして、表情はぴくりとも動かない。

マストはアマラ・コールのセクションをこっそり抜け出してきた。あの女は無神経すぎて、アレクセイを説得する役には立たない。

「この船の中で、ぼくと友だちになってくれたのはあなただけだ」アレクセイは最後に言った。訛りの強い言葉に感情が混じる。「あなたの頼みなら、言われたことをやってみるよ」

彼は立ち上がり、ソヴィヤのメタロイドの動きを思わせるしぐさで腕を動かした。マストは彼を部屋から連れ出し、乗降口に降りて、なすべきことを説明した。

扉が開いた。アレクセイは、マストから託されたハンドガンを手に、外に出た。

惑星の地表に降り立ったアレクセイの皮膚を撫でる微風は、彼にとってまったく新しい現象だった。最初はこわかった。マストはこれについて、事前になにも警告してくれなかった。

アレクセイは周囲を見渡した。プロッシム絨毯の平原は、カラン号の重さですり鉢状に浅く窪んでいる。惑星の風景は、前にも何度か見たことがあるが、それはカラン号が着陸したとき、外部スクリーンを通して見ただけだった。実際に外に出てみると、まったくべつの経験だった。空気の流れが肌に触れ、深い感情を揺さぶる。大地の広さ、大気を通して見る宇宙の色——黒ではなく、ここでは紫がかっている——が、この環境の異質さをいっそうきわだたせている。

サイボーグの世界も、きっとこれとよく似ているんだろうな、とアレクセイは思った。

背後でガチャンと音がして乗降口の扉が閉まった。先に外に出ていたふたりのクルーが、船の陰にならない場所に立ち、船殻を見上げて、入れてくれと叫びつづけている。

アレクセイに気づくと、ふたりのクルーは叫ぶのをやめた。アレクセイは、足もとで沈み込む緑の地面の上を、そちらに向かってよろよろと歩き出した。ふたりもそれに応じてこちらに近づいてくる。彼らの口もとは口角が上がり、〝笑顔〟と呼ぶのだと教わった表情を浮かべている。しかし、彼らの優雅な動きや男性的な美しさには、あらかじめマストが警告していた催眠効果などまったく感じなかった。アレクセイにとって、肉体は憎悪の対象だったし、いまからおぞましいサイボーグを殺すのだと想像するのはたやすいことだった。アレクセイはふたりがじゅうぶん近づくのを待ってから、しっかりと狙いをつけ、ひとりずつ熱線銃《ハンド・ビーマー》で射ち殺した。

アレクセイは、反重力プラットフォームに近づいていった。死んだふたりは、いまは彼の家でもある宇宙船のクルーだが、緑の植物の中にある邪悪な力の奴隷となっていたことを知っていたから、良心は痛まなかった。こういう犠牲は、彼にとっては自然の摂理だった。ソヴィヤ社会では、集団が生き延びるために個人は捨て石となれと教育される。

反重力ディスクの操縦は簡単だった。高度六メートルで滑空し、火炎放射器が放置されていたところまで赴くと、着陸してディスクを降り、その場に脱ぎ捨てられていた防護スーツを不器用に装着しはじめた。銀色のスーツを着込むと、たちまちちょっと気分がよくなった。金属に包まれていると、精神的な苦痛からわずかに解放される。

火炎放射器を拾い上げ、ハーネスを肩につけて、その安心感でさらにまた精神状態が少しだけ改善した。機械や道具を操作しているときは、本来の居場所に戻ったような気がする。しかし、精神技術者《マインド・テクニシャン》だと自称するあの最低の女、アマラ・コールは、その事実をまったく利用しようとしない。考えたことさえないのかもしれない。

装備を完了すると、アレクセイは惑星の地表をおおう植物群を見渡した。植物性の繊維でできた構造物があちこちに花開いている。こんなもののどこがおそろしいのだろう？　アレクセイはかがみこんで手を伸ばし、近くに生えている一着のジャケットの前身頃に触れた。手が、それ自身の意志を持っているかのように、勝手にぴくっと動いた。奇妙な思考が脳に流れ込んでくる。一連の異様なイメージの群れ。

アレクセイはあわてて手をひっこめた。これはぼくの手じゃない、と自分に言い聞かせる。これは移植された手、宇宙洞穴の手だ。

両足を踏みしめてまっすぐ立ち、火炎放射器のトリガーを引いた。

原子の炎が、ノズルからほとばしる。吠え猛る柱が水平に、ほとんど地平線まで伸び、通り道にあるものすべてを焼きつくした。アレクセイは長いチューブをぐるりと回して、風景の四分の一を扇形に切りとって真っ黒に変え、さらにその範囲を円に近いところまで広げた。

大量の黒煙が立ち昇り、空が暗くなった。アレクセイはふたたび重力プラットフォームに乗り込み、少し離れたところから眼下の地面を見まわした。衣裳の作物が生えているエリアは、すでにさしわたし八キロメートルほどにまで広がっている。

ディスクを操縦しながら火炎放射器を操るのはむずかしい。焼き払うエリアを決め、その真ん中に着陸して作業することにした。熱で空気がゆらめき、防護スーツごしにも熱さが襲ってくる。

ものの十五分ほどで、仕事はだいたいかたづいた。アレクセイはトリガーから手を離し、ディスクのかたわらに佇《たたず》んだ。あたりは煙のベールと、ぱちぱち音をたてる炎の熱に包まれている。それを通して、二隻の宇宙船のシルエットが見えた。たがいに二キロほど離れた場所に、眠れる巨獣のように鎮座する二隻は、いままでのところ、たがいを無視していた。と、そのときとつぜん、巨獣の片方が目覚めた。地面から離昇し、こちらに突進してくる。アレクセイはそくざに宇宙船の意図を見抜いた。植物の絨毯を守るため、ぼくを押しつぶそうとしている。

彼は火炎放射器のノズルをいちばん細くした。宇宙洞穴――カラン号ではなく、もう一隻のほう――が急速に近づいてくる。本能的にあとずさり、さっきまでプロッシム植物だった黒い燃え殻を踏みしだきながら、船めがけて細く鋭い原子の炎を噴射した。炎が火花を散らして船殻を溶かしてゆく。溶融した金属が白熱する流れとなって船腹を伝う。

一、二秒のうちに、炎のジェットは船殻を突き破り、船の内部をむさぼりはじめた。だが、そのときにはもう、船体は視野の大部分を埋めつくし、おそろしいスピードでさらにどんどん大きくなって、アレクセイの頭上にのしかかっていた。一瞬、その金属の怪物が、ほとんど親しい存在のように見えた。悪のサイボーグ――アレクセイ自身が改造されてしまったサイボーグ――を圧しつぶす、正義のソヴィヤ兵器。

収穫船は、復讐の鉄槌《てっつい》さながら、すさまじい勢いでアレクセイ・ヴェレドニェフの上にわれと我が身を振り下ろした。勢いあまって背骨が折れ、二度と飛び立てない体になって平原に横たわっている。カラン号の中で一部始終を見守っていたアマラは、大いに満足そうだった。

「われわれが自分で思いついてしかるべきでしたね」とエストルーが言った。「これまた、身体イメージが鍵を握っていたわけですから。アレクセイの精神には、人体の自己イメージがない。だから、プロッシム・スーツの影響力は彼に及ばなかった」

「いや、最終的には及んだはずだ」ペデルが口をはさんだ。「接触さえすれば、あのスーツは、動物どころか昆虫の神経系だって支配できるんだから」

「それと、忘れないでちょうだい、エストルー。あなたは、ヴェレドニェフをソヴィヤに置いていこうと主張したのよ！」アマラが得意そうに言った。「ときどき、正しい判断ができるのは、この船でわたしひとりじゃないかって気がするくらい。ところで、ザイオードへ帰ったら、マストのために嘆願書を出すから、だれか覚えてて。そう言えば、彼はどこへ行ったの？」

マストは一度、このセクションに戻ってきて、自分が考えた作戦をクルーに説明したが、ソヴィヤ人が死んだあと、またどこかに姿を消していた。「たぶん、どこかでふさぎこんでるんでしょう」エストルーが言った。「ヴェレドニェフとずいぶん仲がよかったから」

「そうなの？　まあ、素人に科学的な態度を期待しても無理だろうけど」アマラは外部カメラの制御卓を操作して、さっきまでプロッシム植物が衣裳を実らせていた焼け野原を調べた。まだ、火炎放射器の洪水をまぬがれた衣裳が、部分的に燃えたり焦げたりした姿をあちこちにさらしている。あの燃え残りはきれいに処分する必要があるだろう。

アマラはだしぬけにスクリーンを切り、くるっとふりかえって、まだ会議室に残っているエストルーをはじめとするメンバーを見つめた。その顔には以前のいかめしさが戻っていた。

「当面の危機は回避されましたが、われわれにとって、プロッシム知性が脅威であることに変わりはない」アマラはそう声を張り上げた。「プロッシムがその野望を捨てることはないでしょう。遅かれ早かれ、第二のフラショナールを見つけるか、あるいはもっと大衆的な衣類を用いて支配を広げようとするはず。現時点で、われわれにはふたつの選択肢があります。ひとつは、いまからカエアンの首都のひとつ、望ましくはベラージュに赴き、現地の政府にプロッシムの正体を告げること。個人的な意見を言えば、この選択肢はただちに却下したい。カエアン人はけっして信じない。自分たちの生き方を外国人に批判されたと受けとめて、気分を害するだけよ。

もうひとつの選択肢は、まっすぐザイオードに戻って総裁政府に事実を報告し、判断をまかせること。どんな決断がくだるかについては、ほとんど疑問の余地がない。政府は、ツィストのこの宙域に遠征部隊を派遣し、この惑星をまるごと殲滅せよと命じるでしょう」

「カエアン人は、わが国がそのような行動をとることを絶対に認めませんよ。戦争になりますね」と主任が言った。

アマラは重々しくうなずいた。「ええ、きっとそうなるわね。でも、それに向き合うしかない。プロッシム植物は、根絶しなければなりません。ほかに方法はない――カエアン人を信じて、作業をまかせるわけにはいかない」

彼女はテーブルのへりを両手でつかんで身を乗り出した。「実際問題、ふたつの選択肢のうち、最初のひとつは、ウィルス船長がまず許可しないでしょう。真実をもみ消すためにカエアン人がカラン号を没収してわれわれ全員を殺す可能性がきわめて高いから。でも、これは重大な問題だから、調査局の見解を記録する用意があります。まっすぐザイオードへ帰るのに賛成の人は？」

カエアンとの戦争に一票を投じていることを意識しながら、のろのろと全員が手を挙げた。

最後の一団が、煤《すす》野原をとぼとぼ歩いて船に戻ってくる。離昇のときが近づいていた。カエアンの収穫船は、定期的にこの惑星を訪れているはずだから、あまり長居するわけにもいかない。

アマラのチームは、ザイオードに持ち帰って研究するため、プロッシム植物のサンプルを刈りとり、密閉式の殺菌袋に封入して船内に運び込んでいた。無残に焼け焦げた衣裳作物の残骸も、やはり研究用に採集されていた。ペデルは乗降口のへりに立ち、これが最後と惑星の風景を見渡していた。着ているのは、エストルーにもらった平凡な服だった。まだぼうっとしているものの、どうにか落ち着きをとりもどし、精神のバランスも回復していた。近づいてきたエストルーに、愛想よくうなずきかけることさえできた。

ふたりはいっしょに平原を眺めた。はるか彼方、焼け野原と無傷のプロッシム平原との境界あたりには、細い緑のへりがかろうじて見分けられる。壊れた収穫船は、黒々とした荒野の真ん中に虐殺されたマンモスのように横たわり、風に吹き寄せられた黒い灰がそのまわりにうずたかく積もりはじめている。

エストルーがため息をついて首を振り、それからシニカルな笑い声をあげた。「ザイオードに戻っても、こんな話、はたして信じてもらえるかどうか。こんなタイプの知性体が、ほかにいくつくらいあると思う？　いままでに、人類がひとつも出くわしたことがないっていうのは妙な話だよね」

「受動的な知性っていうのは、そんなに一般的じゃないだろうな」ペデルがゆっくり答えた。「あまりに変則的だから。宇宙は、運動と対立の場だから、受動的知性が支配力を広げるのは楽じゃない。もしかしたら、受動的知性は生物進化版の反物質かもしれない。ほら、反物質って、本来、理論的には通常物質と同じ確率で存在するはずなのに、実際にはめったに見つからないだろ」

ふたりが脇に寄って、船外に出ていた最後のひとりを通すと、乗降口の扉が閉ざされた。ふたりは並んで斜路を上がり、船腹の通路に入った。別れぎわ、エストルーが思案をめぐらすように足を止め、ペデルの顔を見た。

「ひとつ相談なんだけど、調査目的で、きみの精神分析をさせてもらえないかな」エストルーは言った。「ほら、めったにない経験をしてきたわけだから。心配しなくても、とくに苦痛はないよ——まあ、もしかしたら、多少のストレスを感じることはあるかもしれないけど。帰国するまでには終わるはずだ」

ペデルが船の離昇を感じたのは、ひとりで自分の船室へ向かって歩いているときだった。

その船室は、まったくの偶然というわけでもないが、最近までアレクセイ・ヴェレドニェフが住んでいた部屋だった。エストルーがペデルと親しく接してくれるのは、ある意味、彼の人柄のよさを示している。というのも、カラン号のクルーでペデルに同情的な人間はほとんどいないからだ。最終的に彼がどんな処分を受けるかもまだ判然としていない。それでも、ペデル自身は、保釈されて一般市民としての生活を許される可能性は大きいと信じていた。いくらザイオードの法廷でも、異星種属に精神操作されていたという事実は正当な情状酌量の事由になるはずだ。それに、マストが自由の身になるとしたら、どうして自分がダメなのか？

もしかしたら、また服飾家としてやり直すことだってできるかもしれない。

彼は小さな船室に入り、ドアをロックすると、ほっと安堵のため息をついて腰を下ろした。あらゆるプレッシャーから解放されてひとりになるのはいいものだ。

彼はしわくちゃの作業着のポケットのボタンをはずし、貴重な収穫をとりだした。ささやかな記念品。それは、魅力的な赤紫のネクタイだった。指先で触れて、ゴージャスでなめらかな手ざわりを楽しみ、それから頬を撫でてみた。すばらしい！　まるで生きてるみたいだ！

作業着を脱いで、薄汚れたシャツの襟の下に注意深くネクタイを通し、ゆるく結んで船室の鏡を覗くと、その効果は絶大だった。フラショナール作物の痕跡を繊維一本残さず焼却する前に、手の空いている他のクルーともども灰をつついて焼け残りをさがす作業に駆り出されたのだが、いまはそのことを感謝していた。燃え残った布きれ——一着か二着、服のかたちで残っているものさえあった——を集める作業にひとりでも多く人手が欲しかったらしいが、おかげで、このネクタイ一本をこっそりくすねるのは簡単だった。

そしてもうひとつ。ペデルはハンカチを広げた。やわらかくてふわふわしたものがていねいに包んであった。胚嚢《はいのう》。近くで見つけたネクタイと同じく、火炎放射器の灼熱の業火をかろうじて——ほとんど——免れていた。ネクタイと同様、へりの部分がわずかに焦げている。発芽能力があるかどうかは、なんとも言えない。

ペデルはこの先一生、あのフラショナール・スーツのことを忘れられないだろう。あのスーツのせいで死ぬほどひどい目に遭ったのに、まだ恋しかった。ペデルの希望的推測によれば、焼き払われたエリアにあったプロッシム植物の胚には、ひょっとしたら、フラショナール・スーツを育成する遺伝情報がすでに刷り込まれていたかもしれない。胚種一個を発芽させれば、そこからスーツ一着が育つ可能性がある。たった一着だけ——それしか許さないつもりだ。ザイオード艦隊によって親株が破壊されてしまえば、今度のスーツは、たぶん前のスーツのように彼を支配することはできないだろう。

リスクはまったくない。ぼくはこの植物を育てる庭師になる。成長をきびしく制限しながら、スーツを栽培する。

たった一着のスーツしか許さない。ともかく、手はじめとしては。自分の主人としてではなく、仲間として、そういうスーツを持つのは、きっとすばらしいことだろう。

スーツたった一着だけ。

訳者あとがき

ベイリーは、本物の「SF作家」である。古今東西、最高のSF作家のひとりである。純粋な知的冒険の達人である。ベイリーを読むことは、すなわち、華麗なる想像力の渦巻く奔流に呑みこまれ、流されてゆくことにほかならない。

——ブルース・スターリング

バリントン・ジョン・ベイリーは、伝統的スペース・オペラの支持者と、それ以上のものを要求する現代の編集者・読者の文学的嗜好とをへだてる哲学的な溝に橋をかけた、きわめて数少ない作家のひとりである。ベイリーは、スペース・オペラの古典的装置を利用しながら、それをもっと洗練された文体や知的なスペキュレーションと結婚させることで、この橋渡しに成功した。彼の作品の大部分に共通する皮肉なユーモアは、読者の感情を逆撫ですることが多いのと同時に、エンターテイニングであることも多い。

——ドン・ダマッサ

バリントン・ベイリーは、奇想天外にして奇妙奇天烈なアイデアを正面から描くことのできる作家である。かつて奇想天外だったり奇妙奇天烈だったりしたアイデアの多くがSF的想像力の見慣れた道具立てに堕してしまった昨今にあって、ベイリーの作品は驚くほど新鮮に見える。本書『カエアンの聖衣』は、カエアン宙域の諸惑星で花開いた奇妙な〝衣裳カルト〟を扱っている。そこでは、「服は人なり」という古い格言の持つ論理的な可能性が極限まで探求される。カエアンでは、着ている服のデザインによって、その人物の品格のみならず、人間としての性質まで決まってしまうのである。（中略）本書は、けばけばしい背景に無数のアイデアを詰め込んだ娯楽作であり、鮮やかに書かれた楽しく読める小説である。ベイリーはSF界でもっとも創意に富んだ作家のひとりであり、それにふさわしい知名度と評価を母国で得ていないことが残念でならない。

——ブライアン・ステイブルフォード

二〇〇八年に惜しまれつつ世を去った不世出のSF作家、バリントン・J・ベイリーの長篇『カエアンの聖衣』（The Garments of Caean, 1976）の新訳版をお届けする。めくるめくアイデアの奔流が眩暈にも似た感覚をもたらす究極の奇想SFにして、英国ワイドスクリーン・バロックの代表作。この名作が原書刊行から四十年を経て、こうして新訳で甦ったことを、ベイリー・ファンのひとりとして喜びたい。

本書は、一九七六年二月に米国のダブルデイ社からハードカバーで刊行され、その後、一九七八年にフォンタナ・サイエンス・フィクションから英国版ペーパーバックが、一九八〇年にDAWブックスから米国版ペーパーバックが刊行された。日本では、ハヤカワ文庫SFから冬川亘訳で一九八三年に出版され、SF読者の圧倒的な支持を得て、翌年の第15回星雲賞海外長編部門を受賞した。ルネ・マグリット風のシュールレアリスティックなタッチでスーツを描いた印象的なカバーイラストは野中昇。この本で初めてベイリーの魅力に目覚めたという人も多いだろう。ちなみにベイリーは、その後、『禅〈ゼン・ガン〉銃』と『時間衝突』で、八五年と九〇年にも同賞を受賞している。本国では半ば忘れられた存在になりかけていたが、ベイリーは、八〇年代半ばから九〇年代にかけての日本で、〝マニアのアイドル〟と呼ばれるほどの人気SF作家だったのである。

僕自身、安田均氏の紹介に惹かれて、学生時代（まだ『時間帝国の崩壊』しか翻訳が出ていなかった頃）からベイリーの未訳作品を読み漁り、ついには好きが高じて、『時間衝突』『スター・ウィルス』『ロボットの魂』『光のロボット』と、ベイリー長篇四冊の邦訳をたてつづけに手がけることとなった。大森にとっては、SF翻訳者としてのキャリアの出発点に位置する作家でもある。そのベイリーの代表作の新訳を担当し、早川書房創立七十周年を記念する〈ハヤカワ文庫補完計画〉の一環としてこうして刊行できるのは感無量。ひとりでも多くの読者の手に届くことを祈りたい。

翻訳の底本には、二〇一一年にゲイトウェイから出た電子書籍版（Kindle版）を使用し、前述のフォンタナ版を適宜参照したほか、旧版の冬川亘氏の訳業もおおいに参考にさせていただいた。とくに、カエアン（Caean）をはじめとする固有名詞の表記や、「仕立て屋」「裁縫師」を意味するsartorialの「服飾家」などの主な訳語については、旧版に愛着を抱く読者が違和感を持たないよう、なるべく冬川訳を踏襲するようにした。記して感謝する。

ちなみに、ハヤカワ文庫で長く品切れになっていた『カエアンの聖衣』がひさしぶりに脚光を浴びたのは、二〇一三年十月から二〇一四年三月までTBS系で放送されたTVアニメ『キルラキル』がきっかけだった。なになに、着用者にすごい力を与えるセーラー服だって？　宇宙から来た繊維生命体!?　それって、もしかして『カエアンの聖衣』オマージュじゃないの？　と思ったら、監督は今石洋之、共同原作・シリーズ構成・脚本は中島かずき。ガイナックスのワイドスクリーン・バロックSFアニメ『天元突破グレンラガン』の黄金コンビじゃありませんか。おお、これはまちがいないね！

というわけで一部SFマニアのあいだでおおいに『キルラキル』が盛り上がり、カエアンの衣裳哲学が日本のセーラー服文化と融合する瞠目すべきミームの拡散を毎週固唾を呑んで楽しませていただいたわけですが、その『キルラキル』がとりもつ縁で、本書巻末には当の中島かずき氏から解説をいただくこともできた。ありがとうございました。

旧版の大野万紀氏による名解説は、氏が運営するウェブサイト「THATTA ONLINE」で公開されているので、旧版をお持ちでない方は、ぜひ検索して読んでください。その解説に書かれた本書の紹介を一部だけ引用すると――

こういうアイデア重視のSFは［中略］そのすごさをいざ説明しようとなるとたちまち困難にぶつかってしまう。相手がSFファンならいい。――衣服SFなんだ、服こそ人なりで、服が人間を支配しちゃう。それで宇宙の日露戦争や、ヤクザ坊主が出てくる！　ハエの惑星やラッパのついたブロントザウルスみたいな宇宙怪獣も出てくるし、おっかない女性文化人類学者がいて、宇宙船でこの文明の謎を探ろうとする。キーワードは〝衣裳ロボット〟だ。ヴァン・ヴォート的でベスター的で、ラファティやシェクリイやヴァンスの味もあって、すごくシリアスなところもナンセンスなところもあって、哲学的でマンガチックで、とにかくすごい、すごい……etc――といえば、大体ああそういうものかと雰囲気は伝えられる。ところがSFに慣れていない読者には、それがどうしてすごいことになるのか、ピンとこないのではないか。つまりこれは、ある程度SFに親しんだ読者を対象とし、SF特有のいいまわしや概念に読者が反応することを前提としたSFなのである。ワイドスクリーン・バロックとは、一種のサギのようなものなのかもしれない。常識的な目で見れば何の役にも立たないガラクタを、あたかも黄金のように見せてしまうのだ。そして少なくとも話を聞いている間は、それはまぎれもなく黄金なのである。SFファンとは、そういう条件づけがなされてしまった者なのだ。ベイリーは、SFファンが見たいと思っているものを目の前に見せてくれる。それが本当は何であるのか、常識の目で見直す必要はない。虚構であってもかまわない。それはファンが心から見たいと信じているものなのだから。

今回、ひさしぶりに本書を読み直して僕自身が驚いたのは、ベイリーのアイデアがその後のSFに与えた影響。真空でも生きられるように身体を改造して不毛の小惑星ショージに暮らすサイボーグたちと、巨大な宇宙服（機械の体）の中に入って宇宙空間に適応したスーツ人（ソヴィヤ人）たちは、ブルース・スターリングの『スキズマトリックス』などに登場するポストヒューマンたちの二大派閥、生体工作者《シェイパー》／機械主義者《メカニスト》にそのまま重なる。しかも、本書の場合、ヤクーサ・ボンズ率いるサイボーグは日本人の子孫、ソヴィヤ人はロシア人の子孫という設定。文明から忘れ去られた辺境宇宙でいまだ日露戦争（というか部族間の小競り合い）をつづけているというのだからすさまじいが、その影響は、おそらく、ブルース・スターリング＆ウィリアム・ギブスンの短篇「赤い星、冬の軌道」などを介して、倉田タカシの二〇一五年の長篇『母になる、石の礫《つぶて》で』あたりにまで及んでいる。それこそ、本書に出てくる社会学者アマラにならって、バリントン・J・ベイリーを源とするSF文化の伝播図を作成したくなるくらいだ。

さて、没後にベイリーの新刊が出るのは本書が初めてなので、あらためて、この特異な作家について、ちょっと詳しく紹介しておこう。

英語圏のベイリー評を読んでいると、idiosyncratic（特異な、風変わりな）という形容詞にぶつかることが多い。たしかにベイリーは、きわめつきに個性的なSF作家だった。SFの原初的な魅力、いわゆるセンス・オブ・ワンダーをひたすら追求し、自分の頭で考えたオリジナルなアイデアにこだわりつづけた。時代の流れとほとんど無関係に脳内で純粋培養されたアイデアが、独特のペシミスティックな世界観や強烈なオブセッションと融合し、他のだれにも書けない小説群が生まれる。ベイリーのような作家は、たぶんもう二度と現れないだろう。

大のベイリー・ファンだった作家・殊能将之氏は、〈SFマガジン〉二〇〇九年五月号に寄せた「ベイリー・ドゥルーズ・山田正紀」と題するベイリー追悼原稿の中で、ベイリーをジル・ドゥルーズと並べて語り、両者の共通点は、「彼らが困難かつ微妙な問題について、自分の力で誠実に考えぬいたことにある。だからこそ、彼らの思考は読者を刺激し、読者をそれぞれ自分なりの思考へと導いてくれる」と書いている。少し長くなるが、殊能氏のベイリー評をもう少し引用しよう。

……ベイリーは、自分なりの思考を深めるうえで、常識的な発想から大幅に逸脱することを恐れなかったし、過去の権威に安易によりかかり、たんなる他人の思考の引き写しにとどまることもしなかった。彼の作品が「荒唐無稽」「バカSF」とも形容されるのは、このためである。（中略）

ベイリーは複雑微妙な問題を自分なりに思考した。そしてSFは、そうした思考を表現するのに適したジャンルだった。なぜならSFは、抽象的・非現実的とみなされがちな対象を直接扱えるからだ。サミュエル・R・ディレイニーが強調したように、SFには比喩が存在しない。SFが時間をテーマとするとき、その対象は時間の隠喩でも象徴でもない「時間そのもの」である。この直接性があるからこそ、ベイリーは『時間衝突』を書くことができたのだし、グレッグ・イーガンは数学的対象を実体的に取り扱うことができたのだ（『ディアスポラ』）。

以下、インタビューや関係者の証言をもとに、ベイリーの生涯を振り返る。ネット上の情報源としては、フィンランド出身のエディトリアル・デザイナー、ユハ・リンドロース氏が運営するAstounding Worlds of Barrington J. Bayley (http://www.oivas.com/bjb/) のコンテンツを主に参照した。世界一詳しいBJBサイトなので、興味ある方はぜひどうぞ。未発表ショートショートの日本語版（高橋誠訳）二篇も掲載されてます。

バリントン・ジョン・ベイリーは、一九三七年四月九日、英国バーミンガム生まれ。十歳の頃、家族とともにイングランド西部のシュロップシャーに引っ越して、十六歳までアダムズ・グラマー・スクールに学ぶ。もっとも、教師にも同級生にも馴染めず、学校にはほとんど行かなかったらしい。

十二歳のとき、初めてSF雑誌と出会い、たちまちその魅力にとりつかれ、十四歳のときにはSF作家になろうと決意していた。なんでも、自分の将来に思いを馳せ、いつか社会に出て働くか、それがいやなら死ぬまで親に養ってもらうしかないんだと考えたとたん、目の前が真っ暗になり、自活するためにはSFを書いて稼ぐしかないと気づいたという。SF作家になりたかったというより、SF作家になることが唯一の道だったらしい。

この頃、ベイリー少年が読み耽ったSF雑誌は、〈アスタウンディング〉〈スタートリング・ストーリーズ〉〈スーパー・サイエンス・ストーリーズ〉〈スリリング・ワンダー・ストーリーズ〉など。影響を受けた作家は、A・E・ヴァン・ヴォクトとチャールズ・E・ハーネス。そのため、四〇～五〇年代のアメリカSFが自分にとっての原点で、英国SFの伝統を受け継いでいると思ったことはないと述べている。いわく、

「私の短篇が英国SFの伝統に従っていると指摘した書評を読んで、そうだったのかとびっくりしたくらいだ。そういう分類にあんまり興味はないね」

実際に小説を書いて雑誌に投稿しはじめたのは、五〇年代前半、まだ十五、六歳のころ。記録に残る商業誌デビュー作は、〈ヴァーゴ・スタッテン・サイエンス・フィクション・マガジン〉一九五四年五月号に掲載された"Combat's End"（J・バリントン・ベイリー名義）。弱冠十六歳のデビューだった。その後も、英国のマイナーSF誌、〈ネビュラ〉、〈オーセンティック〉、〈ブリティッシュ・サイエンス・フィクション・マガジン〉に十代で作品を発表している。

一九五五年、兵役のため十八歳で英国空軍に入隊。五七年に除隊したあと、ロンドンで暮

らしはじめる。その頃、SF関係者のたまり場になっていたのがハットン・ガーデンのグローブ亭。C・S・ルイス、アーサー・C・クラーク、ジョン・ウインダムなども常連だったというパブだが、そこでジョン・ブラナーと知り合ったベイリーは、常連のSFファンたちに紹介され、毎週木曜の例会（？）に通うようになる。

このグローブ亭で出会ったのが、二歳半年下のマイクル・ムアコック。ふたりはたちまち意気投合し、〈ボーイズ・ワールド〉など男の子向けの媒体でさまざまなヒーローものを大量に合作するようになる。

やがてムアコックとのコンビを解消したあとも、ベイリーはその経験を生かし、単独で、“The Astounding Jason Hyde” (1965-68) “Bartok and his Brothers” (1966) など、ヒーローものの活劇を新聞に連載。六〇年代は主にその収入で生計を立てていた。長篇を書く上で、それがいい訓練になったとベイリーは言う。

「私はほどなく、小説にはプロットというものがあることを学び、（この分野では）主人公は——他人の力ではなく——自分の力で勝利を手にしたように見えなければならないという（私にとっては）驚くべきルールを学んだ。何年かこの仕事をつづけ、その収入で快適な生活が送れたが、とうとううんざりしてやめてしまった。そのかわり、SFの長篇を書こうと決心したときには、一九七〇年になっていた」

もっとも、六〇年代も、大人向きのSF短篇は（収入にはならないにしても）精力的に書いている。ムアコックとの合作（マイクル・バリントン名義）による“Peace on Earth”を

〈ニュー・ワールズ〉五九年十二月号に載せて以降は、主に同誌が発表舞台となる。

ジョン・カーネル編集長時代は、P・F・ウッズの筆名を使っているが、これは苦肉の策。カーネルはベイリーの人柄を気に入って、いろいろと親切に助言してくれたものの、作家としてはどうしようもなくヘタクソで、けっして成功しないだろうと思っていたため、なにを書いてもボツになった。そこでベイリーが一計を案じ、友人の名前を借りて投稿したところ、一発で採用され、以後は何を書いても採用されるようになったとか。

六四年、ムアコックが〈ニュー・ワールズ〉の編集長になると、その最初の号に中篇版「スター・ウィルス」を発表。以後、主力作家として、二十を超える短篇を寄稿する。ムアコックによれば、中篇版「スター・ウィルス」を読んだウィリアム・バロウズがこれはすごいと仰天し、アイデアを使わせてほしいと頼んできたとか（逆にベイリーも、六〇年代末にバロウズの『裸のランチ』を読んで衝撃を受け、一時のスランプを脱して長篇を書きはじめることになる）。また、「王様の家来がみんな寄っても」や「災厄の船」は、M・ジョン・ハリスンはじめ、〈ニュー・ワールズ〉周辺の作家たちに大きな影響を与えたという。

時あたかも、ニューウェーヴの嵐が吹き荒れる頃。ベイリー宅のすぐ近所だったムアコック邸には大勢のSF関係者が出入りし、磁石に引き寄せられるように、みんながすぐ近くに住みはじめた。チャールズ・プラット、グレアム・チャーノック、ジョン・スラデック、イラストレーターのジム・コーソーン……。トマス・ディッシュとジュディス・メリルに至っては、ベイリーが住むアパートの別の部屋に越してきた。いわばニューウェーヴ旋風のど真ん中で暮らしていたわけだが、自身はニューウェーヴにほとんど影響されなかったという。

当時の私はあんまり社交的じゃなくてね。ムアコックの家はいつも大勢の客でごった返していて、群衆恐怖症になりそうだった。ニューウェーヴについて言うと、私の前を素通りしていったような気がする。いままさに進行中だとあの頃さんざん聞かされていたセックス革命と似たようなものだよ。

私生活では、六九年にジョーン・ルーシー・クラークと結婚。一時住んでいたダブリンから、故郷のシュロップシャーに引っ越し、ふたりの子供をもうける。家族を養うため、さまざまな職を転々としつつ（炭坑夫として働いたこともあるという）、本腰を入れて長篇を書きはじめる。

ドナルド・A・ウォルハイムが編集するエース・ダブルから、初の長篇『スター・ウィルス』が出たのは一九七〇年のこと。ウォルハイムは、アメリカにおけるベイリーのよき理解者として、以後十五年にわたってベイリーの本を出しつづける（七〇年～八五年に米国で出たベイリーの長篇十二冊のうち、ウォルハイムが編集・発行するエース・ブックスとＤＡＷブックスのペーパーバックが十冊を占めている）。

もっとも、福岡大学のジェファーソン・Ｍ・ピーターズ教授が書いたベイリーの評伝（*Dictionary of Literary Biography* 所収）によると、ベイリーのもっとも売れた本はＤＡＷブックス版の『時間衝突』で、その実売が四万一千部＋αというから、作家専業で家族を養えなかったのも無理はない（ちなみに『時間衝突』邦訳版の実売部数はDAW版を上回る。英語以外に翻訳されている著書の冊数は日本がいちばん多く、もしかするとベイリーの本が世界でいちばんたくさん売れている国は、イギリスでもアメリカでもなく、この日本かもしれない）。

この時期の未訳長篇について（自分で読んでない本も含め）簡単に紹介すると、まず、*Annihilation Factor* は、ピーター・ウッズ名義で一九六四年の〈ニュー・ワールズ〉に発表した"The Patch"を引き伸ばしたもの。『時間帝国の崩壊』風の宮廷陰謀劇に、生命エネルギーを食べながら宇宙を漂う超生命体パッチがからんでくる。エドモンド・ハミルトン作品の題名（とりわけ『天界の王』）から子供の頃に想像したようなSFを目指したという。

同じくエースから七二年に出た *Empire of Two Worlds* は、初の（エース・ダブルではない）単独長篇。社会のはみだし者が吹きだまる、惑星キリボールの都市最下層で暮らしていた主人公は、ひょんなことからゲイトウェイを抜け、地球に赴くことになる。一種のアウトローもの。

七〇年代後半の *The Grand Wheel* と、*Star Winds* は、ともに未来の地球を舞台にした、いかにもベイリーらしい奇想SF。前者は、巨大カジノと〈運の方程式〉をめぐるベイリー版『数学的にありえない』（アダム・ファウアー）。後者は、科学のかわりに錬金術が支配する世界で宮廷陰謀劇＋戦争に巻き込まれる話。エーテルの風を帆に受けて飛ぶ宇宙船がすばらしい。

DAWから出る最後のベイリー長篇となった*The Forest of Peldain*は、ジャングルに閉ざされた島の奥深くにあるはずの王国を目指して出発した探検隊を描く、エキゾチックな冒険SF。ベイリーによれば、いつもと違う作風を試してみたところ、結果的に、もっとも反響の乏しい本になったという。ヒロイック・ファンタジー風に売り出されたのも災いしたのかもしれない。

八五年にこの長篇が出たあと、ウォルハイムは病気のため、出版の一線から退いてしまう（九〇年に病没）。そうなると、とたんにベイリーの長篇を出す版元がなくなり、新作の刊行がぱったり途絶える。

八〇年代後半から九〇年代は、デイヴィッド・プリングルが編集する〈インターゾーン〉にぽつぽつ短篇を発表するだけとなる。作風も微妙に変化し、"Tommy Atkins"など、奇想よりも社会問題に傾斜したシリアスなものが増えてゆく。

二〇〇〇年、十五年ぶりに発表した長篇、Eye of Terrorは、ミニチュアを使った英国発のSFウォーゲーム《ウォーハンマー40,000》のスピンオフ長篇だった（一種のシェアード・ワールドものだが、ストーリーはまったくオリジナル）。

しかし、今世紀に入って状況が変わる。前述したリンドロース氏のファンサイトやベイリーMLを中心に再評価の気運が高まり、〇一年、ワイルドサイド・プレス系列のコスモス・ブックスから、『ロボットの魂』『シティ5からの脱出』『時間帝国の崩壊』『時間衝突』

がトレードペーパーバックで一気に再刊。〇二年には、買い手がないまま眠っていた新作長篇が二冊、あいついで刊行された。

ボッシュの「快楽の園」をカバーに使った *The Sinners of Erspia* は九七年の作品。思念だけの存在として宇宙を放浪する異星生命体が人類の宇宙船を捕まえ、さまざまな社会環境を用意して観察をはじめる。ボッシュの絵を小説化したイアン・ワトスンの長篇、*Gardens of Delight* の向こうを張った、一種の奇想ファンタジーだ。

最後の長篇、*The Great Hydration*（原稿完成は九八年）は、甲殻類が君臨する砂の惑星で暮らす被支配種族の話と、軌道上からその惑星を観察する地球人の探査船の話を軸にした娯楽SF。ともに、殊能将之『読書日記2000-2009』（講談社）に詳しい紹介があるので、興味がある人はそちらをどうぞ。

新作の出来は全盛期に及ばないにしろ、時ならぬ出版ラッシュは、まだまだベイリーの人気が衰えていないことを証明するかたちになった。しかしこのとき、著者自身はすでに病魔に蝕まれていた。二〇〇八年十月十四日、腸ガンの合併症のため死去。享年七十一だった。

恵まれた作家人生だったとは言えないが、だれにも真似のできないベイリーの小説群は、SF史に idiosyncratic な足跡を残している。本書刊行につづいて、創元SF文庫からは『時間衝突』新装版も刊行予定。日本オリジナルの短篇集刊行の企画もあり、今後もベイリーの作品が末長く読まれつづけることを祈りたい（ベイリーの経歴紹介部分は、〈SFマガジン〉二〇〇九年五月号バリントン・J・ベイリー追悼特集に特集解説として寄稿した拙文を下敷きにしました)。

【バリントン・J・ベイリー著作リスト】

The Star Virus (1970)『スター・ウィルス』大森望訳/創元SF文庫(1992年)
Annihilation Factor (1972)
Empire of Two Worlds (1972)
Collision with Chronus (1973) 米題 Collision Course『時間衝突』大森望訳/創元SF文庫(1989年)
The Fall of Chronopolis (1974)『時間帝国の崩壊』中上守訳/久保書店(1980年)
The Soul of the Robot (1974)『ロボットの魂』大森望訳/創元SF文庫(1993年)
The Garments of Caean (1976)『カエアンの聖衣』冬川亘訳/ハヤカワ文庫SF(1983年)→大森望訳/ハヤカワ文庫SF(2016年)
The Grand Wheel (1977)
Star Winds (1978)
The Knights of the Limits (1978)『シティ5からの脱出』浅倉久志他訳/ハヤカワ文庫SF(1985年)※短篇集
The Seed of Evil (1979) ※短篇集

The Pillars of Eternity（1982）『永劫回帰』坂井星之訳／創元ＳＦ文庫（１９９１年）
The Zen Gun（1983）『禅〈ゼン・ガン〉銃』酒井昭伸訳／ハヤカワ文庫ＳＦ（１９８４年）
The Forest of Peldain（1985）
The Rod of Light（1985）『光のロボット』大森望訳／創元ＳＦ文庫（１９９３年）
Eye of Terror（1999）
The Great Hydration（2002）
The Sinners of Erspia（2002）

めくるめく大法螺話に酔う

劇作家・脚本家
中島かずき

ワイドスクリーン・バロックという言葉を初めて知ったのが、『カエアンの聖衣』だった。多分、本の雑誌の新刊紹介の中でだったと思う。

「服が人を支配する？　なんだそりゃ」と手にとって、「ああ、これだ」と思った。その時自分が作りたい物語を端的に表した言葉だと思ったのだ。

ワイドスクリーン・バロックに関してその書評でも説明していたとは思うが、詳細はさすがに覚えていないので、ここでは『カエアンの聖衣』初版での、大野万紀氏の言葉を引用する。

「ひとつひとつじっくりと味わう間もないほど、これでもかこれでもかと詰め込まれたアイデアの、めまいを起こしそうな密度の濃さ。それを柔らげるコミカルなユーモア感覚と、どこまでも広がっていく気の遠くなりそうなスケールの大きさ。（中略）ハードSFが論理《ロジック》に重点を置き、文学的SFが文体《スタイル》に重点を置くところを、ワイドスクリーン・バロックは観念《アイデア》に重点を置くのである」。

実際、この本の最初の50ページほどを読んでいただければ、その〝めまい〟は充分に感じていただけると思う。

全てのものを粉々に粉砕できる超低周波音《インフラサウンド》を発する咆哮獣。音波干渉防止服《バッフル・スーツ》に身を包みその星に降り立つ服飾家《サートリアル》が難破した宇宙船からサルベージするのは、完璧な一着の背広。そして宇宙空間を猛スピードで飛び回りながらセックスするモビルスーツ。もう何が何だかである。

このあとも蠅の惑星、宇宙を裸体で飛び回る凶悪サイボーグ〝やくざ坊主〟と次々に、好きな人間はワクワクしっぱなし、乗れない人間はクラクラしっぱなしのアイデアの奔流に襲われる。

しかも、物語前半に出てきたこれらのアイデアはほとんどそのあと使われない。（蠅の惑星は中盤で出てくるが、これまた呆れ返るようなイメージだ）本筋には関係ないアイデアが無尽蔵に投下され、その語り口に酔っているうちに、「着ているだけで他者も支配出来る完璧な服《スーツ》」という大嘘にのっかってしまっているのである。

『カエアンの聖衣』を読んだのは、ちょうど「劇団☆新感線」に参加した頃だ。

大財閥の御曹司の道楽でダンスがうまい人間が覇者となれる街を舞台に、たぐいまれな身体能力を誇る女性が、ダンスを極めるためにアフリカに渡りプリミティブなリズムこそ人間の根源的表現だと信じるコーチと出会いダンサーを目指すが、実は自分が、筋肉が異常増殖して最後はブラックホールのように筋肉で自分の肉体が押しつぶされてしまう奇病に冒されていることを知り、一度は地下格闘技界に身を置くが、病と闘いながらもう一度ダンサーとしての道をめざすというストーリーに、パワードスーツ対殺人卓球とか、思いつくアイデアをぶちこんだ脚本を書いていた。舞台でやるのは無理なことを舞台でやるから面白いんだろうという思いだった。

それまでモヤモヤとしていたやりたいことが、ワイドスクリーン・バロックに出会って「これだよ、おれがやりたいのはこういうことなんだ」とイメージ出来たのだ。中核になるアイデアを軸に、まわりに付帯的なアイデアをちりばめためまいがするような大法螺話。舞台なのでなかなか宇宙的スケールまではいけないが、自分なりにワイドスクリーン・バロック的手法で書いていこう。SFとしての定義は違うのはわかっているが、作劇術としてのワイドスクリーン・バロック。それをやっていこう。

『カエアンの聖衣』は、自分にとってそんな道標を教えてくれた一冊なのだ。

『天元突破グレンラガン』で、今石洋之監督の「ドリルをテーマに26話のアニメがやりたい」という無茶ぶりに「ドリル＝螺旋力」と読み替えて、一人の男の成長と、生命の進化と宇宙創成の二つをテーマに描くと決めた時「これで本気でワイドスクリーン・バロックがやれる」と一人ほくそ笑んだものだ。

銀河を手裏剣代わりに投げる巨大ロボット物をSFだというとまっとうなSFファンの方

には怒られるかもしれないが、大法螺話のスペース・オペラもまたSFの楽しさ。少なくともこれほどワイドスクリーンなイメージのスペースバトルはなかなかないはずだ。

そして今石監督との次の作品。

打合せの中で「女子高生が特殊な能力を持つ制服を着て戦う」というアイデアで落ち着きそうになった時、これはもう『カエアンの聖衣《クロス》』は避けられないと腹をくくった。最初のイメージは『聖闘士星矢』の聖衣だったりしたのだが、「ここはもう、服が意識をもっていることにしよう。特殊能力を引き出す服を用いて世界征服しようと企む一族がいるんだが、実はその服は宇宙から来た繊維生命体で、まさしく人類を制服で征服しようとしてるんだ」と思い切った。

異能バトル版『カエアンの聖衣』のつもりで渡したプロットが、今石さんの手を通すと『ど根性ガエル』的なビジュアルになったのには笑ったが、アニメにするなら確かにその方がわかりやすい。

しゃべるセーラー服なら、人格（服格？）は女性よりも男性の方が面白いね。主人公をスケバン風にしたので、むしろ紳士的で落ち着きのあるキャラの方が差別化出来る。だったら声優は関俊彦さんだと決まっていき、かくして世界一男らしくて可愛げがあるセーラー服、「鮮血」が生まれたのだ。

〝生命戦維〟というアイデアを煮詰めていく中で、人間との関係をどう設定するか考えなければならなかった。

服が人間を支配する理屈である。

地球で服を着ている生命はなぜ人間だけなのかという疑問から、逆に生命戦維が地球の生物の大脳を進化させて、人間にしたのだ。なぜなら生命戦維は生物の生体電流をエネルギーとするからだ。そのためには脳の発達が不可欠だったのだ、というアイデアを思いついた。

ただ、そこまで『カエアンの聖衣』と同じだとさすがにまずいが、能動的知性と受動的知性という観念的な差は描かれていても人間の体内電流云々という詳細までは書かれていない。

これは「衣服ＳＦ」というミームの拡散ということで、大目に見ていただきたい。

『キルラキル』のクライマックス、最初は宇宙から巨大な布が地球に迫ってくることにしていた。まさしく銀河の大風呂敷が風呂敷をたたみにやってくるのである。

ただ、ドラマとして考えると、ラストが宇宙空間でセーラー服の少女が巨大な布を切り刻んでいるというのではどうにもおさまりがつかず、母娘の対決に収斂させた。キャラクタードラマとしては正しかったと思うが、「宇宙の果てから巨大な風呂敷が風呂敷たたみにやってくる」というアイデアは少しだけ未練が残っている。ほかに流用できそうもないアイデアだから、なおのこと。

そういえば、『キルラキル』を発表した年の夏、北米のAnimeExpoというアニメコンベンションにゲストとして参加した。

その取材のおりに「『キルラキル』のアイデアの元には、Barrington J. Bayleyの『The

『Garments of Caean』がある」と説明したのだが、集まった記者のみなさんはキョトンとしていた。

「ああ、アメリカのオタクもさすがにイギリスのSF作家には疎いんだなあ」と寂しい思いがした。

日本も同様で、なかなかわかってもらえなかった。

バリントン・J・ベイリーは亡くなられた時に〈SFマガジン〉でも特集していたと思うが、彼の最高傑作と言えるこの作品が、品切れ状態だったのはさびしいことだった。

それがようやく復活する。

みなさんも是非、この頭がクラクラする大法螺話に酔ってもらいたい。

『天元突破グレンラガン』も『キルラキル』も、この『カエアンの聖衣』がなければ生まれなかったのだから。

本書は一九八三年四月にハヤカワ文庫ＳＦから
刊行された『カエアンの聖衣』の新訳版です。

SF傑作選

映画化名「オデッセイ」
火星の人〔新版〕〔上下〕
アンディ・ウィアー／小野田和子訳
不毛の赤い惑星に一人残された宇宙飛行士のサバイバルを描く新時代の傑作ハードSF

〈ヒューゴー賞／ネビュラ賞／ローカス賞受賞〉
ねじまき少女〔上下〕
パオロ・バチガルピ／田中一江・金子 浩訳
エネルギー構造が激変した近未来のバンコクで、少女型アンドロイドが見た世界とは……

〈ヒューゴー賞／ローカス賞／英国SF協会賞受賞〉
都市と都市
チャイナ・ミエヴィル／日暮雅通訳
モザイク状に組み合わさったふたつの都市国家での殺人の裏には封印された歴史があった

〈ヒューゴー賞／ネビュラ賞／ローカス賞受賞〉
あなたの人生の物語
テッド・チャン／浅倉久志・他訳
言語学者が経験したファースト・コンタクトを描く感動の表題作など八篇を収録する傑作集

ゼンデギ
グレッグ・イーガン／山岸 真訳
余命わずかなマーティンは幼い息子を見守るため、脳スキャンし自らのAI化を試みる。

フィリップ・K・ディック

アンドロイドは電気羊の夢を見るか？
浅倉久志訳
火星から逃亡したアンドロイド狩りがはじまった……映画『ブレードランナー』の原作。

偶然世界
小尾芙佐訳
くじ引きで選ばれる九惑星系の最高権力者をめぐる恐るべき陰謀を描く、著者の第一長篇

ユービック
浅倉久志訳
予知超能力者狩りのため月に結集した反予知能力者たちを待ちうけていた時間退行とは？

〈ヒューゴー賞受賞〉
高い城の男
浅倉久志訳
日独が勝利した第二次世界大戦後、現実とは逆の世界を描く小説が密かに読まれていた！

〈キャンベル記念賞受賞〉
流れよわが涙、と警官は言った
友枝康子訳
ある朝を境に〝無名の人〟になっていたスーパースター、タヴァナーのたどる悪夢の旅。

ハヤカワ文庫

SFマガジン700【国内篇】

大森 望・編

〈ＳＦマガジン〉の創刊７００号を記念したアンソロジー【国内篇】。平井和正、筒井康隆、鈴木いづみの傑作短篇、貴志祐介、神林長平、野尻抱介、秋山瑞人、桜坂洋、円城塔の書籍未収録短篇の小説計９篇のほか、手塚治虫、松本零士、吾妻ひでおのコミック３篇、伊藤典夫のエッセイ１篇を収録。

ハヤカワ文庫

訳者略歴　1961年生，京都大学文学部卒，翻訳家・書評家　訳書『ザップ・ガン』ディック，『ブラックアウト』『混沌（カオス）ホテル』ウィリス　編訳書『人間以前』ディック　著書『21世紀SF1000』（以上早川書房刊）他多数

HM=Hayakawa Mystery
SF=Science Fiction
JA=Japanese Author
NV=Novel
NF=Nonfiction
FT=Fantasy

カエアンの聖衣《せいい》
〔新訳版〕

〈SF2059〉

二〇一六年三月二十五日　発行
二〇一六年四月　十五日　二刷

（定価はカバーに表示してあります）

著者　バリントン・J・ベイリー
訳者　大《おお》森《もり》望《のぞみ》
発行者　早川浩
発行所　株式会社早川書房
郵便番号　一〇一 - 〇〇四六
東京都千代田区神田多町二ノ二
電話　〇三 - 三二五二 - 三一一一（大代表）
振替　〇〇一六〇 - 三 - 四七七九九
http://www.hayakawa-online.co.jp

乱丁・落丁本は小社制作部宛お送り下さい。
送料小社負担にてお取りかえいたします。

印刷・株式会社亨有堂印刷所　製本・株式会社フォーネット社
Printed and bound in Japan
ISBN978-4-15-012059-7 C0197

本書は活字が大きく読みやすい〈トールサイズ〉です。